KATHARINA
LANSING

Die Frauen vom Nikolaifleet

DER TRAUM VON ÜBERSEE

Roman

Ullstein

Besuchen Sie uns im Internet:
www.ullstein.de

MIX
Papier
FSC® C083411

Originalausgabe im Ullstein Taschenbuch
1. Auflage November 2020

Umschlaggestaltung: bürosüd° GmbH, München
Titelabbildung: Arcangel / © Ildiko Neer (Frau); akg-images
(Hamburg, Speicherstadt um 1890/1900); www.buerosued.de
Gesetzt aus der Quadraat Pro powered by pepyrus.com
Druck und Bindearbeiten: CPI books GmbH, Leck
ISBN 978-3-548-06149-8

Für meine Eltern Ruth & Wolfgang

Ihr aber seht und sagt: Warum?
Aber ich träume und sage: Warum nicht?

– George Bernard Shaw –

Personen

Die Grieves

Carl senior, Inhaber eines Kolonialwarenladens
Leonore, genannt Nora, seine Tochter
Carl junior, sein Sohn und designierter Nachfolger

Die Konradis

Julius, Maler und Bildhauer
Mathilda, seine Mutter
Georg, sein Vater, ein Lübecker Tuchkaufmann
Oskar, sein älterer Bruder
Veronika, seine jüngere Schwester
Isabel, Oskars Frau

Weitere Figuren

Mathias Kölling, Carls bester Freund
Gertraude Fink, Nachbarin der Grieves
Sofie Schmitt, Leonores Vertraute und enge Freundin

Albert, ihr Mann

Johann Wulf, Geschäftsführer der Lübecker Marzipanmanufaktur

Hans Kreft, Inhaber des Berliner Kolonialhauses

Dietlinde Mooshammer, Inhaberin des Münchner Delikatessenhauses

Irmgard Mackintosh, Biskuitbäckerin

Gerlinde Wilhelm, Leonores und Julius' Haushälterin

Elis (Elisabeth) Merkur, Leonores Freundin

Joost Klein, Apfellieferant

I. TEIL

1899–1901

1.

Hamburg im Oktober 1899

Leonore riss sich vom Anblick der sacht flackernden Kerze los. Je länger sie in die kleine Flamme gestarrt hatte, desto mehr war sie gedanklich abgeschweift. Viel war ihr im Kopf herumgeschwirrt – nur an ihren Geburtstag hatte sie keinen Gedanken verschwendet. Sie hoffte, dass auch ihr Bruder und ihr Vater es so halten würden.

Noch vor dem Frühstück war sie zur St.-Nikolai-Kirche gegangen, um eine Kerze für ihre Mutter anzuzünden. Auf den Tag vor drei Jahren war sie gestorben. Es war Leonores sechzehnter Geburtstag gewesen. Ein rabenschwarzer Tag.

Seitdem hatte sie beschlossen, keinen Geburtstag mehr zu feiern.

Leonore wandte sich ab und ging zum Ausgang. Als sie die schwere Eichentür öffnete, musste sie blinzeln, um ihre Augen an das helle Licht zu gewöhnen.

Heute war Markttag auf dem Hopfenmarkt, und die ersten Händler hatten sich bereits versammelt, um ihre Waren feilzubieten.

Früher hatten die Bierbrauer hier ihren Hopfen eingekauft, und es war hoch hergegangen, wie Leonore von ihrem

Großvater wusste. Jetzt zogen Männer mit Tragjochen an ihr vorbei, und Frauen stellten laut schwatzend ihre voll beladenen Körbe auf. Der süßliche Geruch von überreifen Äpfeln und Birnen hing in der Luft. Ein Mann mit zwei Wassereimern drängte sie beiseite, schimpfte, sie solle nicht im Weg herumstehen, und eilte ohne Entschuldigung weiter.

Leonore war auf ihren Rocksaum getreten und gestolpert. Sie blieb kurz stehen und überlegte. Sollte sie den direkten Weg nach Hause nehmen oder einen kleinen Umweg über den Rödingsmarkt machen?

Sie entschied sich für den längeren Weg. Der kleine Spaziergang in der kühlen Morgenluft würde ihr guttun.

Die Sonne war gerade aufgegangen und spiegelte sich im Wasser des Nikolaifleets – ein zauberhafter Anblick, der Leonore kurz innehalten ließ, auch wenn sie ihn schon unzählige Male genossen hatte.

Dann ging sie mit raschen Schritten weiter, sie wollte nicht zu spät heimkommen. Der Vater wartete bestimmt schon auf sein Frühstück.

Sie war froh, dass der Sommer vorbei war. Er war in diesem Jahr früh gekommen und lange geblieben. An manchen Tagen war es so unerträglich heiß gewesen, dass die Luft auf dem Kopfsteinpflaster der schmalen Gässchen geflimmert und man gemeint hatte, nur noch Staub einzuatmen. Selbst die Möwen hatten nur träge auf den Holzpfählen gehockt und gedöst, während sich auf dem Wasser riesige Mückenschwärme getummelt hatten, die nachts in die stickigen Häuser gedrungen und über die Bewohner hergefallen waren.

Leonore bog rechts ab in die Deichstraße, bis zu ihrem Elternhaus waren es nun nur noch ein paar Schritte.

Vor mehr als einem halben Jahrhundert war an dieser Stelle ein Feuer ausgebrochen; die Flammen hatten sich so rasend schnell ausgebreitet, dass man etliche Gebäude hatte sprengen müssen, um den Brand wenigstens einigermaßen in Schach zu halten. Leonores Großvater hatte ihr oft davon erzählt und davon, wie er damals geholfen hatte, die Flammen zu löschen. »Füer, Füer!«, hatte er während des Erzählens ausgerufen, derweil sie sich zitternd vor Aufregung und mit schreckgeweiteten Augen an ihn gekuschelt hatte. »Die Leute sind um ihr Leben gerannt, mien Deern. Es war grauenvoll.«

Drei Tage und zwei Nächte brannte es damals, unzählige Häuser und Kirchen lagen danach in Schutt und Asche. Keiner wusste, wie es danach weitergehen sollte. Der russische Zar spendete schließlich eine hohe Geldsumme, um Hamburg wieder auf die Beine zu helfen.

Leonore fuhr zusammen, als eine Stimme sie aus ihren Gedanken riss. »Moin, Leonore! So früh schon unterwegs?« Gertraude Fink, ihre Nachbarin, stand auf ihren Reisigbesen gestützt und blickte sie freundlich an. Sie sah müde aus, dunkle Ringe lagen unter ihren Augen.

»Morgen, Gertraude. Du bist ebenfalls früh auf den Beinen.«

Die ältere Frau zeigte auf das Kopfsteinpflaster zu ihren Füßen. »Es juckt niemanden, ob der Weg gefegt ist. Aber ich kann wohl nicht aus meiner Haut. Und du? Wo bist du gewesen?«

»In St. Nikolai.«

Die Nachbarin nickte. »Ich will nachher auch hin.« Sie streckte die Hand aus und legte sie Leonore auf den Unterarm. »Sie fehlt dir, ich weiß, mien Deern. Aber es wird besser. Jeden Tag ein bisschen. Glaub einer Frau, die schon in jungen Jahren ihren Mann zu Grabe tragen musste.« Gertraudes Ehemann war nur wenige Jahre nach der Hochzeit gestorben. Er war während der Arbeit im Hafen einfach umgefallen. Die Ehe war kinderlos geblieben. »Wie geht es deinem Bruder? Hab ihn seit einer Ewigkeit nicht zu Gesicht bekommen.«

»Carl arbeitet viel«, gab Leonore zur Antwort. *Doch wenn es nach Vater geht, arbeitet er niemals genug,* fügte sie im Stillen hinzu.

»Euer Vater hat ihn ziemlich an der Kandare. Mir tut der Junge leid«, brummelte Gertraude und begann weiterzufegen.

»Ich muss weiter, Gertraude.«

Bevor die Nachbarin noch etwas erwidern konnte, war Leonore weitergegangen. Sie schloss die Tür des Kolonialwarenladens auf, der sich im Erdgeschoss eines Fachwerkhauses befand. Ihr Großvater hatte den Laden eröffnet, und seit seinem Tod führte ihr Vater ihn weiter. Sie trat ein und blieb stehen, um zu horchen, ob sich bereits etwas tat. Doch alles war still, offenbar war ihr Vater noch nicht aufgestanden.

Während Leonore langsam den breiten Tresen entlangschritt und den Duft von Kaffeebohnen einatmete, strich sie zärtlich über das dunkle, glänzende Holz. Sie liebte diesen

Laden. Aus deckenhohen Regalen schauten ihr Kaffee, Tee, Havanna-Zigarren, Waschmittel, Seifen, Pfeffer, Gewürznelken und Muskatblüten entgegen. Weiter unten fand sich Werkzeug: Hämmer, Äxte und Beile, Spindelbohrer und Nägel in allen Größen. Daneben stapelten sich Schachteln mit Bindfäden, Knöpfen und Nähgarn in allerlei Variationen. Auf dem verschrammten Holzfußboden stand eine große Waage; dahinter hingen an großen, inzwischen etwas verrosteten Nägeln Leinen- und Papiersäcke für Salz, Zucker und Mehl, die hier abgewogen wurden. Auf dem stets blank polierten Tresen schließlich thronte eine bildschöne glänzende Kasse, die einen glockenhellen Ton von sich gab, sobald das Geldfach geöffnet wurde.

Das frühe Sonnenlicht drang durch eins der beiden Fenster, und man konnte die feinen Staubkörnchen durch die Luft tanzen sehen.

Wenn besonders viel zu tun war, stand auch Leonore hinter dem Tresen und bediente die Kundschaft. Sie erfüllte diese Aufgabe stets mit Hingabe und Leidenschaft. Meistens aber bestand ihr Vater darauf, dass sie sich um den Haushalt kümmerte. Etwas, womit sie seiner Meinung nach voll und ganz ausgelastet war.

Aber sie würde nicht aufhören davon zu träumen, eines Tages den Laden selbst zu führen.

• • •

Leonores Bruder Carl war erst nach Mitternacht nach Hause gekommen und hatte sich bis zum Morgengrauen unruhig im Bett herumgewälzt, getrieben von einer Mischung aus Enttäuschung und Schuldgefühlen. Man hatte ihn über den Tisch gezogen. Dabei hatte Leopold behauptet, es sei eine sichere Sache, ein garantierter Gewinn. Carls Enttäuschung war schließlich einer unbändigen Wut gewichen, und er hatte auf sein Kopfkissen eingedroschen. Zum Teufel mit Leopold! Das war das letzte Mal, er würde nie wieder wetten. Nie wieder!

Er hatte diesen Vorsatz sogar mit einem feierlichen Schwur bekräftigt, der ihm später kindisch vorgekommen war. Zu guter Letzt hatte sich Selbstmitleid eingestellt, das kannte er bereits. Er hatte sich in den Handballen gebissen, um nicht zu heulen wie ein kleiner Junge. Schließlich war er in einen unruhigen Schlaf gefallen und hatte von Leopold geträumt, der mit einer Peitsche in der Hand hinter ihm stand und ihn wie einen Ackergaul antrieb.

Carl schreckte hoch, als er eine Tür zuschlagen hörte.

Plötzlich war er hellwach. Er wusste, was ihm blühte, wenn er verschlief. Er hatte seinem Vater versprochen, die Apfellieferung entgegenzunehmen, und musste sich sputen. Wenn es nicht schon zu spät war und sein alter Herr sie selbst angenommen hatte.

Ich hätte Nora bitten sollen, mich rechtzeitig zu wecken, dachte er.

Carl schwang die Beine aus dem Bett, spritzte sich kaltes Wasser aus der Emailleschüssel ins Gesicht und strich mit den Fingern sein wirres Haar nach hinten. Seine Hände zitterten leicht, er hatte am Abend zuvor eindeutig zu tief ins Glas geschaut.

Was war er doch für eine erbärmliche Kreatur!

Als er Stimmen hörte, lief er zur Tür und legte das Ohr daran. Der Vater sprach mit Leonore. »Was mache ich nur mit dir? Anstatt dich in aller Herrgottsfrühe irgendwo rumzutreiben, solltest du dafür sorgen, dass das Frühstück pünktlich auf dem Tisch steht.« Es klang ungehalten, aber auch ein wenig resigniert.

»Ich habe mich nirgendwo rumgetrieben, ich war in St. Nikolai und habe eine Kerze angezündet.«

Es entstand eine Pause, und Carl konnte sich vorstellen, wie die beiden voreinander standen und sich anfunkelten.

»Ich gehe später auch hin«, brummte sein Vater.

»Möchtest du Brot?« Die Stimme seiner Schwester kam nun aus der Küche.

»Warte, Nora ...« Sein Vater räusperte sich.

Carl hob überrascht die Augenbrauen. Hatte sein Vater vor, sich zu entschuldigen? Diesen Tag würde er im Kalender anstreichen.

»Alles Gute zum Geburtstag.«

Verdammt! Er hatte Noras Geburtstag vergessen. Was könnte er ihr schenken? Bestimmt würde sie sich über einen Strauß Blumen freuen. Was waren ihre Lieblingsblumen? Fieberhaft dachte er nach. Waren es Veilchen?

»Danke, Vater. Aber ich wollte eigentlich nicht ...«

»Ich weiß, Nora. Trotzdem finde ich nicht, dass du für den Rest deines Lebens deinen Geburtstag ignorieren solltest.«

Die Stimmen wurden leiser, und Carl schlüpfte in seine Hose, die er in der Nacht nachlässig über den Stuhl geworfen hatte, und zog Hemd und Weste über. Ein rascher Blick in den Spiegel genügte, um ihm zu beweisen, dass er genauso aussah, wie er sich fühlte.

Als er die Tür öffnete, hörte er seinen Vater fragen: »Wo steckt eigentlich Carl?«

»Er wird schon unten sein.«

Wenn er bereits im Laden wäre, hätte Nora ihn beim Hereinkommen sehen müssen.

Ein warmes Gefühl von Zuneigung und dem Bedürfnis, seine Schwester beschützen zu wollen, durchströmte ihn.

Seinem Vater entging die Unlogik offenbar, denn er sagte nichts weiter.

»Ich sehe rasch nach.« Leonore kam aus der Küche, und Carl wäre um ein Haar mit ihr zusammengestoßen. Sie legte den Finger auf die Lippen und schüttelte den Kopf.

Er nickte und huschte auf Zehenspitzen zur Treppe, die nach unten in den Laden führte. Die Holzstufen waren rutschig, man musste sehr aufpassen.

Leonore folgte ihm, und als sie unten angekommen waren, packte Carl sie und wirbelte sie durch die Luft. »Herzlichen Glückwunsch zum Geburtstag, Schwesterchen!«

»Mir wird schwindelig, Carl.« Trotzdem musste sie lachen.

Er hatte dieses fröhliche Lachen eine ganze Weile nicht mehr gehört.

»Du hast einen Wunsch frei.«

Sie tippte sich an den Nasenflügel, wie so oft, wenn sie nachdachte. »Ach, mir wird schon irgendwas einfallen. Du solltest dich beeilen.« Sie scheuchte ihn vor sich her.

»Joost wird gleich da sein.«

»Jawohl!« Carl schlug die Hacken zusammen. »Wie sehe ich aus? Kann ich ihm so unter die Augen treten?«

»Meinst du Joost oder Vater?«

»Beide.«

Sie richtete seinen Kragen. »Du siehst aus, als hättest du nicht besonders viel geschlafen. Ist wohl gestern spät geworden, was?«

Er ging nicht darauf ein, stattdessen ahmte er die Stimme seines Vaters nach. »Der frühe Vogel fängt den Wurm, Carl, merk dir das.«

»Schsch!« Leonore presste die Hand vor den Mund, um nicht laut loszulachen.

Carl hingegen war nicht nach Lachen zumute. Mit einem Mal fühlte er sich so elend und schuldbewusst, dass er die Hand auf den Arm seiner Schwester legte. Ständig machte er ihr Kummer, und sie musste für ihn in die Bresche springen. Er würde es wiedergutmachen. Wenn er erst mal reich wäre.

»Warum siehst du mich so seltsam an, Carl?«

»Weil ... Ach, nichts.«

Sie schaute ihn prüfend an. »Du hättest dich rasieren sollen.«

»Keine Zeit.«

»Ich muss wieder hoch«, raunte sie und nahm gleich zwei Stufen auf einmal.

Nachdenklich schaute er ihr hinterher. Dann fuhr er sich erneut übers Haar und ging zur Ladentür, um aufzuschließen.

• • •

Leonore war in die Küche zurückgekehrt und gab ihrem Vater die Zeitung. *Bürgerschaft diskutiert über zunehmende Wasserverschmutzung,* lautete die Schlagzeile. Die Elbe war durch das Dieselöl der Motorschiffe stark verschmutzt und das Fischen im Hafen zum Problem geworden.

»Aber alle wollen essen und trinken.« Ihr Vater schnaubte. »Und wo sollen die ganzen Waren herkommen? Fallen sie etwa vom Himmel?«

Leonore gab keine Antwort. Sie war mit dem Abwasch beschäftigt und hing dabei ihren Gedanken nach. In ein paar Minuten würde ihr Vater aufstehen, sein Jackett anziehen und etwas wie »Dann wollen wir den Tag mal beginnen« murmeln.

Ihr Tag würde aussehen wie immer: Sie würde die Wohnung auf Hochglanz putzen – obwohl sie schon jetzt vor Sauberkeit strahlte –, dann würde sie sich um die Wäsche kümmern, Carl seine Sachen hinterherräumen und anschließend das Mittagessen zubereiten. Sie seufzte leise. Bei dem Gedanken daran, dass ihr Leben auch in Zukunft von diesen Tätigkeiten bestimmt sein würde, während Vater und Bruder im Laden mit der Kundschaft plauderten, zog sich ihr Herz zusammen. Wie gern würde sie ebenfalls Salz und Zucker abwiegen, Knöpfe in Tütchen abzählen, mit Lieferanten verhandeln und auf dem Speicher die neuen Waren verstauen.

»Ist Carl unten?«

Die Frage ihres Vaters riss sie aus ihren Gedanken. »Ja.«

Sie wünschte, er würde Carl ein bisschen mehr zutrauen, ihn öfter mal Entscheidungen treffen lassen. Wie sollte ihr Bruder ein würdiger Nachfolger werden, wenn er ständig kontrolliert und an der Leine gehalten wurde? Es war nicht sein Traum, in die Fußstapfen des Vaters zu treten, er fügte sich aber.

Seine Spiel- und Wettleidenschaft war eine Geißel, auch wenn er das nie zugeben würde. Wie viel Geld er bereits verspielt hatte, wusste Leonore nicht und wollte es auch gar nicht wissen. Manchmal fragte sie sich, ob er hin und wieder in die Kasse griff, weil er Nachschub brauchte. Wenn ja, war es nur eine Frage der Zeit, wann ihr Vater dahinterkäme.

»Hoffentlich denkt er an die drei Kisten Goldparmäne. Er ist oft so gedankenlos.« Sie hörte, wie ihr Vater die Zeitung auf den Tisch legte.

»Du wirst ihn daran erinnert haben.« Es hatte spitzer geklungen, als sie beabsichtigt hatte. »Wenn du möchtest, laufe ich rasch hin und sage ihm Bescheid.«

»Wenn du meinst ...« Er trank seinen Kaffee, und sie schenkte ihm nach, damit er noch ein bisschen beschäftigt war.

Dann lief sie nach unten, wo sie aber nicht ihren Bruder, sondern Joost Klein antraf, den Apfellieferanten.

»Moin, Nora.« Er nahm seine Kappe ab und schwenkte sie galant.

»Guten Morgen, Joost. Ist Carl auf dem Speicher?«

Er nickte, fasste in seine Jackentasche und zog eine köstlich aussehende Birne heraus. »Hier, für dich. Lass sie dir schmecken. Ach, und alles Gute zum Geburtstag.«

Mussten heute eigentlich alle an ihren Geburtstag denken?

»Danke, Joost.« Sie schwenkte rasch um. »Hat Carl an die Goldparmäne gedacht?«

Joost hob die Augenbrauen. »Mir hat er nichts gesagt.«

»Wir brauchen drei Kisten«, raunte sie und zeigte an die Decke. »Er wird toben, wenn er hört, dass Carl es vergessen hat.«

»Dafür hat er ja dich.«

»Als würde er einen Pfifferling darauf geben«, murmelte sie.

Joost kannte sie und ihren Bruder, seit sie Kinder gewesen waren. Er war einer ihrer ältesten und treuesten Lieferanten, hatte als Apfelpflücker angefangen und sich hochgearbeitet, mit dem Ziel, eines Tages die Plantage seines Onkels zu übernehmen. Leonore mochte ihn, Joost hatte immer ein freundliches Wort für sie, scherzte mit ihrem Bruder und bot ihrem Vater Paroli, wenn auch stets so, dass er niemals in die Bredouille geriet und die Grieves als Kunden verlor.

In einer schwachen Stunde hatte Leonore ihm anvertraut, wie sehr sie sich wünschte, eines Tages den Kolonialwarenladen führen zu dürfen. »Dein Vater wird schon irgendwann begreifen, dass du dazu auch hervorragend geeignet wärst«, hatte Joost gemeint. Und sie hatte es so stehen lassen.

»Tut mir leid, Nora, Goldparmäne ist aus«, sagte er nun.

Leonore seufzte. Ach, herrje. Und jetzt?

»Wie wär's mit Pfannkuchenäpfeln?«

»Gute Idee. Die Kunden lieben sie. Sie sind wunderbar für Kompott und Kuchen geeignet.«

»Und für Pfannkuchen«, ergänzte Joost trocken, und sie musste lachen.

»Und für Pfannkuchen, ja.«

»Drei Kisten?« Als sie nickte, schlug er vor: »Du kannst mir den Lieferschein unterschreiben, dann könnte ich mich wieder auf den Weg machen.«

»Ich weiß nicht«, meinte sie zögernd. »Vielleicht warten wir lieber, bis Carl zurückkommt.« Andererseits kannte sie seine Unterschrift und könnte ihre eigene einfach anpassen. Ihrem Vater würde es nicht auffallen. »Na schön, gib her.« Sie nahm den Lieferschein und setzte ihren Nachnamen darunter, wobei sie auf das schwungvolle G verzichtete.

»Danke, Nora. Ich wette, euer alter Herr wird früher oder später begreifen, was er an dir hat.«

»Darauf solltest du lieber nicht wetten.«

Joost tippte sich an die Mütze und zog die Tür hinter sich zu.

Sie würde ihrem Vater erklären müssen, dass sie, ohne ihn zu fragen, Pfannkuchenäpfel geordert hatte. Nein, am besten sie tat so, als sei es Carls Idee gewesen.

Ihr Bruder stand breitbeinig vor der geöffneten Ladeluke auf dem Speicher und hievte eine Kiste mit rotbackigen Äpfeln auf eine andere. Er fluchte vor sich hin, offenbar hatte er sich den Daumen geklemmt. »Verdammt und zugenäht!«

»Nicht erschrecken, Carl«, sagte Leonore leise, als sie zur Tür hereinkam. Nicht, dass er aus der Luke fiel. »Ich habe drei Kisten Pfannkuchenäpfel geordert, weil Goldparmäne aus war.«

»Danke, Nora. Die Goldparmäne hatte ich vollkommen vergessen.«

Sie nahm die Birne aus der Schürzentasche, wischte sie ab und biss hinein. Sie war süß und saftig. »Möchtest du?«

Er schüttelte den Kopf. »Mir ist übrigens ein Geschenk für dich eingefallen.«

»Ach, Carl, nun lass doch meinen Geburtstag ...«

»Nichts da. Wie alt bist du eigentlich geworden? Neunzehn, nicht wahr? Du siehst keinen Tag älter aus als achtzehn.«

Sie knuffte ihn lächelnd und beugte sich vorsichtig aus der Luke.

Unten schaukelten mehrere Schuten auf dem Fleet. Stimmen, die durcheinanderredeten, und lautes Gebrüll waren zu hören.

»Macht Platz da! Zur Seite!«

»Macht doch selbst Platz!«

»Fiete, pass auf den Steg auf, Deibel noch eins!«

Sie hatten schon erlebt, dass Männer im allgemeinen Gerangel auf dem Fleet über Bord gegangen waren.

»Soll ich die Luke schließen?«, fragte Leonore.

»Besser nicht. Mein Schädel brummt, die frische Luft tut mir gut.« Carl schob mit der Fußspitze eine sperrige Kiste beiseite. »Willst du gar nicht wissen, was ich mir überlegt habe?«

»Nein.«

Er drehte sich zu ihr um und sah richtig empört aus, sodass sie lachen musste. »Na schön, nun sag schon.«

»Unser alter Herr ist heute Nachmittag nicht da. Er muss rüber ins Salzlager. Was hältst du davon, wenn du meine Stelle im Laden einnimmst? Ich habe noch etwas Wichtiges zu erledigen.«

Leonore schluckte rasch ihren letzten Bissen hinunter.

»Sehr gerne!«

2.

Seit dem Tod der Mutter machte Carl sich Sorgen um seine Schwester. Früher hatte sie viel gelacht, war heiter und unbeschwert gewesen, doch nun war sie meist still und in sich gekehrt. Sie und ihre Mutter hatten viel gemeinsam gehabt, unter anderem die Leidenschaft für Musik. Sonntags hatten sie immer zusammen am Klavier gesessen und vierhändig gespielt. Auch äußerlich waren sie sich sehr ähnlich gewesen, mit dem gleichen haselnussbraunen Haar und den grünen Augen.

Auch er vermisste seine Mutter, sie war nachgiebig und sanft gewesen, während sein Vater streng und aufbrausend sein konnte.

»Nora wird Mathias heiraten«, hatte sein Vater eines Tages verkündet, und seine Schwester war genau wie Carl aus allen Wolken gefallen. »Ich muss euch wohl nicht erklären, was für eine gute Partie Mathias ist. Er wird eines Tages die Bäckerei erben.«

»Und was sagt Mathias dazu?«, hatte Carl gefragt und einen bitterbösen Blick des Vaters geerntet.

»Ich finde, er kann sich keine bessere Frau wünschen«, hatte dieser erwidert.

Das klang nicht, als sei Mathias, Carls bester Freund, darauf vorbereitet oder gar gefragt worden.

»Grieve und Kölling.« Zufrieden hatte sein Vater genickt. »Wir werden alle davon profitieren, glaubt mir.« Er hatte auf ihn gezeigt. »Wenn du erst mal den Laden übernommen hast, wirst du mir dankbar sein, mein Sohn.«

Carl hatte sich abwenden müssen, um seine Wut zu bändigen. Ihm war der Laden vollkommen gleichgültig, er hatte ganz andere Wünsche, was seine Zukunft betraf. Aber das interessierte den Vater herzlich wenig. Genauso wie es ihn nicht interessierte, dass Nora sehr viel besser geeignet war, den Laden zu übernehmen.

Jetzt, als sie zu dritt am Mittagstisch saßen, warf Carl seiner Schwester einen Blick zu. Sie stocherte in ihrem Essen und hielt den Kopf gesenkt.

»Die Rinderrouladen sind dir wieder sehr gut gelungen.« Vielleicht würde er ihr mit dem Lob ein Lächeln entlocken.

»Das freut mich.«

Sein Vater schob den leeren Teller weg. »Ich muss gleich noch zu Köllings. Bei der Gelegenheit werde ich das Thema Heirat auch noch mal auf den Tisch bringen.«

Nora hielt den Blick weiterhin gesenkt.

Carl wartete darauf, dass sein Vater die Küche verließ, dann sagte er leise: »Er mag dich, Nora.«

Sie schnaubte. »Natürlich. Deshalb will er ja nur das Beste für mich.«

»Ich meinte Mathias.«

Sie errötete. »Und wenn schon.«

»Nicht die schlechteste Voraussetzung für eine Ehe.«

»Willst du mich gerade trösten, oder willst du mir erklären, dass wir Frauen nun mal hinnehmen müssen, dass Männer uns sagen, was wir zu tun und zu lassen haben?« Sie stand hastig auf und stellte die Teller in die Spüle. »Das kannst du dir sparen, das weiß ich nämlich schon.«

»Wir haben alle unseren Platz im Leben.«

»Lass gut sein, Carl.«

»Fragt mich wer, ob ich den Laden übernehmen will?«

Sie sah ihn ernst an. »Warum glaubt ihr Männer eigentlich, dass wir Frauen nur in die Küche gehören? Warum traut ihr uns nicht zu, dass auch wir unseren Kopf zum Denken und nicht nur für hübsche Frisuren gebrauchen?«

Carl hob die Hände. »Ihr? Ich habe nie behauptet, dass Frauen nur für Hausarbeit zu gebrauchen sind.«

»Auch wir Frauen können etwas schaffen«, redete seine Schwester unbeirrt weiter. »Wenn man uns nur lässt.«

»Mir musst du das alles nicht sagen«, meinte er sanft. »Ich bin auf deiner Seite, das war ich immer.«

Sie ließ die Schultern hängen. »Ich weiß, entschuldige. Ich habe mich ein bisschen in Rage geredet.«

»Du bist eine gescheite junge Frau, du bist zu weit mehr fähig, als einen Eintopf zu kochen und die Wäsche sauber zu halten.« Er sprach deutlich leiser weiter. »Und ich glaube, auch Vater weiß das.«

»Nein.« Sie schüttelte den Kopf. »Wenn er es wüsste, ließe er mich machen.«

»Das ist Unsinn, Nora.«

»Ich will mir wenigstens meinen Mann selbst aussuchen«, stieß sie hervor und stellte den Wasserkessel so hart auf die Herdplatte, dass es schepperte.

Carl wusste nicht, was er erwidern sollte. Er verstand sie nur zu gut.

»Ich liebe den Laden. Ich kann mit der Kundschaft und mit Zahlen umgehen.« Er sah das Feuer in ihren Augen, das er so lange vermisst hatte. »Ich würde den Laden so gerne führen, Carl. Ich könnte es! Ich wäre gut darin.«

»Ich weiß. Aber hier geht es nicht um den Laden, hier geht es ...«

»Oh doch!«, fiel sie ihm aufgebracht ins Wort. »Es geht auch um den Laden.«

Die Tür wurde geöffnet, und ihr Vater erschien auf der Schwelle, seinen Hut in der Hand. »Was ist hier los?«

»Nichts, Vater«, sagten beide gleichzeitig.

»Ich bin zum Abendessen zurück.« Damit ließ er sie wieder allein.

• • •

Am Nachmittag war Leonore in ihrem Element. Sie trug eine frisch gestärkte, blütenweiße Rüschenschürze und hatte ein strahlendes Lächeln im Gesicht, als einer ihrer ältesten Kunden den Laden betrat. »Tag, Herr Wedekind. Was darf's denn sein?«

»Ich nehme ein Stück Glycerinseife.«

Leonore zeigte hinter sich. Sie hatte das Regal abgestaubt und die Seifen hübsch nebeneinander arrangiert. »Und wie wäre es zusätzlich mit Rasier- oder Kernseife?«

»Habt ihr auch Parfümseife?«

»Leider nein.« *Parfümseife,* notierte sie sich im Geiste. Sie würde den Vater darauf ansprechen.

»Ach, wie schade. Es gibt so hübsche Seifen, die nach Rosen und Veilchen duften, sagt meine Frau.« Wedekind schmunzelte. »Ich nehme noch ein Pfund Kaffee, ein halbes Pfund Zucker, eine kleine Tüte Salz und ein Dutzend Holzknöpfe.«

Rasch suchte Leonore alles zusammen und ging zur Waage, um Zucker und Salz abzuwiegen. Das feine Rieseln und leise Rascheln der Papiertüte machte sie stets aufs Neue glücklich. Es fühlte sich herrlich an, im Laden stehen und Kunden bedienen zu dürfen. Würde sie das doch nur jeden Tag tun können!

»Das hätte ich beinahe vergessen. Hier.« Wedekind bat sie, die Hand auszustrecken, und legte ihr etwas hinein.

»Marzipan.« Sie verdrehte seufzend die Augen. »Das habe ich ewig nicht mehr gegessen.« Das letzte Mal, als sie zwölf oder dreizehn gewesen war. Eine Kundin hatte es aus Lübeck mitgebracht, wo es in einer Manufaktur hergestellt wurde. Beim ersten Bissen hatte Leonore innegehalten und mit der Zungenspitze nachgefühlt. Es schmeckte nach Mandeln und noch etwas anderem, und es war weich, saftig und cremig. Später hatte sie erfahren, dass Rosenwasser das Geheimnis dieser Köstlichkeit war, und sie hatte sich fest vorgenommen, den wundervollen, ganz und gar einzigartigen Geschmack niemals wieder zu vergessen.

Jetzt brach sie ein winziges Stück ab und steckte es sich in den Mund. *Wie wäre es, wenn wir auch Marzipan anbieten würden?*, überlegte sie.

»Ich brauche noch Schuhcreme. Und Äpfel. Welche Sorte habt ihr da?«

»Wir haben heute Pfannkuchenäpfel bekommen.«

»Fein. Ich nehme eine große Tüte.«

Oben in der Wohnung rumpelte es, gleich darauf fiel etwas um.

Beide hoben den Kopf und blickten an die Decke.

»Nanu, habt ihr Heinzelmännchen?«

»Das wäre dann und wann gar nicht so schlecht. Nein, der Wind wird das Küchenfenster zugeworfen haben. Darf es sonst noch etwas sein?«

»Das wäre dann alles.«

Leonore tippte den Betrag in die Kasse, nahm das Geld entgegen und wünschte Herrn Wedekind noch einen schönen Tag.

Als die Tür hinter ihm ins Schloss fiel, lief sie rasch nach oben, um nachzusehen, ob etwas zu Bruch gegangen war.

Aber es war ganz offenbar wirklich nur das Scheppern des Fensters gewesen.

• • •

Leonore hatte das Geld des letzten Kunden in die Kasse gelegt, als ihre Freundin Elis hereinkam, im Arm einen Strauß bunter Herbstblumen. Die beiden kannten sich seit Kindertagen, und Elis hatte noch nie ihren Geburtstag vergessen.

»Du hier?«, fragte sie überrascht. »Ist dein Vater gar nicht da?«

»Er musste zum Salzlager.«

»Und Carl?«

»Er hat mich gefragt, ob ich ihn vertreten möchte. Es ist sein Geburtstagsgeschenk.«

»Dann nehme ich an, du hattest einen schönen Geburtstag.« Elis umarmte sie. »Alles Gute, Nora.«

»Danke.« Leonore nahm die Blumen entgegen und roch daran. »Wie herrlich sie duften!«

Elis sah aus, als habe sie etwas auf dem Herzen. »Ich muss dir etwas sagen, Nora. Es geht um Fritz.«

»Fritz?«, fragte Leonore verwundert. »Welcher Fritz?« Sie lachte in sich hinein und tat so, als würde ihr erst jetzt einfallen, von welchem Fritz Elis sprach. »Ach, du meinst Fritz Merkur, den Sohn des Apothekers? Dieser gut aussehende Bursche mit den weizenblonden Haaren und den meerblauen Augen?«

Zu ihrer Belustigung errötete ihre Freundin. »Wir haben uns verlobt.«

»Verlobt? Du meine Güte! Und? Erzähl! War es sehr romantisch? Musstest du weinen? Hat er vor dir gekniet?«

»Es war furchtbar romantisch.« Elis seufzte. »Ich musste tatsächlich weinen. Hier.« Sie streckte Leonore die linke Hand entgegen. »Ich weiß, er ist schlicht ...«

Leonore schnalzte mit der Zunge. »Und wenn schon. Fritz liebt dich, das ist wichtiger als ein funkelnder Ring.«

Ihre Freundin war eine der wenigen Frauen, die das Glück hatte, den Mann heiraten zu dürfen, den sie liebte.

Die beiden Familien kannten sich seit Jahren, und der älteste Sohn der einen und die einzige Tochter der anderen Familie hatten sich ineinander verliebt. So etwas kam vor.

»Wann ist die Hochzeit?«

»Im Mai.«

»Wie schön.« Leonore drückte ihre Hand. »Ich freue mich so für euch.« Auch wenn sie gerade daran denken musste, dass ihr Vater womöglich in diesem Moment bei Bäcker Kölling auf ihre baldige Verlobung drängte. Sie verscheuchte den Gedanken und zwang sich zu einem Lächeln. Elis war zwar ihre Freundin, aber sie vertraute ihr längst nicht alles an.

Elis blickte sich im Laden um und zeigte auf das Regal hinter Leonore. »Habt ihr Perlmuttknöpfe da?«

»Selbstverständlich.« Nun war Leonore wieder ganz Verkäuferin. »Wie viele dürfen es denn sein?«

Am Abend wollte Leonore den Laden schließen und war kurz an der Tür stehen geblieben, um nach draußen zu schauen. Es hatte zu nieseln begonnen.

Ein junger Mann kam die Straße entlang. Leonore erkannte Mathias. Sie überlegte kurz, sich hinter dem Tresen zu verstecken. Sie mochte nicht mit ihm reden, nicht jetzt. Für ihren Geschmack war das Wort »Heirat« heute schon viel zu oft gefallen. Doch Mathias hatte sie bereits gesehen und grüßte sie schüchtern aus der Ferne. Kurz darauf stand er vor ihr, eine Hand hinter dem Rücken, als würde er dort etwas verstecken. Einen flüchtigen Moment lang dachte sie, es könnte ein Verlobungsring sein. Dann hätte ihr Vater ganze Arbeit geleistet.

»Die sind für dich.« Mathias zog einen Strauß roter und weißer Nelken hervor. »Alles Gute zum Geburtstag.«

»Danke«, stammelte Leonore überrascht und eine Spur verlegen.

»Meine Mutter sagt, Nelken sind Friedhofsblumen. Aber ich weiß, dass du Nelken magst.«

»Ja, und die roten mag ich am liebsten.«

Sie standen unbeholfen voreinander.

»Na, dann will ich mal wieder …« Mathias hatte sich bereits abgewandt, blieb dann jedoch unschlüssig an der Tür stehen. Ob er noch etwas sagen wollte?

Bitte nicht, flehte Leonore in Gedanken. *Lass ihn einfach heimgehen!*

Zögernd drehte er sich wieder zu ihr um. »Ist Carl da?«

»Nein, er hatte etwas zu erledigen.«

Mathias nickte, noch immer zögernd und unentschlossen. »Und dein alter Herr?«

»Ist er nicht bei euch?«, fragte sie zurück und hoffte, dass es gleichmütig klang.

»Er war am Nachmittag da. Er und mein Vater haben eine ganze Weile miteinander gesprochen.«

»Du weißt aber nicht, worum es ging?« Sie ärgerte sich über die unbedachte Frage. »Entschuldige, ich wollte nicht neugierig sein.« *Es geht mich ja auch nichts an*, fügte sie in Gedanken hinzu. *Es geht ja nur um meine Heirat, nichts weiter.*

»Nein, die beiden hatten sich in Vaters Hinterzimmer

zurückgezogen«, antwortete er. Er nahm seine dunkle Kappe ab und fuhr sich durch sein rötliches Haar.

Leonore betrachtete ihn verstohlen. Mathias war ein netter junger Mann, immer höflich, nie unbesonnen. Sie mochte ihn, aber sie konnte sich nicht vorstellen, den Rest ihres Lebens mit ihm zu verbringen. Für den Rest ihres Lebens ihrem Vater den Haushalt zu führen, konnte sie sich allerdings genauso wenig vorstellen.

Schließlich räusperte Mathias sich und zeigte auf die Nelken in ihrer Hand. »Du solltest sie ins Wasser stellen.«

Sie bedankte sich erneut, weil sie nicht wusste, was sie sonst hätte sagen sollen.

»Gern geschehen.« Er räusperte sich wieder. »Ich würde gerne etwas mit dir besprechen, Nora.«

»Besprechen« klang nicht, als habe er vor, ihr einen Antrag zu machen.

»Es geht um Carl.« Er senkte die Stimme und trat etwas näher. »Ich mache mir Sorgen um ihn. Du weißt, dass er eine Menge Geld verspielt hat?«

»Ich habe es geahnt, ja.«

»Nicht nur das.« Er zögerte und trat unsicher von einem Bein auf das andere.

»Raus mit der Sprache, Mathias. Ich bitte dich.« Über seine Schulter hinweg sah sie ihren Bruder die Straße entlangkommen. »Schsch! Er kommt!«

Mathias drehte sich genau in dem Augenblick um, als ihr Bruder die Tür öffnete.

Carl schüttelte sich wie ein Hund. »Ein Wetter ist das!«

Er klopfte seinem Freund auf die Schulter und fragte Leonore, ob ihr Vater schon da sei.

»Nein.«

»Gott sei Dank. Bist du zurechtgekommen?«

Sie nickte.

Mathias stand betreten neben ihnen, den Blick auf seinen Schuhen.

»Ich ziehe mich rasch um.« Carl ging an ihnen vorbei.

»In einer Stunde gibt's Abendessen«, rief sie ihm nach.

»Ist gut.« Er hob nur kurz die Hand und eilte weiter.

Als seine Schritte auf der Treppe zu hören waren, die nach oben in die Wohnung führte, nahm Leonore den Faden wieder auf: »Was wolltest du mir erzählen?«

Mathias wand sich ein wenig und sagte dann leise: »Er schuldet ein paar ziemlich üblen Burschen Geld.«

»Ach du Schreck!«

»Er hat es nur am Rande erwähnt, und ich weiß nicht, ob er das ›Problem‹, wie er es nannte, schon gelöst hat.«

»Weißt du, um wie viel Geld es sich handelt?«, flüsterte sie.

»Um viel, nehme ich an.«

So tief war ihr Bruder also schon gesunken.

»Ich habe ihm Geld geliehen, aber ich vermute, er hat es gleich wieder verspielt. ›Irgendwann werde ich reich sein, Mathias, dann bekommst du alles dreifach zurück‹, hat er gesagt. Er glaubt wirklich daran.«

Sie schluckte gegen den Kloß in ihrem Hals an.

»Kannst du nicht mit ihm reden, Nora? Du bist seine Schwester.«

»Und du bist sein bester Freund.«

»Auf dich hört er vielleicht«, sprach Mathias weiter. »Rede ihm ins Gewissen, ich bitte dich.« Es klang eindringlich und sehr besorgt.

»Ich glaube nicht, dass er auf mich hört«, erwiderte Leonore bedauernd. Wenn es wirklich schon so schlimm um ihren Bruder stand, dass er zwielichtigen Männern Geld schuldete, war es längst zu spät, um ihm ins Gewissen zu reden.

Schließlich nickte Mathias betrübt. »Ich gebe ihn trotzdem nicht auf.«

»Glaubst du, ich gebe ihn auf?« Sie hatte lauter gesprochen, als sie beabsichtigt hatte, weil sie aufgebracht war.

»Das habe ich damit nicht sagen wollen. Wiedersehen, Nora.«

• • •

Mit raschen Schritten lief Mathias die Deichstraße entlang, die Mütze ins Gesicht gezogen, damit ihm der aufkommende Wind den Regen nicht ins Gesicht peitschen konnte.

Wenn er seinem Freund doch nur helfen könnte!

Er schlug den Weg nach rechts ein und stieß beinah mit einem Mann zusammen, der ihm entgegenkam. »Können Sie nicht aufpassen?«, wurde er angefahren. Er murmelte eine Entschuldigung, anstatt den Mann daran zu erinnern, dass er genauso wenig achtgegeben hatte.

Mathias ging weiter über die Holzbrücke. Vielleicht ließ sich herausbekommen, wer die Kerle waren, die Carl auf den

Fersen waren. Nur wie? Und was sollte er dann tun? Den Burschen auflauern und sie verdreschen? Ihnen sagen, dass sie Carl kein Geld mehr leihen sollten?

Es war nur eine Frage der Zeit, bis Carls Doppelleben zu seinem Vater vordringen würde. Und was dann? Sein alter Herr würde sicher wenig Verständnis für solche Machenschaften haben. Ganz zu schweigen von dem Ansehen der ganzen Familie, dem Carl damit schadete. Er war fleißig dabei, den Ruf der Grieves zu ruinieren.

Mathias rutschte auf dem glitschigen Pflaster aus, ruderte mit den Armen und fing sich wieder. Sein Hosensaum war bereits völlig verdreckt, seine Strümpfe klatschnass. Bei jedem Schritt quietschten seine Schuhe.

Hübsch hatte Nora heute ausgesehen, ganz besonders hübsch sogar. Ihre Augen hatten geleuchtet, es war ihr anzusehen gewesen, wie glücklich es sie machte, im Laden zu stehen.

Langsam spazierte er weiter, den Regen, der aus seinem Haar tropfte und ihm in den Kragen lief, bemerkte er kaum.

»Na, mein Schöner, so ganz allein unterwegs?« Eine lockende Frauenstimme, ungewöhnlich rau und dunkel.

Mathias drehte den Kopf und sah eine schwarzhaarige Frau mit kirschroten Lippen aus einem Hauseingang kommen. Oder hatte sie dort gestanden und gewartet? Auf ihn?

Lässig lehnte sie nun an einer Hauswand, den Kopf zur Seite geneigt, und musterte ihn. Schwer zu sagen, wie alt sie war, auf jeden Fall deutlich älter als er. Er spürte, wie ihm das Blut ins Gesicht schoss. Für einen kurzen Moment hatte sich ihr Gesicht in Noras verwandelt.

»Wie wäre es mit ein, zwei netten Stündchen, mein Süßer? Nur wir zwei? Na, was meinst du?«, gurrte sie.

Er murmelte ein »Nein, danke« und schickte sich an, weiterzugehen.

»Warum so unhöflich? Du hast mich ja noch gar nicht richtig angesehen.« Sie lachte heiser.

Mathias nahm die Beine in die Hand und eilte an der Frau vorbei, ihr amüsiertes Lachen im Nacken. »Ja, lauf nur zu deiner Mama, mein Kleiner.«

Er bog in die Katharinenstraße, lief noch etwas schneller und schloss kurz darauf die Ladentür der Bäckerei auf. Die Wohnung lag über dem Geschäft, genau wie bei den Grieves.

»Mathias? Bist du das?«, hörte er seine Mutter rufen.

Hatte er so viel Lärm gemacht?

»Ja, ich bin's, Mutter!«

»Pünktlich zum Abendessen!« Sie lachte.

Es roch nach Graupeneintopf, und sein Magen meldete sich. Seine Mutter kochte gut und reichlich. Zuweilen war es doch ein Segen, dass er noch zu Hause wohnte.

Sein Vater saß bereits am Tisch, als er hereinkam. »'n Abend, Junge. Du warst bei den Grieves?«

»Nora hat heute Geburtstag.« Er hatte seine nasse Jacke ausgezogen und über die Stuhllehne gehängt.

Seine Mutter schnalzte mit der Zunge und nahm sie herunter. »Die gehört nicht an den Küchentisch. Du wirst einige Dinge ändern müssen, wenn du erst verheiratet bist.«

»Wozu?« Sein Vater grinste. »Wenn er verheiratet ist, wird seine Frau hinter ihm herräumen.«

Sein jüngerer Bruder Kurt kicherte, und seine Mutter murmelte etwas, das er nicht verstand.

»Wo bleibt das Essen, Mechthild? Ich hab Hunger.« Sein Vater warf ihm einen belustigten Blick zu und zwinkerte. »Mahlzeit!«

• • •

Leonores Vater kam spät, das Abendessen war längst fertig und stand im Ofen, als Leonore endlich seine Schritte im Flur hörte. Er trat in die Küche und ließ sich auf einen Stuhl fallen.

»Die Pfannkuchenäpfel gingen wie geschnitten Brot, und ich habe den letzten Spindelbohrer verkauft«, plapperte sie und biss sich sogleich auf die Zunge. Ach du Schreck!

»Sieh an, du warst also im Laden.«

»Ich habe Carl geholfen«, beeilte sie sich zu erklären.

»Und was war sonst noch?«

War er gar nicht verärgert? »Herr Tönning lässt fragen, ob wir noch einen Rechen besorgen können, der alte ist ihm kaputtgegangen«, sagte sie ein wenig zögernd.

»Ich nehme an, du hast alles ordnungsgemäß aufgeschrieben?«

»Natürlich.«

»Gut.« Er nickte. »Ich bin hungrig. Ist das Essen fertig?«

»Ja, Vater. Du siehst müde aus.«

»Ich *bin* müde. Musste mit Kleemeier feilschen, und er ist ein verdammt harter Knochen, das kann ich dir sagen.« Schwerfällig stand er wieder auf. »Ich ziehe mich rasch um.«

Leonore wartete, bis er in seinem Zimmer verschwunden war, dann klopfte sie an Carls Tür. »Das Essen ist fertig.«

Sie hörte, wie eine Schublade zugeschoben wurde. Kurz darauf stand ihr Bruder in der Tür. »Ist der Alte da?«

»Er ist gerade gekommen.«

»Wie ist seine Laune?«

»Er ist müde, weil er mit Herrn Kleemeier um die Salzpreise feilschen musste.«

Carl nickte. »Komm, ich helfe dir beim Tischdecken. Heute ist schließlich dein Geburtstag.«

»Ach, Carl.« Leonore seufzte kopfschüttelnd. »Das hab ich doch längst getan.«

Er zog seine Taschenuhr aus der Hosentasche. »Ich muss nach dem Essen noch mal weg.«

»Wohin?«, fragte sie, obwohl sie nicht damit rechnete, eine ehrliche Antwort zu bekommen.

»Geschäfte«, antwortete er kurz angebunden.

Leonore ahnte, was er mit »Geschäfte« meinte. »Bring dich nicht noch mehr in Schwierigkeiten, versprich's mir.«

»Ich verspreche es.« Er tippte ihr mit dem Finger auf die Nasenspitze. »Heute ist ein guter Abend, ich hab's im Gespür, Nora.«

Wie oft schon hatte er gemeint, es läge ein guter Abend vor ihm. Sie hatte schon darüber nachgedacht, ihre Aussteuer zu versetzen und ihm Geld zu geben, damit er seine Schulden begleichen konnte. Doch er würde sicher nichts davon wissen wollen und sich lieber weiter verschulden.

»Vergiss deinen Schlüssel nicht wieder.«

»Keine Sorge. Und jetzt lass uns zu Abend essen. Ich habe einen Bärenhunger.«

3.

Am Morgen darauf saß Leonore am Klavier und klimperte lustlos auf den Tasten. Seitdem ihre Mutter tot war, hatte sie die Freude am Spiel verloren.

»Wo bleibst du denn?« Die Stimme ihres Vaters ließ sie hochschrecken. »Ich schließe den Laden gleich auf, und du hast den Tresen noch nicht abgewischt. Und die Kasse muss …«

»Beides ist längst erledigt«, erklärte sie müde.

»So? Na dann …« Er räusperte sich und wollte sich abwenden.

»Vater?« Sie erhob sich und klappte den Klavierdeckel zu. »Ich habe mir etwas überlegt.«

»Du hast lange nicht mehr gespielt«, sagte er zur gleichen Zeit.

»Nein, mir ist die Lust daran vergangen.«

»Was hast du dir überlegt?«

»Was würdest du davon halten, wenn wir Parfümseifen anbieten?« Sie überhörte sein Schnauben und fuhr fort. »Und vielleicht Marzipan. Die Manufaktur in Lübeck …«

Er hob die Hand. »Zerbrich dir nicht den Kopf über Dinge, die dich nicht zu interessieren haben, Nora.«

Mit dieser Antwort hatte sie gerechnet. »Warum lässt du mich nicht den Einkauf machen? Ich könnte dafür sorgen, dass neue, praktische oder vielleicht auch nur hübsche Dinge angeschafft werden. Es gibt so viel …«

»Die Hartnäckigkeit hast du von deiner Mutter.« Ein flüchtiges Lächeln huschte über sein Gesicht, doch dann wurde er wieder ernst. »Carl und ich kümmern uns um die Geschäfte. Du hingegen wirst heiraten« – wie bald er das wünschte, verriet sein Blick – »und einen Stall voller Kinder bekommen. Dann und wann wirst du in der Bäckerei mitzuarbeiten haben. Damit hast du genug zu tun, glaub mir. Außer Mathias möchte, dass ihr euch die Hausarbeit teilt.« Er lachte lauthals, machte auf dem Absatz kehrt und stieg die Treppe hinunter in den Laden.

Kurz darauf verließ auch Leonore die Wohnung, um ihrer Nachbarin beim wöchentlichen Hausputz zu helfen.

Gertraude erwartete sie bereits, Putzlappen und Eimer in der Hand. »Auf dich ist Verlass, mien Deern, wie immer.«

»Ich fange in der Küche an, einverstanden?«

»Mir wäre es lieber, wenn du oben in der Schlafkammer beginnst. Wir lassen die Türen auf, dann können wir miteinander plaudern.« Gertraude zeigte nach draußen. »Er liegt schon wieder da und gafft.«

Ihr Nachbar Erich Heldt war als Spion der Deichstraße verschrien, seitdem er es sich zur Gewohnheit gemacht hatte, den lieben langen Tag im Küchenfenster zu lehnen und die Nachbarschaft zu beobachten. Offenbar hatte er nichts Besseres zu tun, im Grunde war der Mann zu bedauern.

Leonore nahm den Eimer und stieg die schmale Holztreppe hoch. Es war schrecklich düster im Treppenhaus, ein Wunder, dass Gertraude noch nie gestürzt war.

»Sei so gut, und putz das Fenster auch von innen!«, rief Gertraude ihr von unten zu.

Während Leonore die kleinen Butzenscheiben wienerte, summte sie leise vor sich hin und dachte daran, wie sie mit ihrer Mutter vierhändig Klavier gespielt hatte. Das gemeinsame Musizieren fehlte ihr. Ihre Mutter fehlte ihr.

Als sie in den oberen Räumen fertig war und wieder nach unten kam, hörte sie Gertraude mit ihrem Kanarienvogel sprechen.

»Du machst dich über mich lustig, stimmt's? Wieso tust du nicht wenigstens so, als würdest du es versuchen? So schwer kann's doch nicht sein. Hör noch mal gut zu, Amadeus: ›Ich heiße Amadeus.‹ Komm, probier's mal.«

Leonore kippte das dreckige Wasser in den Rinnstein und winkte Erich Heldt zu, der sie neugierig beobachtete.

Als sie ins Haus zurückkam, redete Gertraude noch immer mit ihrem Vogel. »Du sturer Esel. Du solltest dich schämen.«

Leonore musste lachen. »Amadeus scheint sich nichts aus dem Sprechenlernen zu machen. Er singt eben lieber. Und das macht er doch wirklich gut.« Sie steckte einen Finger durch die Stäbe.

Gertraude räusperte sich. »Ich, ähm, hab da was für dich.«

»Du kommst jetzt aber nicht auf den Gedanken, mich fürs Fensterputzen zu bezahlen?«

»Nein, nein, ich ...« Ihre Nachbarin knüllte die Schürze mit beiden Händen zusammen. »Ich wollte sie dir schon länger geben, aber es gab noch keine ...« Gertraude griff in ihre Rocktasche und nahm eine kleine Kamee heraus. »Hier.« Sie streckte sie Leonore entgegen.

»Sie gehörte meiner Mutter. Und da wir keine Kinder haben ... Was ich sagen wollte, ist, ich möchte, dass du sie bekommst.«

Leonore betrachtete die Brosche in ihrer Hand. »Das kann ich nicht annehmen.«

»Doch, das kannst du. Deine Mutter hat zu mir gesagt: ›Wenn ich nicht mehr da bin, musst du dich um meine Nora kümmern.‹«

Leonore schluckte trocken.

»Du würdest mir einen großen Gefallen tun, wenn du sie nimmst.«

Sie nickte zögernd und überlegte, ob sie die Brosche anstecken sollte.

»Gefällt sie dir?«

»Sie ist wirklich hübsch.«

»Komm, ich stecke sie dir an.« Gertraude nestelte an Leonores Kragen herum, hielt sie danach etwas von sich und schien zufrieden. »Fein. Sie steht dir. Jetzt mache ich uns einen Kaffee. Keine Widerrede. Ich habe noch ein paar von den Mürbeplätzchen da, die du so gern magst.«

Nach der zweiten Tasse Kaffee verabschiedete Leonore sich hastig. Sie hatte sich mit Gertraude verplaudert, und sie musste noch das Mittagessen zubereiten.

»Danke für deine Hilfe, mien Deern.«

»Gern geschehen.«

Leonore ging zur Tür, und Gertraude folgte ihr. »Vielleicht ändert dein Vater eines Tages seine Meinung.«

»Wovon sprichst du?«

»Na, der Laden …«

Leonore schüttelte den Kopf. »Das glaube ich nicht.«

»Wenn du erst mal verheiratet bist …«

Nicht schon wieder! Sie wandte sich ab. »Ich muss los.«

Während sie die paar Schritte nach Hause lief, überkam sie ein Anflug von Ernüchterung und Hoffnungslosigkeit. Sie würde Mathias heiraten und eine vermutlich langweilige, freudlose Ehe führen. Er würde sich nach Kräften bemühen, das wusste sie, immerhin kannte sie ihn lange genug, aber das würde nichts daran ändern, dass sie sich nach etwas anderem sehnte.

Ihr Vater stand hinterm Tresen. »Wo warst du denn so lange?«

»Bei Gertraude, das weißt du doch.«

»Du hast hier genug zu tun, Nora. Gertraude …«

»Braucht meine Hilfe«, unterbrach sie ihn unwirsch und ärgerte sich prompt über ihre Impulsivität. »Entschuldige, Vater. Aber ich habe Mutter versprochen, ihr zur Hand zu gehen.«

»Ich dulde diese Aufsässigkeit nicht, Nora.«

»Ich habe mich entschuldigt.«

Er sah sie mit gerunzelter Stirn an, und sie wartete auf ein Donnerwetter, doch es blieb aus. Erleichtert wollte sie an ihm vorbeihuschen.

»Warte.«

Sie blieb mit dem Rücken zu ihm stehen, die Fäuste geballt.

»Ich hoffe, dass Mathias dir bald einen Antrag macht.«

Sie erwiderte nichts.

»Gibt es etwas, das ich wissen sollte?«

»Nein, Vater.«

»Dann ist's ja gut.«

Leonore wollte weitergehen, doch irgendetwas in ihr brachte sie dazu, sich noch einmal umzudrehen und ihren Vater anzufunkeln. »Es muss wunderbar sein, über andere bestimmen zu können.« Als es heraus war, schluckte sie. War sie noch ganz bei Trost?

»Ich bin dein Vater, und ich sage dir, was du zu tun hast. So ist das nun mal.«

Er sprach ruhig, aber sie wusste aus Erfahrung, dass seine Ruhe urplötzlich umschlagen konnte.

Langsam kam er näher, und für einen winzigen Moment glaubte sie, er würde sie ohrfeigen. Doch er blieb vor ihr stehen und schaute sie ernst an. »Glaubst du wirklich, es ist immer ein Zuckerschlecken, ein Mann zu sein?«

»Ja, das glaube ich.« Es klang trotzig.

»Dachte ich mir.« Er schnaubte. »Dann wärst du wohl auch ganz versessen darauf, in den Krieg zu ziehen und dein Leben zu riskieren, nicht wahr?«

»Was hat das jetzt mit Krieg zu tun, verflucht?«

»Hör auf zu fluchen, Nora.«

»Wir haben keinen Krieg.«

»Nein, aber es kann Krieg geben. Männer müssen Dinge tun, die beschwerlich und oft auch voller Entbehrung sind.«

»Du sprichst schon wieder vom Krieg.«

»Nein, ich spreche von den Pflichten eines Mannes, Nora, ganz gewöhnlichen Pflichten.«

»Und Frauen haben keine Pflichten?«

»Natürlich haben auch Frauen Pflichten. Das ist es ja, was ich meine. Jeder tut das, was er am besten kann und wofür er geschaffen ist.«

»Und alle sind glücklich und zufrieden?«

»Himmel Herrgott, von glücklich und zufrieden habe ich kein Wort gesagt. Weil es darum nicht geht.«

»Aber ich … Du darfst also auch fluchen, ja?«

Er blieb ihr eine Antwort schuldig, weil die Türglocke ertönte und Frau Walser den Laden betrat.

»Guten Tag, die Herrschaften! Leonore, dich habe ich ja eine kleine Ewigkeit nicht mehr gesehen. Gut schaust du aus.«

»Danke, Frau Walser. Vater.« Leonore nickte beiden zu und lief zur Treppe. Sie war so wütend, dass sie am liebsten mit der Tür geknallt hätte.

Aber sie tat es nicht. Sie wollte den Zorn ihres Vaters nicht noch weiter erregen.

In der Wohnung war es still, vermutlich war Carl auf dem Speicher.

»Carl? Bist du da oben?«

»Nein, ich bin hier«, kam es aus seinem Zimmer.

Sie klopfte an seine Tür. »Ist alles in Ordnung?«

»Ja, alles ganz wunderbar.«

Sie glaubte ihm kein Wort, es hatte ganz und gar nicht wunderbar geklungen. »Mach bitte auf, Carl.«

»Nein, ich bin müde.«

»Was sagt Vater dazu, dass du mitten am Tage in deinem Zimmer bist und schläfst?«

»Er findet, es sei eine gute Idee.«

Jetzt musste sie lachen. »Mach schon auf, ich glaube dir ohnehin nicht.«

Sie hörte schlurfende Schritte, dann wurde die Tür geöffnet.

Und sie erschrak halb zu Tode.

Sein Gesicht war geschwollen und über und über mit bläulichen Flecken übersät. Besonders sein linkes Auge sah schlimm aus.

»Wer war das?«, wisperte sie und schob ihn vor sich her.

»Jemand, der nicht gut auf mich zu sprechen ist.«

»Wer?«

»Niemand, den du kennst.« Er ließ sich aufs Bett fallen und stöhnte dabei auf.

»Ist deine Nase gebrochen?«

»Woher soll ich das wissen? Es fühlt sich jedenfalls so an.«

»Herrgott noch mal, Carl.« Sie setzte sich neben ihn. »Das muss gesäubert und versorgt werden.«

»Es sind nur ein paar Blutergüsse, Nora.«

»Ein paar Blutergüsse? Hast du mal in den Spiegel gesehen?« Sie schnalzte mit der Zunge und stand auf, um Verbandsmaterial und eine Wundsalbe zu holen.

Als sie zurückkam, lag ihr Bruder noch genauso da, wie sie ihn zurückgelassen hatte, die Augen geschlossen. Sie begann, die Wunden zu säubern und Salbe auf die Blutergüsse zu reiben. Dabei ging sie sehr behutsam vor. Trotzdem zuckte Carl hier und da zusammen und verzog das Gesicht vor Schmerz.

»Wie lange soll das noch so weitergehen, Carl?«

»Bis ich eine Glückssträhne habe.«

»Du glaubst wirklich daran, nicht wahr?«

»Natürlich tue ich das, ansonsten hätte ich schon längst aufgehört.«

»Aufhören.« Leonore schnaubte und betastete vorsichtig seine Nase. »Ich glaube nicht, dass sie gebrochen ist. Du hast Glück gehabt.«

»Wenigstens hierbei.«

»Hat Vater dich gesehen?«

»Was glaubst du denn? Natürlich nicht. Er hat angeklopft, wo ich bleibe, und ich habe eine Magenverstimmung vorgetäuscht.«

»Und was willst du ihm morgen erzählen?«

»Mir fällt schon was ein. Am besten, ich sage, ich wäre gegen den Holzpfeiler auf dem Speicher gelaufen.« Er öffnete die Augen. »Hübsche Kamee übrigens. Ein Geschenk?«

Sie nickte.

»Von Mathias?«

»Nein, von Gertraude. Beantworte mir eine Frage: Glaubst du wirklich, dass du jederzeit aufhören könntest?«

Jetzt lachte er, zuckte dabei aber leicht zusammen. »Natürlich könnte ich.«

»Dann tu es, ich bitte dich. Nein, ich flehe dich an. Wenn Vater erfährt ...«

»Schsch. Er wird nichts erfahren.«

»Es wird irgendwann herauskommen.« Allein der Gedanke verursachte ihr Übelkeit.

»Nein, es wird nicht herauskommen, Nora. Vertrau mir.« Es klang, als habe er sein ganzes Leben nichts anderes getan, als ihren Vater zu täuschen.

4.

Hamburg im Februar 1900

Das neue Jahrhundert hatte mit heftigem Schneegestöber und eisigem Wind begonnen, und es sah nicht so aus, als würde das Wetter bald umschlagen.

Wenige Tage nach Neujahr war eine ältere Kundin vor dem Laden ausgerutscht und hatte sich das Handgelenk verstaucht.

Leonores Vater war außer sich gewesen und hatte ihrem Bruder schwere Vorwürfe gemacht, dass er den Weg nicht besser gekehrt und gestreut hatte. Und Carl hatte nur dagestanden und es über sich ergehen lassen. Wie immer.

Leonore hatte noch nie erlebt, dass er aus der Haut gefahren war. Wieso sagte er ihrem Vater nicht, dass er mehrmals draußen gewesen war und den Weg freigefegt hatte? Er konnte nichts dafür, dass es den ganzen Tag weitergeschneit hatte.

Ein paar Tage später schoss sie morgens aus dem warmen Bett hoch. Draußen heulte der Wind, und einer der Fensterläden klapperte. Er hatte sich neulich gelöst, und Carl hatte vergessen, sich darum zu kümmern. Es war nur eine Frage der Zeit, wann ihr Vater es bemerken und ihn dafür tadeln würde.

Sie schob das dicke Plumeau zur Seite, schlüpfte in das Kleid vom Vortag, das über dem Stuhl hing, spritzte sich etwas kaltes Wasser ins Gesicht und richtete ihr Haar. Sie war viel zu spät dran, und sehr wahrscheinlich war sie heute diejenige, die ihr Vater tadeln würde.

Eilig lief sie nach unten. Die Tür zum Kontor war nur angelehnt, und sie hörte Papierrascheln. Hoffentlich saß Carl am Schreibtisch und nicht ihr Vater. Vorsichtig schob sie die Tür auf und atmete erleichtert auf. »Ich hab verschlafen, Carl. Ich mache gleich Frühstück.«

Er blickte auf. »Vater scheint auch verschlafen zu haben.«

»Was? Das ist ja noch nie vorgekommen. Ich wische schnell den Tresen und poliere die Kasse.«

»Das hab ich schon gemacht.«

Sie war bereits losgestürmt, blieb verdutzt stehen und drehte sich um. »Du?«

»Wieso nicht?«

Sollte sie ihm sagen, dass er dann vielleicht auch gleich den Fensterladen reparieren sollte? »Danke.«

»Da nich für.«

»Der Fensterladen … Er klappert furchtbar.«

Er nickte. »Ich weiß. Das mach ich später.«

Hoffentlich.

»Dann kümmere ich mich jetzt um das Frühstück. Und wecke Vater.«

Leonore lief wieder nach oben und klopfte an die Zimmertür ihres Vaters.

Nichts. Es blieb still.

Sie versuchte es erneut, und wieder blieb alles still.

Das war mehr als seltsam, und sie öffnete die Tür.

Ihr Vater lag bis zur Nasenspitze zugedeckt im Bett und schnarchte leise.

»Vater?«

Keine Reaktion.

»Vater? Es ist schon halb acht.«

Er schlug die Augen auf, blinzelte, setzte sich auf und starrte sie entgeistert an. »Was machst du hier?«

»Es ist schon halb acht«, wiederholte sie. »Du hast verschlafen.«

»Um Himmels willen! Das ist ja noch nie vorgekommen!« Erstaunlich behände sprang er aus dem Bett, und sie grinste verstohlen, weil er gerade genau das Gleiche gesagt hatte wie sie vor wenigen Minuten. »Was stehst du hier herum?« Er scheuchte sie weg, und sie ging in die Küche, um das Frühstück vorzubereiten.

Während sie darauf wartete, dass der Kaffee in die Kanne tröpfelte, ging ihr plötzlich durch den Kopf, wie es wohl wäre, wenn sie und Mathias verheiratet wären und gemeinsam frühstückten. Sie würde genau wie jetzt darauf warten, dass der Kaffee durchliefe, während Mathias hereinkäme und sich an den Tisch setzen würde. Vielleicht würde er sie mit einem Kuss begrüßen oder sie kurz umarmen.

Nein, wahrscheinlich nicht. Auch ihre Eltern hatten sich nie umarmt oder gar geküsst.

»Warum hast du mich nicht früher geweckt?« Ihr Vater war hereingekommen, und sie fuhr zusammen.

»Entschuldige, ich wusste nicht … Ich bin selbst …«

Doch er hörte ihr gar nicht zu, sondern setzte sich und schlug die Zeitung auf. »Ich hoffe, Carl ist unten.«

»Ja.«

»Gut.« Er blätterte die Seite um.

»Der Tresen ist gewischt, die Kasse poliert und die Scheibe in der Tür geputzt.« Sie schenkte ihm Kaffee ein. »Alles wurde brav erledigt.« Wenn auch nicht von ihr, sondern von Carl.

Neuerdings schoss sie dann und wann übers Ziel hinaus und gab schnippische Antworten. »Widerworte«, wie ihr Vater es nannte.

Eigentlich gefiel sie sich so gar nicht, aber hin und wieder konnte sie nicht anders.

»Du lernst schon noch, wo dein Platz ist.« Ihr Vater hatte nicht einmal aufgeblickt.

»Das weiß ich doch längst«, entgegnete sie ein wenig spitz.

Nun sah er auf, direkt in ihr Gesicht. »Und du lernst hoffentlich auch, dass es keinen Sinn hat, wieder und wieder mit dem Kopf durch die Wand zu wollen. Und jetzt will ich in Ruhe frühstücken«, kam er ihrem Protest zuvor.

• • •

Carl hatte am vorherigen Abend gewonnen, das erste Mal seit langer Zeit, und seinen Triumph kräftig begossen. So kräftig, dass zwei Freunde ihn nach Hause bringen mussten.

Immerhin erinnerte er sich noch daran.

Sie waren ein paarmal ausgerutscht und in den Schnee gefallen.

In solchen Momenten konnte er alles vergessen; es gab keinen strengen Vater, keinen Kolonialwarenladen und keine Schwester, von der er glaubte, sie ständig beschützen zu müssen.

Er liebte Nora, um nichts in der Welt hätte er sie hergeben wollen, aber es hätte ihn manchmal erleichtert, sich nicht beständig für sie verantwortlich fühlen zu müssen.

Wenn er getrunken hatte – genug getrunken –, war er nur noch Carl Grieve, dreiundzwanzig Jahre alt, der davon träumte, wegzugehen. Am liebsten nach Amerika.

Wäre er erst mal reich, würde er seine Sachen packen und verschwinden. Er würde das Leben führen, von dem er schon immer geträumt hatte. Sollte sein Vater mit dem verfluchten Laden doch tun, was er wollte. Nora wäre dann längst verheiratet – mit seinem Freund, was ihn ungeheuer erleichterte und beruhigte –, um sie müsste er sich nicht mehr sorgen.

Diese Dinge gingen ihm durch den Kopf, während er Frau Pellmann, eine Stammkundin, bediente, die irgendetwas von Krankheit und teuren Arztrechnungen faselte. Was interessierte ihn das?

Mechanisch legte er die gewünschten Waren auf den Tresen, nahm das Geld entgegen und legte es in die Kasse. Als Frau Pellmann zur Tür ging, wünschte er ihr überschwänglich einen schönen Tag und erntete einen bitterbösen Blick. Was hatte er denn falsch gemacht?

»Carl.« Seine Schwester kam um die Ecke und schnalzte

mit der Zunge. »Wie kannst du Frau Pellmann einen schönen Tag wünschen, wo sie zu Hause zwei kranke Kinder hat?«

»Woher soll ich das denn wissen?«

»Weil sie es dir gerade lang und breit erzählt hat.«

Er kratzte sich am Kinn. »Hab gar nicht hingehört«, gestand er.

Seine Schwester schüttelte den Kopf, während sie einen Stapel Papiertüten neben die Waage legte. »Ich hab's bemerkt, hoffentlich nicht auch Frau Pellmann.«

Er schloss die Kasse, lief zu Leonore und hob sie hoch. »Eine Glückssträhne, Nora! Ich hatte gestern eine Glückssträhne.«

»Wie schön.« Ihr Lächeln war schief und unecht.

»Du könntest dich ruhig ein bisschen für mich freuen.«

»Die Glückssträhne kann morgen schon wieder vorbei sein, Carl. Tu nicht so, als wüsstest du das nicht.«

»Sie wird nicht vorbei sein, das hab ich im Gefühl.« Er hatte die Stimme gesenkt, damit der Vater ihn nicht hören konnte. »Hast du noch nie davon geträumt, irgendwohin zu gehen, wo dich niemand kennt?«

»Was?«

»Nach Amerika zum Beispiel.«

Seine Schwester strich gedankenverloren über den glänzenden Tresen und lächelte wehmütig. »Amerika. Das ist so weit weg, dass ich mir gar nicht vorstellen kann, dass es überhaupt existiert.«

»Man kann dort ganz von vorn anfangen.«

»Ach ja? Und das soll einfach so gehen?«

»Ich will das alles hier nicht.« Er machte eine ausladende Handbewegung. »Der Alte kann sich von mir aus in seinem Laden begraben lassen, das würde ihm gewiss gefallen.«

»Carl!«, zischte sie. »Unser Vater ist noch sehr lebendig, und darüber sollten wir froh sein.«

»Dreh mir nicht das Wort im Mund rum, Nora. Ich will den Laden nicht, das wollte ich nie. Sogar Mutter meinte, du seiest hier viel besser ...« Er winkte ab. »Ich will nicht ewig unter seiner Fuchtel stehen.« Er wollte frei sein, unabhängig und seine eigenen Entscheidungen treffen. Sein Freiheitsdrang war so umfassend, dass er sich auch nicht vorstellen konnte, zu heiraten. Denn auch damit würde er seine Freiheit aufgeben. Hin und wieder nahm Mariechen, ein niedliches blondes Ding, das im Gasthaus ausschenkte, ihn mit in ihre Kammer, das genügte ihm völlig.

»Aber du wirst eines Tages den Laden übernehmen müssen, ob du willst oder nicht. Worüber machst du dir also Gedanken? Wenn Vater nicht mehr ist, kannst du ...«

»Nein, Nora, darauf werde ich nicht warten.«

Sie sah ihn erschrocken an. »Du machst schon Pläne? Du hast vor, mich hier alleinzulassen?«

»Nein, nein«, erwiderte er hastig. »Ich spinne gelegentlich ein bisschen herum«, erklärte er ausweichend. Er fühlte sich ertappt. Ja, er machte Pläne, auch wenn diese Pläne noch nicht ausgereift waren. Aber eines schönen Tages würde er Hamburg und dem Laden den Rücken kehren, das wusste er genau.

»Mein Traum wird sich nie erfüllen«, sagte sie traurig.

Bevor er noch etwas entgegnen konnte, hatte sie sich weggedreht und war nach oben gegangen.

Kaum war Leonore fort, kam sein Vater aus dem Kontor. »Hast du an die Linsen gedacht?«

Carl unterdrückte ein Seufzen. Genau das war es: Ständig stand sein Vater hinter ihm. *Vergiss dies nicht* und *Denk daran. Hast du schon* und *Mach gefälligst.*

»Carl?«

»Ich hab's nicht vergessen, Vater.«

»Die Rechnung mache ich gerade fertig. Und vergiss nicht wieder, dich für den Auftrag zu bedanken, hörst du?« Sein Vater pflegte *Ich stehe immer gern zu Ihren Diensten. Hochachtungsvoll, Carl Grieve* darunterzuschreiben.

Carl dagegen war der Meinung, dass ein zusätzlich ausgesprochener Dank überflüssig war. Aber bitte sehr, wenn der Vater es nun einmal so haben wollte ...

»Natürlich nicht.« Den Spott in seiner Stimme hatte er nicht unterdrücken können.

Eine Kundin kam herein, und sein Vater entschied: »Ich übernehme.«

Carl hatte nicht übel Lust, sich zu betrinken, um wenigstens einen Abend lang dies alles zu vergessen.

5.

Am Sonntag verließ Leonore das Haus, um einen Spaziergang zur Kirche machen. Ihr Nachbar lehnte wie immer im Küchenfenster, seine Katze neben sich. Leonore grüßte ihn freundlich und schlenderte weiter, die Hände tief in den Manteltaschen vergraben.

Es war bitterkalt, und die Straße war rutschig vom Schnee.

Sie musste an das Gespräch mit Carl denken. Amerika. Sie selbst würde Hamburg niemals verlassen, für keinen Traum der Welt. Aber ihr Traum war ja ohnehin ein anderer.

Ein junger Mann lief sie um ein Haar um und entschuldigte sich zerknirscht und überschwänglich. »Oh, tut mir leid, mein Fräulein, ich war in Gedanken. Ihnen ist doch nichts passiert?«

Sie lächelte flüchtig. »Nein, nein.«

»Ihnen ist auch wirklich nichts passiert?«

»Nein, ich sagte doch …« Sie betrachtete ihn verstohlen. Er hatte ein hübsches Gesicht, ein bisschen verwegen vielleicht. Seine blauen Augen musterten sie interessiert. *Listige Augen*, dachte sie ein wenig beunruhigt.

»Guten Tag.« Leonore ging rasch weiter und hatte das Gefühl, dass er ihr hinterherblickte.

Nachdem sie links abgebogen war, blieb sie stehen und drehte sich um. Er war nicht mehr zu sehen. Sie schlug den Weg zum Rödingsmarkt ein, ihre Lieblingsstrecke, wenn sie nachdenken wollte. Es begann wieder zu schneien. Vielleicht sollte sie besser wieder umkehren?

Nein, sie brauchte frische Luft und musste sich dringend bewegen. Sie zog das dicke Wolltuch bis zur Nasenspitze hoch und lief weiter.

Der Marktplatz war wie ausgestorben, nur ein paar Frauen standen zusammen und unterhielten sich lautstark über die Gemüsepreise.

Leonore öffnete die Kirchentür und trat ein. Sie nahm eine Kerze und zündete sie an. Eine Weile blieb sie stehen und starrte in die kleine Flamme, dann wandte sie sich ab. Heute konnte sie hier keinen Frieden finden.

Als die schwere Eichentür hinter ihr ins Schloss fiel, hatte sie für einen kurzen Moment das Gefühl, als stünde jemand ganz in der Nähe und würde sie beobachten.

Die Schneewolken zogen über den Himmel hinweg, und ein eisiger Wind war aufgekommen. Leonore schlang den Wollschal enger um ihren Hals und machte sich auf den Heimweg.

Das merkwürdige Gefühl war wieder da, und sie drehte sich um die eigene Achse. Doch es war niemand zu sehen.

Als sie über den Marktplatz in Richtung Neue Burg ging, kam der Mann von vorhin aus der Seitengasse. Sie erschrak so, dass sie abrupt stehen blieb. War er ihr etwa gefolgt?

Er trat auf sie zu, ein breites Lächeln auf dem Gesicht. »Ich sollte auch öfter in die Kirche gehen.«

Sie wusste nicht, was sie darauf erwidern sollte. Sein Blick war verschlagen und unangenehm durchdringend. Ihr wurde ganz mulmig zumute, und sie wollte so schnell wie möglich nach Hause.

Er spreizte den Arm ab. »Gestatten Sie, dass ich Sie nach Hause begleite?«

Leonore meinte, einen leisen Unterton herauszuhören, und sie hatte den Eindruck, als würde er sich normalerweise anders ausdrücken. Nicht so gewählt.

»Nicht nötig. Ich kann sehr gut allein gehen.« Leider klang es nicht so bestimmt und entschlossen, wie sie gehofft hatte.

»Nicht doch. Es ist rutschig, und ich würde mir nicht verzeihen, wenn Sie stürzen und sich verletzen.« Er umfasste grob ihren Ellbogen, und ihr Herzschlag beschleunigte sich auf unangenehme Weise.

Ihr ungutes Gefühl hatte sich bestätigt. Dieser Mann war keineswegs freundlich und um ihre Sicherheit besorgt. Hatte er vor, sie in eine Seitengasse zu zerren und über sie herzufallen? Am helllichten Tag, noch dazu an einem Sonntag? Oder wollte er sie ausrauben?

Wo waren die Frauen, die sich eben noch unterhalten hatten?

Leonore suchte mit den Augen den Platz und die Straße ab. Es konnte doch nicht sein, dass niemand unterwegs war.

»Kommen Sie, mein Fräulein.« Jetzt war seine Stimme aalglatt und schmeichelnd. »Verraten Sie mir Ihren Namen?«

»Mein Name geht Sie nichts an.«

»Nein? Jammerschade.« Er drückte roh ihren Arm. »Sie heißen Nora, nicht wahr?«

»Woher wissen Sie das?« Nun war sie eher wütend als ängstlich.

»Sagen wir so: Ein Vögelchen hat es mir gezwitschert. Und jetzt los! Abmarsch mit dir!« Er gab ihr einen Schubs.

»Ich schreie um Hilfe!«

»Nur zu.« Er grinste. »Ich sehe keine Menschenseele, die dich hören könnte, mein Täubchen.« Er trieb sie wie einen Ochsen vor sich her. »Du heißt Nora und bist die Schwester von Carl Grieve.«

Leonore wollte stehen bleiben und versuchte, sich gegen seinen Körper zu stemmen, der erschreckend nah an ihrem war.

»Du willst doch nicht, dass ich dir das Nasenbein breche, oder?«

»Das wagen Sie nicht!«

»Nein?« Er zeigte bräunliche Zähne. »Wollen wir wetten?«

»Was haben Sie mit meinem Bruder zu schaffen?«

»Oh, so einiges.« Er lachte.

Während sie weiterstolperte, überschlugen sich ihre Gedanken. Fieberhaft suchte sie nach einem Fluchtweg, aber sie fand keinen. Egal, wohin sie auch laufen würde, er hätte sie schnell wieder eingeholt. Und was er dann mit ihr anstellen würde, wollte sie sich gar nicht erst ausmalen. Ihr Herz schlug laut in ihrer Brust, und ihr Magen krampfte sich vor Angst zusammen.

»Ich will, dass du deinem Bruder was ausrichtest, Nora.«

»Hören Sie auf, mich so zu nennen!«

»Ich nenne dich, wie's mir passt. Also hör zu.« Er umfasste ihre Schultern und drehte sie zu sich herum, sodass sie ihm ins Gesicht sehen musste.

Blaue Augen, dunkelblondes Haar, breite Nase, versuchte sie sich einzuprägen. Und er war einen halben Kopf größer als sie.

Carl würde wissen, wer dieser …

»Hör zu, hab ich gesagt!«

Sie zuckte zusammen, als er an ihr Kinn griff.

»Sag ihm, Freddy will sein Geld. Mit Zinsen. Wiederhol es!«

»Sie wollen Ihr Geld. Mit Zinsen.«

»Und wie ist mein Name, Täubchen?«

»F-Freddy«, stotterte sie.

»So ist's brav.« Er ließ sie los und spuckte auf die Straße.

Und dann sah Leonore zwei Männer, die ihnen auf der Reimersbrücke entgegenkamen. Beide adrett gekleidet und in ein Gespräch vertieft. Leonore tat erst so, als würde sie stehen bleiben und rannte dann los, die Röcke gerafft.

»Helfen Sie mir!«, rief sie, während sie auf die beiden Männer zulief. Sie hatte so viel Schwung, dass sie befürchtete, sie umzureißen, doch einer der beiden streckte den Arm aus und fing sie auf.

»Mein Fräulein?« Er richtete seinen Hut.

»Der Mann …«, keuchte sie und zeigte hinter sich. »Er hat mir aufgelauert und …«

Die beiden drehten sich um und sahen dann Leonore wieder an.

»Aber dort ist niemand, mein Fräulein.«

Sie hatte Seitenstechen, und ihr war übel. »Das kann nicht sein. Er ...« Sie drehte sich ebenfalls um. Tatsächlich, der Mann war verschwunden. »Das verstehe ich nicht. Er war eben noch da, er hat mir an der Kirche aufgelauert. Ich ...« Sie verstummte, weil sie befürchtete, weinen zu müssen.

»Hat er Ihnen etwas angetan?«

Sie schüttelte den Kopf.

»Kommen Sie, wir geleiten Sie nach Hause. Wo wohnen Sie, mein Fräulein?«

»In der Deichstraße«, murmelte sie und richtete ihre Kleidung. »Über dem Kolonialwarenladen.«

• • •

Als seine Schwester in der Tür stand, das Gesicht weiß wie die Wand, schoss Carl so schnell vom Bett hoch wie noch nie zuvor. Und das, obwohl er einen schrecklichen Kater hatte und ihm hundeelend war. Er zog sie ins Zimmer und setzte sie auf einen Stuhl. »Was ist passiert?«

Ihre Stimme bebte. »Ich wurde von einem üblen Kerl verfolgt, als ich aus der Kirche kam. Er kannte meinen Namen.«

Er schluckte und musste sich ebenfalls setzen. »Was?«

»Woher kannte er meinen Namen?«

»Ich ... weiß es nicht, Nora.«

Carls Gedanken rasten. War er redselig gewesen, weil er zu viel getrunken hatte? Normalerweise achtete er peinlich genau darauf, noch nicht einmal seinen Nachnamen zu sagen. Für alle, mit denen er sich nachts traf, war er ganz einfach nur Carl. Niemand wusste, wo er wohnte. Zumindest hatte er das geglaubt. Verflucht! Offenbar hatte er zu viel intus gehabt.

»Es war furchtbar. Ich hatte solche Angst, und niemand war da, der mir helfen konnte.«

»Oh Gott, Nora«, stammelte er. »Hat er dir etwas getan?«

Nie zuvor hatte er sich so erbärmlich, so schäbig gefühlt. So weit war es also mit ihm gekommen, dass seine Schwester auf der Straße angegriffen und belästigt wurde.

»Nein«, sagte seine Schwester leise. »Er war nur sehr grob und hat verlangt, dass ich dir etwas ausrichte.«

»Und was? Nun sag schon!«

»Er hat gesagt, dass er sein Geld will. Mit Zinsen.«

»Hat er auch seinen Namen gesagt?« Carls Stimme war rau.

Seine Schwester nickte. »Freddy. Das ist doch bestimmt nicht sein richtiger Name, oder?«

»Ist das von Bedeutung?« Carl war aufgestanden und ging umher.

»Aber ...«

Er wirbelte herum. »Herrgott, Nora, es ist vollkommen egal, ob das sein richtiger Name ist!«

Sie saß da wie erstarrt, und er schämte sich für seinen Ausbruch. »Verzeih, es tut mir leid.« Er hockte sich vor sie hin. »Hat er dir auch wirklich nichts getan?«

Stumm schüttelte sie den Kopf und blickte auf ihre Hände.

»Es tut mir so leid«, sagte er wieder, weil ihm nichts Besseres einfiel.

»Ich habe mir sein Gesicht gemerkt. Ich konnte ja nicht wissen, dass er mir seinen Namen sagen wird.«

Carl ging wieder umher, die Arme verschränkt. Freddy Knollmeier also.

»Ich konnte weglaufen und habe zwei Männer um Hilfe gebeten. Sie haben mich heimgebracht und mir geraten, ich solle eine Anzeige machen.«

Er nickte, obwohl er kaum richtig zugehört hatte. Freddy konnte was erleben! Dem würde er die Hölle heiß machen.

»Carl?«

Er drehte sich zu ihr um. »Ja?«

»Soll ich das tun?«

»Was?«

»Den Mann anzeigen?«

Er hockte sich wieder vor sie. »Und dann, Nora? Werden sie zu Protokoll nehmen, dass ich diesem Kerl Geld schulde. Willst du das? Möchtest du, dass sie herkommen und mich befragen? Und Vater?«

»Nein«, antwortete sie leise. »Natürlich nicht.«

»Ich werde mich darum kümmern«, sagte er mit einer Stimme, die ihm selbst Angst machte.

»Ich werde Vater kein Sterbenswort sagen«, versprach Leonore.

Carl nickte matt.

»Niemand wird davon erfahren, versprochen. Aber du musst damit aufhören. Hör auf zu spielen. Ich bitte dich! Ich kann dir das Geld geben. Meine Aussteuer ...«

Er umfasste ihre Schultern und schüttelte sie leicht. »Nein, Nora! Auf gar keinen Fall!«

»Aber du ...«

»Nein!« Er ließ sie los. »Das ist meine Angelegenheit.«

»Jetzt nicht mehr«, erwiderte sie leise, stand auf und ging hinaus.

Bis Mitternacht hatte Carl sich im Bett herumgewälzt, dann war ihm endlich eine Idee gekommen. Er schlüpfte aus dem Bett, zog sich an und schlich die Treppe hinunter. Es war stockdunkel im Treppenhaus, und als sein Fuß ins Leere trat, fluchte er.

In der Wohnung oben schlug die Pendeluhr ein Mal. Halb eins. Er musste sich beeilen, wenn er Freddy noch antreffen wollte.

Carl lief schneller und stieß mit dem Ellbogen an den Türrahmen zum Kontor. Ein jäher Schmerz zuckte durch seinen Arm bis hin zum kleinen Finger. Mit einer Hand tastete er sich weiter. Sollte er Licht machen? Nein, besser nicht.

Draußen auf der Straße waren Stimmen und ein Lachen zu hören.

Der Schlüssel zum Wandschrank lag in der unteren Schreibtischschublade seines Vaters. Carl öffnete den Schrank und zählte das Geld nach, das darin lag. Sein Herz schlug ihm gegen die Rippen.

Das war nicht genug! Aber es reichte hoffentlich vorerst, damit Freddy Ruhe gab.

Er steckte die Scheine in seine Jackentasche und wischte

sich den Schweiß von der Stirn. Jetzt war er nicht nur ein Spieler, sondern auch ein Dieb. Er bestahl seinen eigenen Vater.

Einen Moment stand er wie erstarrt da, erschüttert über sich selbst. Dann riss er alle Schubladen des Schreibtisches auf und verstreute den Inhalt auf den Boden. Anschließend öffnete er leise die Ladentür, spähte auf die Straße, ob jemand zu sehen war, wickelte ein Taschentuch um seine Faust und stieß sie von außen durch die kleine Scheibe. Es klirrte, und er zuckte zusammen.

Eine Zeit lang verharrte er an der Tür und horchte. Als es still blieb, schloss er die Tür wieder und war wenig später in Richtung Hafen verschwunden.

6.

Am Morgen wurde Leonore von einem lauten Geräusch geweckt. Hatte jemand gerufen? Ihr Vater?

Sie setzte sich auf und rieb sich die Augen. Dann stand sie schnell auf und lief barfuß und im Nachthemd nach unten. Die Tür zum Kontor stand offen, und sie sah ihren Vater mitten im Raum stehen.

»Vater?« Sie trat ein, und augenblicklich verschlug es ihr die Sprache.

Das Kontor war durchwühlt worden, überall lagen Briefumschläge und Rechnungen herum, der Schreibtisch war leer gefegt, und alles lag verstreut darunter und daneben. Der Stuhl war umgekippt, zwei Aktenordner lagen vor dem Wandschrank. Der Schrank selbst stand sperrangelweit offen –, und er war leer. Leonore wusste, dass ihr Vater dort die Einnahmen aufbewahrte, bevor er sie zur Bank brachte.

»Jemand hat eingebrochen!«, rief sie aus. Noch nie hatte es bei ihnen einen Einbruch gegeben.

Ihr Vater drehte sich zu ihr um, doch er sah durch sie hindurch.

»Wir müssen die Polizei rufen, Vater.«

Er rührte sich nicht.

»Hast du nachgesehen, ob im Laden etwas fehlt?«

Als er noch immer nicht reagierte, lief sie selbst los, um nachzuschauen.

Im Laden herrschte keine Unordnung, alles stand an seinem Platz. Leonore stieß ein erleichtertes Zischen aus. Offenbar hatten die Diebe es nur auf die Einnahmen abgesehen.

Dann bemerkte sie die Glasscherben vor der Tür und das Loch in der Scheibe. Hier waren die Diebe also hereingekommen.

Eine Weile stand sie bewegungslos da, sie konnte es nicht fassen.

Schließlich lief sie zurück ins Kontor, wo ihr Vater noch immer wie angewurzelt dastand. »Soll ich den Schutzmann holen?«

»Man hat mich bestohlen.« Endlich sprach er. »Das Geld …«

»Wie viel war es, Vater?«

»Nicht sehr viel, Gott sei Dank«, murmelte er und drehte sich langsam zu ihr um. »Wo ist Carl?«

»Er wird oben sein.«

»Dann hol ihn.«

»Ich dachte, ich soll die Polizei …« Sie blickte an sich herab. Ach herrje, sie war noch im Nachthemd. »Ich gebe Carl Bescheid, dann ziehe ich mich an und laufe …«

Ihr Vater schüttelte den Kopf. »Carl soll das machen. Es ist besser, wenn er …« Er verstummte und tastete mit einer

Hand hinter sich. Offenbar suchte er einen Stuhl. »Man hat mich bestohlen.«

»Ich hole dir einen Stuhl.« Leonore hatte bereits die Hand an der Stuhllehne.

»Nein, nicht! Es muss alles so bleiben, wie es ist.«

Leonore ließ die Lehne los, als sei sie kochend heiß.

Sie hätte gern etwas Tröstendes gesagt, doch sie war selbst viel zu durcheinander.

»Nun lauf schon, Nora!«, stieß ihr Vater plötzlich hervor, und sie machte, dass sie nach oben kam.

Sie rüttelte ihren Bruder an der Schulter. »Carl! Wach auf!«

Er brummte etwas und wollte sich auf die andere Seite drehen. Sie kniete sich aufs Bett und rüttelte ihn wieder. »Carl! Bei uns ist eingebrochen worden!«

Er schien langsam zu sich zu kommen und den Atem anzuhalten.

»Hast du gehört, Carl?« Erst jetzt spürte sie, dass sie eiskalte Füße hatte.

Carl drehte sich auf den Rücken und schaute schweigend zur Decke. Wieso stellte er keine Frage? Wieso schien er nicht einmal besonders überrascht zu sein?

Und dann begriff Leonore. Nein, das konnte nicht sein! Sie schlug die Hand vor den Mund. »Carl!«

Seine Hand kam unter dem Deckbett hervor und griff nach der ihren. »Nora ...«

»Du warst es?«

Und sie hatte schon überlegt, ob es dieser Freddy gewesen sein könnte. »Carl ...« Sie musste mehrmals schlucken. »Wie konntest du!«

»Was sollte ich denn machen?«, flüsterte er und setzte sich auf. »Lass mich erklären ...«

»Was willst du mir erklären?«, zischte sie. »Dass du unseren Vater bestehlen musstest? Dass es keinen anderen Weg gab?« Sie merkte, wie sie zu zittern begann, und schlang die Arme um ihren Oberkörper. »Wenn Vater dahinterkommt ...«

»Er darf nicht dahinterkommen.«

»Verflucht, Carl! Du verlangst von mir, dass ich für dich lüge? Schon wieder?«

Er war kreidebleich geworden und hatte die Augen geschlossen. »Verflucht!«, stieß sie erneut hervor.

»Es tut mir wirklich leid, Nora.« Es klang gequält, aber sie empfand kein Mitleid mit ihm, diesmal nicht. Er hatte sich seine Lage selbst zuzuschreiben. Warum musste er auch spielen?

»Er wird irgendwann dahinterkommen, was du außerhalb dieser Mauern für ein Leben führst«, sagte sie mit eisiger Stimme und war selbst ganz erschrocken.

»Es ging nicht anders, Nora! Was, wenn Freddy dir wieder aufgelauert hätte? Was, wenn er dir diesmal etwas angetan hätte?«

Sie kniete sich vor ihn hin und blickte ihm ins Gesicht. »Und was, wenn du aufhören würdest zu spielen, Carl? Was, wenn du dein Doppelleben beenden würdest?«

Sie schauten einander ernst an.

»Ich kann nicht«, sagte ihr Bruder schließlich.

»Ach, du kannst also nicht, ja?« Sie war aufgebracht, fassungslos und enttäuscht. Eine Mischung, die ihr den Hals zuschnürte und in ihrem Innern wühlte, als würde sie jeden Moment zerbersten.

»Es ist, weil du wütend auf Vater bist, nicht wahr? Weil du meinst, es ihm auf diese Weise zeigen zu müssen.« Leonore rüttelte ihn wieder an der Schulter, als sei er immer noch nicht wach. »Carl! Begreif doch, was du da tust!« Sie ließ sich auf die Fersen zurückfallen. »Oder spielst du etwa aus purer Freude? Sag's mir, ich bitte dich!«

»Ich will genug Geld haben, um endlich von hier verschwinden zu können, das ist der Grund.«

Endlich war es heraus. Endlich hatte er das ausgesprochen, was Leonore schon lange ahnte.

»Und deshalb schlägst du dir die Nächte um die Ohren? Deshalb nimmst du in Kauf, es mit Kerlen wie diesem Freddy zu tun zu bekommen? Carl! Du verlierst mindestens so häufig, wie du gewinnst!« Sie wischte sich ärgerlich die heißen Tränen aus den Augen. Sie wollte jetzt nicht weinen! »Und was ist mit mir?«, fragte sie nun leiser. »Du würdest mich hier einfach zurücklassen?«

Er schüttelte den Kopf. »Nein, Nora, das könnte ich niemals tun.«

»Nora!«, kam es von unten. »Was zum Teufel machst du da oben? Und wo bleibt Carl?«

Sie kam schnell auf die Füße und lief zur Tür. »Er hat noch fest geschlafen, Vater!«, rief sie, um eine möglichst gleichmütige, ruhige Stimme bemüht.

»Beeilt euch, verflucht noch eins!«

»Ja, Vater!« Sie drehte sich zu Carl um. »Zieh dich an. Er hat gesagt, du sollst den Schutzmann holen.«

»Warte, Nora.«

»Nein«, entgegnete sie traurig. »Es ist genug, Carl. Ich mag nicht mehr. Es bringt ja doch nichts.« Sie ließ die Tür hinter sich zufallen und lief in ihr Zimmer, um sich anzuziehen.

Zwei Schutzpolizisten nahmen den Diebstahl auf; ein recht junger mit verquollenen Augen und roter Nase, der ganz offensichtlich an einer Erkältung litt, und ein deutlich älterer mit grauem Bart. Er empfahl Leonores Vater, das Geld von nun an in einem richtigen Safe aufzubewahren. »Den bekommt keiner so ohne Weiteres auf, Herr Grieve.«

Der Angesprochene antwortete nur mit einem Brummen. Man hatte ihm einen Stuhl herangeholt, auf den er gesunken war. Dort saß er seitdem, die Hände im Schoß, den Blick starr geradeaus.

»Hat jemand im Laden nachgesehen, ob die Diebe etwas mitgehen lassen haben?«, fragte der ältere Polizist.

»Ja, ich.« Lenore spürte, wie ihr das Blut ins Gesicht schoss. »Jedes Regalbrett habe ich natürlich noch nicht gesichtet, aber es sah alles sehr aufgeräumt aus, genauso, wie wir es am Abend zurückgelassen haben.«

»Verstehe. Bei einem Einbruch, der meistens im Dunkeln stattfindet, würden die Burschen etwas heruntergeschmissen und zerbrochen haben.«

»Sie gehen davon aus, dass es mehrere waren?«, fragte ihr Vater mit tonloser Stimme.

»In den meisten Fällen ist das so, ja. Einer steht draußen Schmiere, und die anderen räumen aus. Schmuck hatten Sie nicht im Wandschrank, sagten Sie?«

»Nein, wie ich schon sagte. Also muss ich davon ausgehen, dass ich mein Geld nicht wiederbekomme?«

Die Frage war den beiden Polizisten sichtlich unangenehm. »Davon müssen Sie vermutlich ausgehen, Herr Grieve, ja.« Der Ältere nickte bekräftigend. »Ich empfehle Ihnen wirklich dringend einen Safe.«

»Ja, ja«, knurrte ihr Vater. »Am besten, ich bewahre die Einnahmen in einem Strumpf unter meiner Matratze auf. Da langt so schnell keiner hin.«

»Wenn Sie wüssten.« Der Jüngere duckte sich, als der Ältere ihm einen Klaps auf den Hinterkopf verpasste. »Ist doch wahr«, murmelte er und rieb sich den Kopf. »Wir hören uns mal in der Nachbarschaft um.« Er zog ein zerknittertes Taschentuch hervor, in das er sich lautstark schnäuzte. »Vielleicht hat jemand etwas gehört oder gesehen«, sagte er ins Taschentuch hinein und steckte es dann wieder weg.

»Wenn irgendwer etwas gehört oder gesehen hätte, wäre er ja wohl gekommen und hätte den Kerlen …«

»Um Himmels willen, Herr Grieve!«, unterbrach der ältere Schutzmann ihren Vater. »Das wäre viel zu gefährlich gewesen. Wir raten immer: Hingucken, beobachten und anschließend unsere Fragen beantworten.«

Leonore hatte sich ans Fenster gelehnt und warf ihrem Bruder einen verstohlenen Blick zu. Carl stand im Türrahmen, die Arme verschränkt, und blickte unbeteiligt vor sich hin. Er tat so, als ginge ihn das alles hier nicht das Geringste an. War er wirklich so kaltschnäuzig, so abgebrüht? Wie konnte er ihrem Vater in die Augen schauen?

Leonore erwischte sich dabei, dass sie sich für ihn schämte – was sich ganz und gar nicht gut anfühlte. Als sie spürte, dass er ihren Blick suchte, drehte sie den Kopf zur Seite.

Jemand klopfte an die Ladentür, und Leonore nutzte die Gelegenheit, um das Zimmer zu verlassen und nachzusehen. Gertraude stand draußen, und Leonore öffnete die Tür.

»Was ist denn bei euch los, Kind? Ihr habt die Polizei im Haus?«

Auf der gegenüberliegenden Seite standen ein paar Nachbarn und unterhielten sich aufgeregt.

»Es ist eingebrochen worden.«

»Allmächtiger! Ist irgendwem was passiert?«

Leonore schüttelte den Kopf. »Die Schutzmänner wollen gleich durch die Straße gehen und die Nachbarschaft befragen, ob irgendwer etwas gesehen oder gehört hat.«

Gertraude fuhr sich übers Haar. »Ach du Schreck! Dann will ich schnell aufräumen.« Sie legte Leonore kurz die Hand auf den Arm. »Vielleicht hat Erich Heldt was gesehen ...«

Leonore schluckte. Hoffentlich nicht. Aber es war unwahrscheinlich, dass ihr Nachbar auch nachts im Fenster lag und die Straße im Blick hatte.

Gertraude brummte noch etwas vor sich hin, dann drehte sie sich um und eilte mit raschen Schritten zurück nach Hause.

Leonore schloss wieder ab und kehrte ins Kontor zurück.

»Wer war das?«, wollte ihr Vater wissen.

Sie war überrascht, dass er das Klopfen überhaupt gehört hatte. »Gertraude.«

»Ich wette, die ganze Nachbarschaft hat sich vorm Haus versammelt und starrt zu uns herüber.«

»Was dachtest du denn?«, erwiderte sie leise und ging an ihrem Bruder vorbei zum Fenster zurück.

Die beiden Schutzpolizisten standen neben dem Schreibtisch, ihre Mützen in der Hand. »Tja, dann wollen wir mal«, sagte der Ältere. »Karl? Kommst du?«

Ihr Vater hob den Kopf. »Was?«

Auch ihr Bruder hatte die beiden verwirrt angeschaut.

»Nicht Sie, Herr Grieve, mein Kollege hier heißt auch Karl.«

»Ach so.« Ihr Vater sank wieder in sich zusammen.

»Wann können wir hier aufräumen?«, fragte Leonore schüchtern, bevor die beiden das Kontor verließen.

»Von uns aus jetzt. Wir haben alles aufgenommen und inspiziert.«

Der Jüngere hob die Schultern und ließ sie mit einem lauten Seufzen wieder sinken. »Sieht nicht gut aus, wenn Sie mich fragen.«

»Karl«, ermahnte ihn sein älterer Kollege. »Wollen doch erst mal sehen, ob irgendwer was gehört oder gesehen hat.«

»Manchmal lassen die Diebe irgendetwas am Tatort zurück«, erklärte der Jüngere und zog wieder sein Taschentuch hervor. »Wir hatten zum Beispiel mal einen Fall, da ist dem Einbrecher ein Brief aus der Tasche gefallen.« Er grinste breit. »Der Absender stand drauf.« Er lachte.

»Leider haben wir nur selten so ein Glück«, sagte der andere trocken.

»Dann stehen die Chancen, einen Einbruch aufzuklären, nicht sehr gut?«, fragte Carl und brachte sich damit zum ersten Mal in die Unterhaltung ein.

Leonore vermied eisern, seinem Blick zu begegnen.

»Ich will ganz ehrlich zu Ihnen sein.« Der ältere Polizist räusperte sich und drehte die Mütze in seinen Händen. »Nun, es passieren unglaublich viele Einbrüche ...« Er räusperte sich wieder. »Was ich damit sagen will: Man braucht einen langen Atem.«

Als sie fort waren, begann Leonore aufzuräumen. »Geh nur«, sagte sie zu ihrem Bruder. »Ich mache das schon.«

»Aber ich will dich nicht allein damit lassen«, meinte er.

In diesem Moment kam ihr Vater, der die beiden Schutzmänner zur Tür gebracht hatte, zurück.

»Möchtest du dich nicht noch einen Moment hinlegen, Vater?«, fragte Leonore.

»Nicht nötig.«

»Wir könnten ein paar Minuten später aufschließen. Die Kundschaft wird es ...«

Er funkelte sie an. »Grieve Kolonialwaren hat seit seinem Bestehen noch nicht einen Tag zu spät geöffnet!«

Leonore senkte den Blick. »Es war nur gut gemeint, Vater.«

Er brummte noch etwas und ging davon.

Carl blieb in der Tür stehen. »Es tut mir leid, wirklich. Ich schäme mich entsetzlich.«

»Ach ja?«, fauchte sie ihn an. »Davon war bis eben nichts zu spüren, rein gar nichts. Mir scheint vielmehr, dass du dich recht sicher fühlst, weil du keine Spuren hinterlassen hast.«

»Schsch! Leise, Nora.« Er blickte über die Schulter zur Tür. »Schön, also gut, ich werde nicht mehr spielen.«

Leonore lachte bitter auf. »Ich glaube dir kein Wort.«

»Ich schwöre es.«

»Um Himmels willen, schwör mir nichts, das du nicht halten kannst.«

»Ich will dir wieder in die Augen sehen können, Nora.« Er wollte nach ihren Händen greifen, aber sie entzog sie ihm.

»Du solltest lieber unserem Vater wieder in die Augen sehen wollen.«

»Ich werde alles wiedergutmachen, alles.«

»Ach, Carl.« Sie schüttelte den Kopf. Nun überwog doch wieder ihr Mitleid für den Bruder.

»Ich ertrage es nicht, dass du so enttäuscht von mir bist.«

Sie legte die Hand auf seine Wange. »Hör auf, Carl. Hör auf, dich wie ein armer Sünder aufzuführen. Werd erwachsen.«

Carl sah sie verdutzt an. »Erwachsen.« Er nickte. »Vielleicht hast du sogar recht. Ich sollte erwachsen werden.«

»Übernimm die Verantwortung für dein Tun.« Leonore räumte weiter auf. »Keine Sorge, es wird unser Geheimnis bleiben«, sagte sie dann. »Aber es ist das letzte Mal, dass ich für dich lüge, Carl. Mehr Lügen und Geheimnisse ertrage ich einfach nicht.«

7.

Hamburg im Mai 1900

Der Winter hatte einem herrlichen Frühling Platz gemacht, und die Narzissen und Märzenbecher konnten gar nicht schnell genug ihre Köpfchen aus der Erde stecken.

Leonore hatte sich selten so auf die milde und klare Luft gefreut, das helle Licht, den Duft der Blumen und Pflanzen und das aufgeregte Zwitschern der Vögel. Sie freute sich sogar auf den Frühjahrsputz. Sie würde den Winter aus dem Haus treiben, ihn von den Böden, Fenstern und Möbeln schrubben.

Carl hatte sein Versprechen gehalten und nicht wieder gespielt. Jedenfalls deutete nichts darauf hin.

Morgen für Morgen stand er als Erster auf, machte die Bestellungen, nahm die Lieferungen entgegen und bediente mit einem freundlichen, wenn auch distanzierten Lächeln die Kundschaft. Abends ging er früh schlafen, nur hin und wieder traf er sich mit Mathias auf ein Bier.

Eines Abends saß Leonore an der Nähmaschine. Elis und ihr frisch angetrauter Mann Fritz hatten sie für den kommenden Sonntagabend zu einem kleinen Umtrunk in ihr neues Haus eingeladen.

Sie hatte erst absagen wollen, sich dann aber besonnen, dass es vielleicht ein netter Abend werden könnte. Sie kam nicht häufig unter Leute, außerdem war es bestimmt recht interessant, zu sehen, wie ihre Freundin sich als verheiratete Frau machte.

Wie wird es sein, wenn ich erst verheiratet bin?, fragte Leonore sich, während sie die Stecknadeln aus dem Ärmel des Kleides nahm, an dem sie arbeitete. Sie gestattete sich kein Seufzen. Ihr Schicksal war besiegelt, und es würde sich erfüllen, egal, ob sie nun frohen Mutes oder voll böser Vorausahnungen in die Ehe ging.

Sie zog am Stoff, weil sich die Spule schon wieder verheddert hatte. Leonore war nicht ungeschickt mit Nadel und Faden, an der Nähmaschine jedoch wurde sie leicht ungeduldig.

Auf ihrer Hochzeit hatte sie das Hochzeitskleid ihrer Mutter tragen wollen, doch die Motten waren darüber hergefallen und hatten vor allem die feine Spitze am Kragen und an den Ärmeln angefressen. Es war nicht mehr zu retten. Ein Jammer.

Das Kleid, das sie am Sonntag tragen wollte, war ihr ein wenig zu kurz, sie war ungeheuer schnell gewachsen und für eine Frau ungewöhnlich groß. Also hatte sie den Saum herausgelassen. So sollte es gehen.

Sie probierte es an und betrachtete sich zufrieden mit sich selbst vor dem Spiegel in ihrer Schlafkammer. *So ungeschickt bin ich doch gar nicht*, dachte sie und drehte sich hin und her. Hatte sie den Saum auch an allen Stellen gut festgenäht? Sie nahm das Kleid noch einmal eingehend in Augenschein.

Da klopfte es an der Tür. »Nora?« Ihr Bruder.

»Einen Moment.« Sie lief hin und öffnete einen Spalt.

»Hübsch.« Er nickte anerkennend. »Dann gehst du am Sonntag doch zum Umtrunk?«

»Ja.« Sie nahm den Saum zwischen zwei Finger, um ihn ein letztes Mal zu überprüfen.

»Wird Mathias dich begleiten?«

»Nein.«

»Soll ich dich begleiten? Vater wäre es bestimmt lieber.«

»Das ist nicht nötig, Carl, aber danke. Elis ist meine Freundin, er kennt sie, und er hat nichts dagegen, dass ich allein gehe.«

»Wie du meinst.« Er blickte auf den Boden, und sie ahnte, dass er noch etwas auf dem Herzen hatte. »Du hast mir immer noch nicht verziehen. Und ich verstehe das, glaub mir.«

»Unsinn.«

»Verkauf mich nicht für dumm.« Er schob die Tür etwas weiter auf, trat vor sie hin und hob ihr Kinn mit einem Finger an. »Sieh mich an, Nora, sieh mir ins Gesicht. Ich spiele nicht mehr.«

Zögernd nickte sie, und er ließ sie los.

»Ich habe mich in Grund und Boden geschämt, und ich tue es noch immer. Manchmal denke ich darüber nach, zu Vater zu gehen und ihm alles zu sagen.«

»Dann tu es, Carl«, flehte sie.

»Und dann?« Er verzog das Gesicht zu einem freudlosen, schiefen Lächeln. »Wird er mich hinauswerfen.«

»Das wird er ganz sicher nicht tun!«

»Doch, Nora, das wird er. Ich kenne ihn. Vielleicht besser als du. Du hältst die Menschen für besser, als sie sind.«

Wenn du wüsstest, dachte sie beklommen. Sie wünschte, es wäre so und sie würde nur das Gute sehen und das Schlechte ignorieren können.

»Du bist sein Sohn«, sagte sie leise. »Er würde dich niemals hinauswerfen.«

»Glaub, was du willst«, erwiderte er genauso leise. Dann räusperte er sich. Es schien noch etwas zu geben, das er von der Seele haben wollte. »Ich habe gestern mit Mathias über eure Heirat gesprochen.«

Leonore verdrehte die Augen und schwieg.

»Er wird dir bald einen Antrag machen. Und er wird dir ein guter Mann sein, Nora.«

»Woher willst du das wissen?« Das hatte sie gar nicht fragen wollen. Es klang ja, als würde sie daran zweifeln.

»Ich kenne ihn besser als sonst irgendjemand.«

»Tut mir leid, ich wollte damit nicht sagen …« Sie machte eine resignierte Handbewegung. »Es ist gleichgültig.«

»Ist es das?«

»Ja, das ist es. Du weißt das genauso gut wie ich. Ich werde Mathias heiraten und ihm eine gute Ehefrau sein.« Zumindest würde sie es versuchen. »Was ist eigentlich mit dir? Dich fragt Vater nie, wann du endlich heiratest.«

»Es scheint ihn nicht zu interessieren, so lange ich brav im Laden mitarbeite.«

Sie legte den Kopf schief und betrachtete ihn. »Gibt's

da jemanden? Eine hübsche Frau, die dir den Kopf verdreht hat?«

»Nein.«

»Nein?« Ob er sie anflunkerte? »Ich weiß, Männer reden nicht gern über die Liebe.«

Carl wich ihrem Blick aus. »Stimmt. Weil es Wichtigeres gibt.« Damit drehte er sich um, und Leonore blieb verdutzt zurück.

• • •

Sonntagabend hatte Leonore lange vor dem Spiegel gestanden und schließlich das Kleid wieder ausgezogen. Sie würde doch nicht gehen. Was hatte sie auch bei einem solchen Umtrunk zu suchen?

Sie setzte sich an ihren Tisch am Fenster und schlug den Lyrikband von Heinrich Heine auf, den ihre Mutter ihr einst geschenkt hatte. »Er ist mein Lieblingsdichter, Nora«, hatte sie gesagt. »Ich glaube, du wirst ihn auch mögen.«

Leonore blätterte die Seiten um, ohne etwas gelesen zu haben. Schließlich legte sie das Buch zurück auf den Tisch und stand wieder auf. Das Kleid hing auf einem Bügel an ihrem Schrank, sie stellte sich davor und betrachtete es. Nach einer Weile lächelte sie, nahm es vom Bügel und schlüpfte wieder hinein.

Das Dienstmädchen der Merkurs ließ Leonore ins Haus.

»Gnädiges Fräulein.« Sie knickste und bat Leonore in die Diele.

Leonore wusste nicht einmal ihren Namen. Sollte sie sie einfach danach fragen? »Vielen Dank, …« Sie hatte bewusst eine Pause gemacht, doch das Dienstmädchen schien sie nicht verstanden zu haben. So gab Leonore ihren leichten Mantel und den neuen Hut, an den sie sich noch nicht recht gewöhnt hatte, ab und richtete rasch ihr Haar. Sie trug die beiden Bernsteinkämme, die ihrer Mutter gehört hatten.

»Wenn Sie mir bitte folgen wollen, gnädiges Fräulein.« Das Dienstmädchen ging voran und öffnete die beiden Flügeltüren, die zum Wohnzimmer führten. Stimmengemurmel und leises Gelächter waren zu hören.

Leonore schluckte. Am liebsten hätte sie gleich wieder kehrtgemacht. *Nein*, ermahnte sie sich und atmete tief durch. Sie würde dem Abend und auch sich selbst eine Chance geben.

Das Wohnzimmer der Merkurs war sehr viel größer als das der Grieves. Es war vornehm, aber dennoch behaglich eingerichtet, mit bequemen Polstermöbeln, dunklen Regalen und Tischen, herrlich weichen Teppichen und hübschen Stehlämpchen.

Elis nannte das Zimmer den »großen Salon«, was Leonore sehr amüsiert hatte.

Als sie eintrat, drehten sich ein paar Leute zu ihr um und musterten sie neugierig. Ein älterer Mann mit Lorgnette beäugte sie so eingehend, als habe sie vor, sich als neues Dienstmädchen vorzustellen. Dummerweise fühlte sie sich auch so. Mit glühenden Wangen nickte sie dem Mann zu.

Hoffentlich würden Elis oder Fritz sich ihrer bald annehmen.

Tatsächlich dauerte es nicht lange, und ihre Freundin löste sich aus einer kleinen Menschentraube. Mit ausgestreckten Armen kam sie auf sie zugeeilt.

Ihr Gesicht leuchtet vermutlich nicht weniger als meins, dachte Leonore belustigt und erleichtert zugleich.

»Nora! Wie schön, dass du gekommen bist. Möchtest du etwas zu trinken? Ein Glas Pfirsichbowle? Oder vielleicht Kalte Ente?« Sie lachte überdreht. »Es klingt lustig, ich weiß, schmeckt aber sehr erfrischend. Und vielleicht ein Canapé? Luise hat welche mit geräuchertem Aal gemacht. Sie sind köstlich.«

Leonore wusste nicht, was sie sagen sollte. Sie kannte weder Canapés noch Kalte Ente. »Ich glaube, ich nehme ein Glas Bowle.«

Elis hakte sie unter. »Und dazu ein Canapé. Komm, ich führe dich ein bisschen herum.«

Wenig später stand Leonore im Salon, umringt von elegant gekleideten Damen, die kostbaren Schmuck und aufwendige Hochsteckfrisuren zur Schau trugen. Die Männer hatten sich in die Bibliothek zurückgezogen, um dort ungestört über Politik und das Weltgeschehen zu diskutieren.

Leonore kam sich ganz verloren vor. Das Bowleglas, das sie in den Händen hielt, sah so wertvoll aus, dass sie Angst hatte, daraus zu trinken. Sie überlegte, ob sie sich einfach davonstehlen sollte. Gerade als sie ihr Glas abstellte, gesellte sich eine elegant, aber freundlich aussehende Frau mittleren Alters zu ihr. »Sie sind eine gute Freundin der Gastgeberin, nicht wahr?«

Sie nickte schüchtern. »Leonore Grieve.«

»Ich bin Sofie Schmitt«, stellte die Frau sich vor. Sie trug an jedem Finger einen Ring und um den Hals ein Collier mit zwei größeren Perlen. Das schönste Stück aber war eine Brosche in Form eines Maiglöckchens, die Leonore so gut gefiel, dass sie den Blick kaum abwenden konnte.

»Die Spitze an Ihrem Kleid ist bezaubernd, Fräulein Grieve.«

»Vielen Dank.« Leonore errötete.

Ein anderes Dienstmädchen kam mit einem Tablett, auf dem mehrere Gläser standen. »Darf ich Ihnen ein Glas Champagner anbieten?«

Leonore zögerte kurz, griff dann aber nach einem Glas. Sie hatte noch nie Champagner getrunken, wollte sich dies aber nicht anmerken lassen.

Sofie Schmitt hob ihr Glas. »Auf das frisch vermählte Paar.«

Leonore trank rasch einen Schluck.

»Darf ich fragen, woher Sie die Gastgeberin kennen?«, Frau Schmitt sah sie interessiert an.

»Wir sind zusammen zur Schule gegangen.« Bei der Erinnerung, wie sie Elis immer beim Rechnen geholfen hatte, musste Leonore ein Schmunzeln verbergen.

Ihre Gesprächspartnerin hatte es offenbar doch gesehen. »Erzählen Sie doch, was Sie so erheitert.«

»Ich musste nur gerade daran denken, wie ich so manche Rechenaufgabe für Elis gelöst habe.«

»Ah, Sie mögen Zahlen.« Frau Schmitt lächelte sie an.

»Ja, sie scheinen mir zu liegen.«

»Mir war immer das Lesen und Schreiben lieber.«

»Das mochte ich ebenfalls.«

Die Stimmen und das Lachen der Frauen um sie herum wurde lauter und schriller. Die Dienstmädchen huschten durchs Zimmer, stets darauf bedacht, niemanden zu übersehen oder umzulaufen. Jemand stieß an sein Glas, und aus dem Nebenzimmer war schallendes Gelächter zu hören, gleich darauf schepperte es. Vielleicht hatte einer der Herren einen Aschenbecher oder eine Stehlampe umgestoßen.

All diese ungewohnten Geräusche strömten auf Leonore ein, und sie war unbewusst einen Schritt zurückgetreten und mit dem Rücken an ein Schränkchen gestoßen. Sie erschrak so, dass sie beinah das Glas fallen ließ.

Sofie Schmitt legte die Hand auf ihren Unterarm. »Was halten Sie davon, wenn wir uns in den kleinen Salon setzen?«

»Sehr gerne.« Leonores Antwort war aus tiefstem Herzen gekommen. Ihr war es sehr recht, aus diesem Raum hinauszukönnen, in dem es schrecklich laut war und nach einer Mischung aus französischem Parfüm und Pfirsichbowle roch.

Das Geschnatter und Kichern der Frauen, die sich über die neueste Mode unterhielten, hatte etwas Befremdliches.

Während sie hinter Sofie Schmitt herging, überlegte sie, wie lange sie wohl noch bleiben musste, ohne dass man ihren Aufbruch übel nehmen würde.

Ihre Begleiterin hielt ihr die Tür zu einem kleinen Salon auf, der verblüffenderweise leer war. Leonore lächelte erleichtert und nahm auf einem gepolsterten Stuhl mit weicher Rückenlehne Platz. Daneben auf dem Fußboden stand ein Gummibaum mit glänzenden Blättern. Wahrscheinlich musste sich eins der bedauernswerten Dienstmädchen ihnen regelmäßig widmen.

Sofie Schmitt setzte sich neben sie. »Ich glaube, Sie haben sich genauso unwohl gefühlt wie ich, nicht wahr?«, fragte sie ganz unverblümt.

Leonore errötete wieder. »Ich gebe zu, dass ich ein wenig ungeübt in diesen ... Dingen bin.«

»Mit ›diesen Dingen‹ meinen Sie vermutlich den Umstand, Konversation mit Ihnen völlig unbekannten Menschen zu machen.«

Leonore schoss das Blut heiß in die Wangen. »Ja.«

»Dafür muss man sich nicht schämen, meine Liebe. Erzählen Sie mir von sich.«

Leonore hob den Kopf und blickte in strahlende blaue Augen, die sie freundlich und wohlwollend anschauten. Was sollte sie dieser eleganten Dame schon erzählen? Sie kam aus einfachem Hause, hatte ihre Mutter früh verloren und kümmerte sich seither um den Haushalt. Mehr gab es nicht zu sagen.

Vielleicht hatte Sofie Schmitt bemerkt, wie verunsichert Leonore war, denn sie fragte: »Wie alt sind Sie, Fräulein Grieve?«

»Neunzehn.«

»Als ich so alt war, wusste ich bereits, dass sich mein Leben in Kürze gravierend ändern würde. Bis dahin hatte ich meinem Vater den Haushalt geführt und war schrecklich unbedarft in vielen Dingen gewesen.«

Leonore hatte bei jedem Wort verhalten genickt. »Und dann?«, fragte sie leise.

»Dann heiratete ich Albert Schmitt, einen Tuchkaufmann.« Die Dame beugte sich vertraulich zu ihr. »Und ich habe gemerkt, dass es sich gar nicht so furchtbar anfühlt, eine verheiratete Frau zu sein. Sind Sie bereits verlobt, Fräulein Grieve?«

»So gut wie«, hörte sie sich sagen.

»Und Ihnen gefällt der Mann, den Sie heiraten werden?«

Dafür, dass sie sich heute zum ersten Mal begegnet waren, war ihre Unterhaltung recht persönlich, fand Leonore. Und sie wunderte sich, dass es sie nicht störte. Im Gegenteil, sie empfand dieses Gespräch als wohltuend. »Ja, ich mag ihn. Wir kennen uns schon sehr lange, genauer gesagt, seit wir Kinder waren.«

Frau Schmitt nickte. »Man kann es meistens schlechter treffen. Möchten Sie noch ein Glas Champagner? Oh, ich sehe gerade, Sie haben Ihres ja noch gar nicht ausgetrunken.«

Leonore schmeckte der Champagner nicht, deshalb hatte sie nur kurz daran genippt und das volle Glas diskret auf den kleinen Tisch neben sich abgestellt.

»Sie mögen keinen Champagner? Dann vielleicht ein Glas Wein?«

»Nein, vielen Dank.«

Sofie Schmitt betrachtete sie nachdenklich. »Sie fragen sich sicher, weshalb ich mich hier mit Ihnen unterhalten wollte.«

Leonore nickte zögernd.

»Die Wahrheit ist, ich weiß es selbst nicht.« Sofie lachte und trank ihr Glas aus. »Es kam einfach über mich. Wie so manches einfach über mich kommt, würde mein Mann jetzt sagen.« Sie lachte wieder.

In diesem Moment wünschte Leonore sich nichts sehnlicher, als so zu werden wie diese Frau. Sie wollte so elegant aussehen, ohne affektiert zu wirken. Sie wollte so freundlich und zuvorkommend sein, ohne aufgesetzt zu erscheinen, und sie wollte so ehrlich und geradeheraus sein, ohne jemanden vor den Kopf zu stoßen. Alles Eigenschaften, über die sie sich bislang kaum Gedanken gemacht hatte.

»Ich kümmere mich seit dem Tod meiner Mutter um den Haushalt«, begann sie mit leiser Stimme zu erzählen. »Mein Vater führt einen Kolonialwarenladen in der zweiten Generation. Mein Bruder wird ihn eines Tages übernehmen.« Hatte sie geseufzt?

»Sie mögen den Laden.«

»Sehr. Schon als kleines Mädchen bin ich gern dort gewesen und habe mir vorgestellt, wie es wohl wäre, wenn ich hinter dem Tresen stehen würde.«

»Liebt Ihr Bruder den Laden ebenso wie Sie?«

»Nein«, sagte sie leise.

Sofie Schmitt sah sie an und tat dann etwas Unerwartetes: Sie legte die Hand auf Leonores. Dabei sagte sie kein Wort, es war nur diese Berührung, die Leonore verwirrte und zugleich tröstete.

Nach einer Weile durchbrach Sofie das Schweigen und bat Leonore, ihr von ihrer Mutter zu erzählen.

Es war seltsam, mit einer im Grunde fremden Frau über

ihre Mutter zu sprechen, doch zu Leonores Erstaunen fühlte es sich wunderbar an. Und richtig. »Sie war sanftmütig und heiter. Und sie saß gern am Klavier und sang dabei. Sie hatte eine sehr schöne Stimme. Sonntags haben wir oft vierhändig gespielt.«

»Haben Sie außer Ihrem Bruder noch Geschwister?«

Leonore schüttelte den Kopf, die Hände im Schoß. Die Traurigkeit und Wehmut wollten sie übermannen, doch sie würde es nicht zulassen.

»Wir haben keine Kinder, Albert und ich.« Sofie Schmitt lächelte traurig. »Ich habe mir immer eine Tochter gewünscht.«

Leonore und Sofie saßen noch im kleinen Salon, als die anderen Gäste aufbrachen. Der Abend war so angenehm verlaufen, dass die Zeit wie im Flug vergangen war. Die Flügeltür war geöffnet worden, und Leonore sah, wie den Gästen in ihre Mäntel geholfen wurde.

Elis kam herein. »Ich habe dir eine Droschke bestellt, Nora. Oh, ich sehe, ihr habt euch miteinander bekannt gemacht.«

Sofie Schmitt nickte. »Wir haben uns sehr nett unterhalten.« Sie strich ihr Kleid glatt und winkte einem Mann zu, der in der Diele stand, einen Zylinder in der Hand. »Ich möchte Ihnen noch rasch meinen Mann vorstellen, meine Liebe.«

Herr Schmitt trug einen tadellos sitzenden Gehrock und darunter ein gestreiftes Plastron. Leonores Vater besaß weder das eine noch das andere.

»Albert, darf ich dir Fräulein Grieve vorstellen, eine Freundin unserer Gastgeberin?«

Er verbeugte sich und hauchte einen Kuss auf ihren Handrücken. »Freut mich, Fräulein Grieve.«

»Mich auch«, erwiderte sie scheu. Hatte sie das sagen dürfen?

Sofie Schmitt legte die Hand auf ihren Unterarm. »Würden Sie mir die Freude machen und zu unserem Musikabend am nächsten Sonntag kommen?«

Leonore wurde heiß und kalt. Erst ein Umtrunk und nun ein Musikabend. Ihr war nicht wohl, so viel Zeit in der feinen Gesellschaft zu verbringen. Sie spürte, dass sie nicht hierhergehörte. »Ich weiß nicht«, stammelte sie.

»Sie mögen doch Musik.« Es war keine Frage, sondern eher eine Erinnerung. »Sie müssen kommen, ich bitte Sie. Es ist immer ganz wunderbar, nicht wahr, Albert?«

Ihr Mann nickte. »Das ist es.«

»Wir schicken Ihnen eine Droschke, bitte sagen Sie Ja, Fräulein Grieve.«

Leonore lächelte, sie konnte nicht anders. Frau Schmitt bemühte sich so sehr um sie, da durfte sie sie nicht enttäuschen. »Gut, ich werde kommen.«

»Fein! Ich freue mich.« Die Frau öffnete ihre Handtasche und reichte Leonore ein kleines Kärtchen.

Darauf stand in geschwungenen goldenen Buchstaben *Albert & Sofie-Helene Schmitt*, darunter eine Adresse in Blankenese.

Leonore schluckte. Ihre Mutter hatte auch Helene geheißen.

Sie hob den Kopf und schaute Sofie Schmitt an. Mit einem Mal war sie froh, dass sie zugesagt hatte.

8.

In einem anderen Teil der Stadt hatte Mathias sich am selben Abend aufgemacht, um seinem Freund Carl einen Besuch abzustatten. Vielleicht würde er sogar Nora begegnen, ging ihm durch den Kopf. Dann würde er sicher ein wenig befangen sein. Sie kannten sich zwar schon so lange, doch seit ihre Väter darauf warteten, dass er ihr endlich einen Antrag machte, konnte er ihr kaum in die Augen schauen. »Warte nicht mehr zu lange, mein Sohn«, hatte sein Vater erst am Tag zuvor gesagt. »Am Ende gibt sie einem anderen das Jawort.«

Doch daran glaubte Mathias nicht. Er wusste, dass sie nicht sehr erpicht aufs Heiraten war. Genauso wenig wie er selbst. Vielleicht war das der Grund, weshalb er bisher gezögert hatte. Er mochte Nora wirklich, aber er wollte nicht heiraten. Noch nicht. Die Vorstellung, dann mit ihr zusammen im Haus seiner Eltern wohnen und weiterhin nach der Pfeife seines Vaters tanzen zu müssen, behagte ihm ganz und gar nicht.

Denn so wenig er versessen aufs Heiraten war, so wenig stand ihm der Sinn danach, die Bäckerei zu übernehmen.

Er verabscheute den Mehlstaub und das Teigkneten. Schon als kleiner Junge hatte er versucht, sich darum herumzudrücken.

Während Mathias die Deichstraße entlangging, die wie ausgestorben wirkte, stellte er sich vor, wie es wäre, irgendwo ganz neu anzufangen.

Vor Grieves Kolonialwarenladen blieb er stehen. Er klopfte an die Tür und wartete, nachdem er mehrmals Carls Namen gerufen hatte.

Nach einer Weile kam der Senior aus dem Kontor und öffnete ihm. »'n Abend, Mathias. Hatte noch zu arbeiten, sonst hätte ich das Klopfen gar nicht gehört. Du willst bestimmt zu Carl. Er ist oben.«

Mathias hatte den Eindruck, dass Herr Grieve noch etwas sagen wollte, und huschte schnell an ihm vorbei. Wahrscheinlich hatte er ihn auf die Verlobung ansprechen wollen. Es reichte schon, dass sein eigener Vater ständig davon anfing.

Er lief die Treppe hinauf und klopfte an Carls Tür.

Auf ein lautes »Herein« betrat er das Zimmer. »Störe ich?«

Sein Freund lag auf dem Bett, die Arme hinter dem Kopf verschränkt. »Nein, komm herein.« Carl sprang auf und zog die Holzkiste heran, die ihnen schon mehrmals als Tisch gedient hatte. »Lust auf ein Spielchen?«

»Ich hab schon befürchtet, dass du das fragst.« Mathias spielte nicht gerne, schon gar nicht um Geld.

Carl holte ein abgegriffenes Kartenspiel aus seiner Hosentasche und begann zu mischen.

Mathias zog sich einen Stuhl heran. »Was spielen wir?«

»Poker?«

»Muss das sein? Ich bin ein lausiger Pokerspieler, das weißt du doch.«

»Eben deshalb.« Carl grinste.

»Aber nicht um Geld.«

Sein Freund warf ihm einen enttäuschten Blick zu, sagte aber: »Schön, wie du meinst.«

Während Carl die Karten verteilte, fragte Mathias ihn nach Leonore. »Sonst spielt sie manchmal auf dem Klavier, aber heute ist es so still in der Wohnung.«

»Sie ist bei ihrer Freundin eingeladen.«

»Aha.«

»Elis hat gerade geheiratet.«

»Aha«, sagte er wieder. Er nahm seine Karten auf und sortierte sie. »Kann ich dich mal was fragen, Carl?«

»Sicher.«

»Denkst du manchmal übers Heiraten nach?«

Sein Freund runzelte die Stirn, während er seine Karten betrachtete. »Übers Heiraten? Nein.« Er blickte ihn über die Karten hinweg an. »Aber du.«

»Gezwungenermaßen«, gab Mathias zähneknirschend zu.

Die ersten vier Spiele hatte er haushoch verloren. Wie erwartet. Ihm war die Lust vergangen, er wollte nur noch nach Hause und sich hinlegen. »Lass uns aufhören, ich mag nicht mehr.«

Carl sammelte die Karten ein. »Wir könnten zusammen nach Amerika gehen.«

Mathias glaubte, sich verhört zu haben. »Was?«

»Amerika. Komm schon, du träumst doch auch davon.«

Sie hatten sich einmal darüber unterhalten, wie schön es wäre, alles hinter sich zu lassen und anderswo neu beginnen zu können.

»Schon, aber im Ernstfall würde ich wohl kneifen«, gab er unumwunden zu.

Carl lachte. Es war aber kein spöttisches, sondern ein verständnisvolles Lachen. »Ich wahrscheinlich auch.«

»Kann ich dich noch was fragen?«

Sein Freund sah ihn abwartend an.

»Spielst du wieder?«

»Nein.« Es war ein bestimmtes, klares Nein, kein zögerndes, gedehntes. *Er sagt die Wahrheit*, dachte Mathias.

»Ich hab's Nora versprochen und mir selbst auch. Kann ich dich jetzt auch was fragen?«

»Sicher.«

»Die Pläne deines Vaters sind auch nicht die deinen, stimmt's?«

Mathias wusste nicht genau, was er damit meinte, die Eheschließung mit Nora oder die Übernahme der Bäckerei.

»Du bist nicht versessen darauf, in der Backstube zu stehen«, ergänzte sein Freund, als habe er seine Gedanken erraten.

»Nein«, gab er ohne Zögern zu.

»Dachte ich mir.« Carl nickte. »Auch wenn du bis jetzt kein Wort darüber gesagt hast.«

Mathias verzog das Gesicht. »Ich wollte nicht darüber nachdenken.«

»Dachte ich mir«, sagte Carl wieder.

Mathias stand auf und streckte sich. Die Beine waren ihm eingeschlafen, und mit einem Schlag fühlte er sich so müde, dass er sich am liebsten an Ort und Stelle zusammengerollt hätte und erst wieder aufwachen würde, wenn ... Ja, wann? Wenn sein Vater seinen jüngeren Bruder zum Nachfolger erklärt hätte? Wenn er sich auf einem Schiff nach New York befand?

»Ach, verflucht ...«

»Was?« Carl sah ihn fragend an.

»Nichts, schon gut. Ich will dann auch mal wieder.« Trotz dieser Worte blieb er stehen. Seine Füße wollten nicht.

»Denk in Ruhe drüber nach.«

»Worüber?«

»Amerika.«

Und Nora?, wollte er fragen. *Was wird aus ihr?*

Es würde sich ein anderer finden, sagte er sich im selben Moment. Sie war eine hübsche Frau, und sie war nicht auf den Kopf gefallen. Obwohl gerade das wahrscheinlich etwas war, was den meisten Männern nicht gefiel. Nora war intelligent, und sie hatte einen eisernen Willen. Für eine Frau nicht die besten Voraussetzungen, um eine gute Ehe zu führen.

Mathias tauschte einen Blick mit seinem Freund, dann nickte er und zog die Tür hinter sich zu.

9.

Hamburg in der darauffolgenden Woche

Leonore hatte in der Nacht zum Sonntag vor Aufregung kaum schlafen können. Es war das erste Mal, dass sie zu einem Musikabend eingeladen war.

Ein halbes Dutzend Mal hatte sie sich umgezogen und war wieder und wieder zum Spiegel gegangen, um einen skeptischen Blick hineinzuwerfen. Sie kam sich unerfahren und tölpelhaft vor.

Schließlich aber reckte sie entschlossen das Kinn. Sofie Schmitt hatte sie zu sich gebeten, weil sie sie dabeihaben wollte. An Freundinnen und guten Bekannten mangelte es ihr gewiss nicht. Wenn sie der Meinung wäre, dass Leonore sich wie ein Schaf benahm, hätte sie sie nicht eingeladen.

Schließlich entschied sie sich für ein hochgeschlossenes lindgrünes Kleid mit schlichtem Rock.

Pünktlich um sieben stand die Droschke vor dem Haus, und Leonore sah, wie Herr Heldt sich aus dem Fenster beugte, um besser sehen zu können.

»Fräulein Grieve?« Der Kutscher, ein hoch aufgeschossener, dürrer Mann mit schwarzem Zylinder, nahm ihre Hand, als sie genickt hatte, und half ihr in die Kutsche.

Sie trat auf ihren Rocksaum und unterdrückte ein Fluchen.

Eins der beiden braunen Pferde tänzelte und warf den Kopf zurück. Der Kutscher sprach ihm beruhigend zu.

Es brauchte einen Moment, bis Leonore Platz genommen hatte. Das Herz klopfte ihr bis zum Hals, als die Pferde loszockelten. Sie kam sich sehr vornehm vor, wie sie in der dunklen Kutsche mit dem roten Samtpolster saß und durch Hamburg fuhr. Am liebsten hätte sie sich aus dem kleinen Fenster gelehnt, den Arm hinausgestreckt und huldvoll gewinkt. *Wie der Kaiser*, dachte sie.

Von ihrem Platz in der Kutsche aus wirkte Hamburg ganz anders, als sie es bisher kannte. Viel größer, belebter und aufregender. Sie lernte ihre Heimatstadt neu kennen.

Die Räder rumpelten durch ein größeres Schlagloch, und sie wurde so durchgeschüttelt, dass sie sich auf die Zunge biss. Außerdem war ihr Hut verrutscht, und sie musste ihn richten. Die Hutnadel piekte, sie zog sie heraus und steckte sie an anderer Stelle wieder hinein.

Als sie durch Blankenese fuhren, rückte Leonore näher ans Fenster. Sie war bisher erst ein einziges Mal hier gewesen, und das lag schon so lange zurück, dass sie kaum noch eine Erinnerung daran hatte. Die Häuser und Villen waren wunderschön und sehr nobel mit ihren kleinen Türmchen, Erkern, Balkonen und Verzierungen. Manch ein Gebäude sah gar aus wie ein kleines Schloss. Viele lagen auf einer kleinen Anhöhe, und ihre Gärten waren so prächtig bepflanzt, dass Leonore sich den Hals verrenkte, um alle Blumen bestaunen zu können.

Ihre Hände waren feucht, und der Druck in Hals und Magen war so groß, dass sie befürchtete, gleich keinen Bissen hinunterzubekommen.

Aber vielleicht gab es ja gar nichts zu essen, sondern nur etwas zu trinken? Was wusste sie schon, wie die Gepflogenheiten an solch einem Abend waren.

»Brrr!«, rief der Kutscher, und Leonores Magen zog sich noch mehr zusammen. Sie waren da.

Der Kutscher half ihr beim Aussteigen, und sie achtete darauf, nicht wieder auf ihren Rocksaum zu treten.

»Ich geleite Sie zur Tür, Fräulein Grieve.«

Mit kleinen Schritten trippelte sie neben ihm her, die Hand auf seinem Ellbogen. Die Villa der Schmitts war hell erleuchtet, und schon von hier draußen waren Stimmen und Klaviermusik zu hören.

Vor der Eingangstür verbeugte er sich. »Ich wünsche einen angenehmen Abend, Fräulein Grieve. Ich werde Sie um zweiundzwanzig Uhr wieder abholen, wenn Ihnen das recht ist.«

Sie bedankte sich. Erwartete er nun ein Trinkgeld? Leonore spürte, wie sie rot wurde.

Doch der Kutscher nickte ihr freundlich zu und machte kehrt.

Zweiundzwanzig Uhr, dachte sie. So lange würde sie also ausharren müssen.

Just in diesem Moment trat Sofie Schmitt aus dem Haus. »Da sind Sie ja, meine Liebe, wie schön! Kommen Sie, ich bringe Sie hinein.« Sie war strahlend schön und von solcher Eleganz, dass Leonore sich fühlte, als sei sie in ihrem schäbigsten Kleid gekommen. »Sie sehen wunderhübsch aus, Leonore. Darf ich Sie so nennen?«

Leonore nickte verdutzt. Wunderhübsch? Hatte sie jemand je schon einmal so bezeichnet?

In der großen, weiß gefliesten Diele nahm ihr ein junger Mann den Mantel ab.

»Hat das Konzert schon begonnen?«, fragte sie.

Sofie lächelte. »Nein, der Pianist spielt sich warm.«

Leonore musste an ihre Mutter denken, die immer ganz bestimmte Fingerübungen gemacht hatte.

»Vielen Dank für die Einladung.« Endlich erinnerte sie sich wieder an ihre Manieren.

»Es ist mir ein Vergnügen, Sie hierzuhaben.«

Sofie ging voran und öffnete eine Tür. Es war die Tür zum Salon, wie Leonore bemerkte. »Kommen Sie, wir setzen uns ein Weilchen hierher, bis das Konzert beginnt.«

Sie nahmen in zwei hellen Plüschsesseln Platz, und ein Dienstmädchen kam und brachte ihnen Portwein.

»Oder trinken Sie auch keinen Port?«, fragte Sofie.

Sollte sie ehrlich sein und zugeben, noch nie Portwein getrunken zu haben? »Doch, doch.«

Sie tranken eine Weile schweigend, bis Sofie sie fragte, ob sie noch Klavier spiele. *Wie rücksichtsvoll sie ist*, dachte Leonore. Sie schien zu ahnen, dass Leonore seit dem Tod der Mutter die Lust am Spiel verloren hatte.

»Gelegentlich.«

»Wen mögen Sie lieber, Brahms oder Schubert?«

»Schubert.«

»Ich auch.« Sofie Schmitt strahlte, als sei diese Gemeinsamkeit etwas ganz Wundervolles. »Vielleicht spielen Sie mir irgendwann einmal etwas vor?«

»Ich weiß nicht, ich spiele nicht sehr gut.« Ihre Finger waren immer ein wenig verkrampft, während die ihrer Mutter mühelos und mit ungeheurer Leichtigkeit über die Tasten geglitten waren.

»Wir könnten vierhändig spielen. So wie Sie früher mit Ihrer Mutter.« Sofie schüttelte den Kopf, und ihr kunstvoll hochgestecktes Haar schwang bei der Bewegung mit. »Bitte verzeihen Sie, Leonore, ich wollte nicht, dass Sie denken ...« Sie sprach nicht weiter.

»Es gibt nichts zu verzeihen, Frau Schmitt.«

»Es wäre wunderbar, wenn Sie mich Sofie nennen würden.«

Leonore nickte schüchtern.

»Ich möchte Sie nachher ein paar guten Freunden vorstellen. Wenn Sie einverstanden sind?«

Leonore nickte wieder.

Ein anderes Dienstmädchen kam herein. »Herr Wagner wäre dann so weit.« Sie knickste und verschwand wieder.

Sofie erhob sich. »Kommen Sie, meine Liebe.«

»Der Pianist heißt Wagner?« Leonore musste lachen. »Was für ein netter Zufall.«

Auch Sofie lachte. »Ja, nicht wahr? Ich möchte, dass Sie ganz vorn neben mir sitzen. Einverstanden?« Ihre blauen Augen blitzten freundlich.

Leonore hatte sie längst ins Herz geschlossen.

Als der Pianist Mozarts Klaviersonate Nr. 16 spielte, musste

Leonore wieder an ihre Mutter denken. Auch sie hatte dieses Stück häufig gespielt, und Leonore hatte regungslos dagesessen, den Kopf zur Seite geneigt, die Augen geschlossen.

Auch jetzt ließ sie sich von der Musik tragen. Doch ihr war, als würde sie jemand beobachten. Jemand, der hinter ihr saß. Sie mochte sich nicht umdrehen, also versuchte sie, das eigenartige Gefühl zu ignorieren, indem sie sich voll und ganz auf das Klavierspiel konzentrierte.

Der Pianist kündigte das letzte Stück an, und Leonore wagte es und spähte wie beiläufig über ihre Schulter.

Schräg hinter ihr saß ein Mann, vielleicht etwas älter als sie selbst. Hatte er sie beobachtet?

Als ihre Blicke sich für einen winzigen Augenblick trafen, war es, als würden sich alte Freunde nach sehr langer Zeit wiedersehen. Leonores Magen zog sich freudig zusammen, und beinah hätte sie gelächelt. Dann aber besann sie sich. Sie kannte den jungen Mann doch gar nicht!

Mit brennendem Gesicht wandte sie sich ab und schaute wieder nach vorn. Sie hatte gerade noch sehen können, dass der Mann zur selben Sekunde den Kopf zur Seite gedreht hatte.

Sie schluckte irritiert und zwang sich, weiter der Musik zuzuhören.

• • •

Sofie Schmitt hatte geröstete Brotscheibchen mit Räucheraal, kleine Fleischpasteten und dazu Champagner und Weißwein servieren lassen. Sie hatte sich auf diesen Abend gefreut, so eine musikalische Soiree war stets ein schöner Anlass, alte Freunde und gute Bekannte wiederzusehen.

Als sie Leonore Grieve eingeladen hatte, war ihr wohl bewusst gewesen, dass die junge Frau nicht recht in die Gesellschaft passte, in der sie und ihr Mann verkehrten. Aber Sofie hatte sich vor vielen Jahren geschworen, niemals ihre Herkunft zu vergessen. Ihr Vater hatte ein Geschäft für Stoffe und Textilwaren besessen, und ihre Mutter hatte eine Anstellung als Modistin gehabt. Sie war also auch nicht mit dem goldenen Löffel im Mund geboren worden. Dafür war ihr die Liebe zu Stoffen in die Wiege gelegt worden.

Im väterlichen Geschäft war eines Tages ein sehr eleganter Mann erschienen, der sich alles eingehend angesehen und schließlich Sofie entdeckt hatte, die gerade dabei war, drei Ellen Samt vom Ballen zu wickeln. Ihr Vater hatte danebengestanden und zufrieden genickt.

Wenige Tage später war der Mann abermals gekommen, und in der Woche darauf hatte er erneut in der Tür gestanden. In diesem Moment hatte Sofie gewusst, dass er ihretwegen gekommen war. Ein Jahr später hatten sie geheiratet.

Leonore Grieve erinnerte Sofie an sich selbst, und etwas an der jungen Frau rührte sie. War es das besondere Funkeln in ihren Augen, wenn Leonore von Musik sprach? War es die verlegene Art, mit der sie die Augen niederschlug, wenn sie glaubte, etwas Unpassendes gesagt zu haben? Dass sie eine eigensinnige, kluge Frau war, hatte Sofie sofort gespürt.

Als sie nun nebeneinanderstanden und Leonore an ihrem Canapé knabberte, horchte Sofie wieder in sich, wie so oft in den vergangenen Tagen. Waren das etwa mütterliche

Gefühle, weil sie so furchtbar gern selbst ein Kind gehabt hätte? Oder sähe sie sich gern als ältere Freundin und wohlmeinende Beraterin?

Es war von beidem ein bisschen, gestand Sofie sich schließlich ein, während sie Leonore dabei zuschaute, wie sie im Raum umherblickte, als würde sie nach jemandem suchen.

»Schmeckt Ihnen der Fisch?«, erkundigte sie sich.

Leonore nickte. »Danke, sehr gut.«

»Kommen Sie, jetzt stelle ich Ihnen Julius Konradi vor, den Sohn eines Geschäftspartners meines Mannes. Wir sind mit den Konradis gut befreundet. Julius' Vater kann heute Abend leider nicht selbst hier sein.«

Leonore war sprachlos, als sie kurz darauf vor dem jungen Mann stand, dessen Blick sie vor einigen Minuten begegnet war.

Als ihr bewusst wurde, dass sie erschrocken den Atem ausgestoßen hatte, schoss ihr erneut das Blut ins Gesicht.

»Julius Konradi.« Er verbeugte sich, und erst jetzt bemerkte sie, dass er einen Stock bei sich hatte. »Freut mich, Ihre Bekanntschaft zu machen.«

»Leonore Grieve.« Ihre Stimme klang hell wie die eines kleinen Mädchens.

»Darf ich Ihnen etwas zu trinken holen, Fräulein Grieve?«

»Nein, vielen Dank. Doch. Ich glaube, ich ...« Sie spürte, wie sie glühend rot wurde. »Ich hätte gern ein Glas Bowle. Vielen Dank.«

»Sofie? Darf ich Ihnen auch etwas mitbringen?«, fragte er die Gastgeberin.

»Nein, vielen Dank, mein lieber Julius. Ich habe soeben eine alte Freundin entdeckt. Wenn ich Sie beide für einen Moment allein lassen darf?« Sofie Schmitt lächelte sie an und rauschte davon.

Leonore blieb betreten zurück und wusste nicht, wohin sie schauen sollte.

»Ich bin gleich zurück, Fräulein Grieve.« Julius Konradi nickte ihr freundlich zu und verschwand.

Leonore hielt den Kopf gesenkt. Bestimmt hielt Julius Konradi sie für eine ausgemachte dumme Gans, die sich nicht zu benehmen wusste.

Kurz darauf kam er zurück und reichte ihr ein Glas. »Auf Ihr Wohl, Fräulein Grieve. Bitte verzeihen Sie, wenn ich vorhin so ungehörig lange zu Ihnen hinübergesehen habe.«

Sie wollte etwas entgegnen, etwas wie »Ach, das ist mir gar nicht aufgefallen«, sie konnte es gerade noch zurückhalten.

»Für einen Moment dachte ich, Sie würden genauso wenig hierherpassen wie ich.« Er lächelte sie an, und sie stellte fest, wie sehr sie dieses Lächeln verwirrte. Froh stimmte. Es war, als rege sich etwas in ihr, das sie lange verschlossen gehalten hatte.

Sie schluckte und schwieg befangen. Was sollte sie auch sagen?

»Ich bin leider furchtbar unmusikalisch, und ich muss ehrlich zugeben, dass ich mir aus solchen Abenden nicht sehr viel mache. Und Sie?«

»Ich liebe Musik«, antwortete sie leise.

Er verzog flüchtig das Gesicht. »Offenbar bin ich gerade ins Fettnäpfchen getreten.«

»Aber nein«, beeilte Leonore sich zu sagen. »Ich kann Ihnen kaum verübeln, dass Sie unmusikalisch sind.« Sie sah ihn an und wunderte sich über ihren Mut, ihre Verwegenheit. Und als warte sie auf sein Lächeln. Hastig senkte sie den Blick. »Bitte verzeihen Sie.«

»Was soll ich Ihnen verzeihen, Fräulein Grieve?«

Sie blickte auf. »Ich fürchte ... ich war wohl etwas vorlaut.«

»Ach ja?« Seine Augen blitzten belustigt. »Das ist mir gar nicht aufgefallen. Sind Sie aus Hamburg?«

Sie nickte scheu. »Ihr Vater ist ein Geschäftspartner von Herrn Schmitt, wie ich hörte.«

Julius Konradi nickte ebenfalls. »Meine Familie stammt aus Lübeck. Mein Vater ist Tuchkaufmann.«

»Mein Vater ist in gewisser Weise auch Kaufmann. Er führt einen Kolonialwarenladen.«

»Einen Kolonialwarenladen? Wie interessant. Darüber müssen Sie mir mehr erzählen.«

In diesem Moment kam Sofie zurück, und Leonore schwankte zwischen Erleichterung und Enttäuschung. »Unterhaltet ihr euch gut?« Eine Antwort schien Sofie nicht zu benötigen. »Fräulein Grieve spielt übrigens auch Klavier. Sie müssen mich unbedingt dann und wann besuchen kommen, Leonore, und wir musizieren zusammen.«

Leonore mochte Sofie Schmitt, doch mit einem Mal kam

es ihr merkwürdig vor, überhaupt hier zu sein. Sie gehörte doch gar nicht zu dieser Gesellschaft.

»Ich bin ganz aus der Übung gekommen«, sagte Sofie Schmitt weiter. »Das liegt daran, dass ich immer allein für mich spiele. Ach, bitte sagen Sie Ja, Leonore.«

Leonore ließ sich etwas Zeit mit der Antwort. Sollte sie zusagen? Vielleicht würde sie dann auch Julius Konradi wiedersehen? »Na schön, ich sage Ja, Frau Schmitt.«

»Wie schön!« Ihre Gastgeberin klatschte erfreut in die Hände. »Ich hatte schon befürchtet, Sie überfahren zu haben. Julius, haben Sie Leonore schon von Ihrer Kunst erzählt?«

»Nein, es gab noch keine Gelegenheit.« Nun war sein Lächeln schüchtern, beinah verlegen.

»Julius ist Maler und Bildhauer. Und viel zu bescheiden.« Sofie zeigte auf ein Bild, das über dem Sekretär hing, eine Schneelandschaft.

»Das haben Sie gemalt?«, fragte Leonore beeindruckt. »Darf ich es mir genauer anschauen?«

»Aber ja, nur zu.«

Als sie neben Julius und Sofie herging, fiel ihr auf, dass er das linke Bein ein wenig nachzog. Deshalb also der Stock.

Leonore blieb vor dem Bild stehen. Sie verstand nichts von Kunst, doch was sie sah, gefiel ihr. Die Landschaft war auf eine eigenartige Weise beruhigend. »Es ist ... angenehm anzuschauen«, sagte sie und biss sich auf die Zunge. »Verzeihung, ich verstehe nichts von Kunst. Vielleicht hätte ich etwas anderes sagen sollen.«

»Nein, nein, reden Sie nur weiter«, bat Julius sie.

»Es hat eine ganz besondere Stimmung«, begann sie zögernd. »So als ob alles ganz still ist und man nur den knirschenden Schnee unter den Füßen hören kann. Vielleicht kommen gleich Kinder mit einem Schlitten oder ein junges Reh, das zum ersten Mal in seinem Leben Schnee sieht. Und es steht da und staunt.«

»Das alles sehen Sie in meinem Bild?«, fragte Julius Konradi verblüfft.

Hatte sie ihn beleidigt? »Ich sagte ja, ich verstehe nichts von Kunst.«

»Aber nein, das habe ich damit nicht sagen wollen. Vielmehr meinte ich, dass ich nicht weniger erstaunt bin als das Reh, das Sie darauf sehen.«

Sofie lachte. »Ich finde auch, das haben Sie ganz wunderbar ausgedrückt, Leonore.«

Julius Konradi betrachtete sein Werk, als sähe er es plötzlich mit anderen Augen. Reglos stand er da, die Stirn leicht gerunzelt, und in Leonores Magen flirrte es, als habe sie etwas gegessen, das ihr nicht bekommen war.

• • •

Julius Konradi stand vor seinem Bild und war noch immer ganz verwirrt. Er war nur seinem Vater zuliebe und mit einigem Widerwillen der Einladung gefolgt, doch nun war er froh, hier zu sein. Dieser Musikabend hatte eine so unerwartete Wendung genommen. Fräulein Grieve hatte ihm auf Anhieb gefallen. Wie war es möglich, dass sie in seinem Bild etwas sah, das er selbst niemals empfunden oder gesehen hätte? Er hatte eine Landschaft gemalt, die von Schnee bedeckt war. Er mochte Schnee, ihm gefiel es, dass alles so rein und unschuldig wirkte. Leonore Grieve aber hatte in dieser Landschaft noch etwas ganz anderes gesehen – oder eher: gefühlt. Noch nie zuvor hatte sich jemand so feinsinnig und fantasievoll zu seiner Kunst geäußert. Ja, mehr noch, das erste Mal im Leben fühlte er sich verstanden in dem, was er tat.

Aus dem Augenwinkel sah er, wie sie noch immer das Bild betrachtete. Sein Bild. Mit einem Mal war er stolz auf seine Kunst – ein Gefühl, das er bisher nicht gekannt hatte.

Ein Dienstmädchen kam mit einem Tablett Portwein, und er griff geistesabwesend nach einem Glas. Auch Sofie und Leonore nahmen eins.

»Auf den Künstler.« Sofie prostete ihm zu.

Julius murmelte verlegen einen Dank.

»Ich wünschte, ich hätte auch eine besondere Begabung«, sagte Leonore Grieve leise, und es schien, als habe sie mehr zu sich selbst gesprochen.

Er musste sie immer wieder ansehen, noch nie war ihm eine Frau begegnet, die ihn so durcheinandergebracht hatte. Ihr strahlendes Lächeln war ihm bereits vor dem Konzert aufgefallen. Er hatte in einer Ecke gestanden und das Treiben um sich herum beobachtet, als sie hereingekommen war, Sofie neben sich, und sich schüchtern umgeblickt hatte. Später dann, beim Konzert hatte er sie beobachtet, wie sie dasaß, die Augen geschlossen und in der Musik versunken. Ein leises Lächeln hatte auf ihren Lippen gespielt. Irgendwann schien sie gespürt zu haben, dass er sie anschaute, und hatte sich umgedreht. Er hatte sich ertappt gefühlt, dennoch hatte er auch da den Blick nicht von ihr abwenden können.

Seine Eltern warteten darauf, dass er ihnen endlich eine Frau präsentierte, die er zu heiraten gedachte, doch der Gedanke an eine Ehe hatte ihm bislang wenig Freude bereitet. Ihm war noch keine Frau begegnet, die er für den Rest seines Lebens an seiner Seite hätte haben wollen. Und davon abgesehen: Welche Frau würde schon einen Mann ehelichen wollen, der hinkte?

Nach einem Sturz war sein linkes Bein nicht mehr so zusammengewachsen, wie es sollte. Dieser Umstand war vermutlich auch der Grund, warum die Eltern ihn nie zur Ehe gedrängt hatten. Sein Vater, so kam es Julius manchmal vor, empfand sein Hinken als Affront, als etwas, mit dem er – der Vater – persönlich gestraft war.

Wie gut, dass sein älterer Bruder keinerlei Unzulänglichkeiten aufwies. Oskar war ein Bild von einem Mann: stark und kräftig und gewillt, in die Fußstapfen des Vaters zu treten, ohne einen eigenen Fußabdruck zu hinterlassen.

Julius hingegen war schon vor seinem Sturz eigensinnig und häufig kränkelnd gewesen, und die väterlichen Geschäfte hatten ihn noch nie groß interessiert. Sein Herz hatte von klein auf für die Kunst geschlagen.

»Julius?« Sofie Schmitt sah ihn fragend und eine Spur amüsiert an.

Er fuhr zusammen. »Verzeihung, was sagten Sie gerade?«

»Ich sagte, dass ich Fräulein Grieve jetzt zu ihrer Droschke begleite.«

War es schon so spät? Er griff rasch nach der Kette seiner Taschenuhr und zog sie hervor. Tatsächlich! Wo war die Zeit geblieben? »Ja, natürlich«, murmelte er.

»Herr Konradi.« Leonore stand vor ihm und reichte ihm scheu die Hand.

Er nahm sie und hauchte einen leichten Kuss darauf. Dann blickte er ihr nach, wie sie mit Sofie zur Tür ging. Eines stand fest: Er musste sie wiedersehen, unbedingt! Die Frage war nur, wie er das anstellen sollte.

• • •

Sofie hatte Leonore Grieve das Versprechen abgenommen, sie möglichst bald wieder zu besuchen, damit sie gemeinsam musizieren konnten. Als sie ins Haus zurückkam, das sich bereits merklich geleert hatte, sah sie Julius und ihren Mann beisammenstehen.

Sie gesellte sich dazu. »Es war ein schöner Abend, nicht wahr?«

Ihr Mann nickte. »Wie immer, meine Liebe.«

Auch Julius sah sehr beschwingt aus, dabei tat er sich sonst immer etwas schwer mit solchen Gesellschaften.

Sofie mochte den zurückhaltenden jungen Mann, der so ein gänzlich anderes Naturell hatte als sein Vater. Georg Konradi war ein wortkarger, liebloser und manchmal etwas zynischer Mann, seine Frau Mathilda, eine gebürtige Schwedin, das genaue Gegenteil. Seit ihrer Heirat versuchte sie verzweifelt, ihr Temperament zu zügeln, wie sie Sofie in einer stillen Stunde anvertraut hatte.

»Ich werde mich dann auch zurückziehen«, riss Julius Sofie aus ihren Gedanken.

»Sie haben sich angeregt mit Fräulein Grieve unterhalten, Julius.« Sie lächelte ihn an und hoffte, ihm noch ein paar Worte zu entlocken.

Julius aber erwiderte das Lächeln nur und nickte.

Leonore Grieve hat Eindruck auf ihn gemacht, dachte Sofie beglückt. Sollte sie ein bisschen Amor spielen? Die beiden passten so gut zueinander. »Ich mag Fräulein Grieve auch sehr.« Das sollte ihn aus der Reserve locken.

Doch wieder lächelte er nur und bedankte sich für den, wie er sagte, interessanten Abend und wünschte ihnen eine gute Nacht.

Sofie schaute ihm nachdenklich hinterher.

»Du führst etwas im Schilde, meine Liebe.« Ihr Mann schmunzelte belustigt und strich über seinen Schnauzbart.

»Ich?«, fragte sie unschuldig.

»Ich kenne dich. Und ich kenne diesen ganz besonderen Blick.«

»Albert.« Sie schnalzte mit der Zunge und zupfte an einer Haarsträhne.

Jetzt lachte er. »Und diese Geste ist mir ebenfalls sehr vertraut, Sofie. Hör auf, mich für dumm zu verkaufen.« Er prostete ihr zu und stellte sein leeres Glas ab. »Ich gehe noch ein Weilchen in die Bibliothek.« Als er an ihr vorbeiging, legte er ihr kurz die Hand auf die Schulter. »Ich habe diesen Blick schon lange nicht mehr gesehen.« Er hauchte ihr einen Kuss auf die Wange. »Da ist die Sofie wieder, in die ich mich vor vielen Jahren verliebt habe.«

Sie nahm seine Hand und legte sie an ihre Wange. »Danke.«

»Wofür?«

»Ach, Albert.« Sofie schenkte ihm ein strahlendes Lächeln. »Du weißt, wofür.«

10.

Am Montag in der Früh stand Carl im Lager und räumte Waren nach. Er schwitzte furchtbar, dabei war es nicht besonders warm im Raum. Er griff nach den Zuckerklatschen und hievte einen Sack in die Höhe. Die Schweißperlen liefen ihm übers Gesicht und rannen ihm am Hals herunter.

»Was ist denn mit dir, Junge?« Sein Vater stand plötzlich in der Tür, und Carl fuhr zusammen.

»Was soll sein?«, fragte er zurück und widmete sich einer Kiste mit Schuhcreme.

»Du schwitzt ja grauenvoll.«

»Mir ist heiß, das ist alles.«

»In diesem Aufzug stellst du dich aber nicht hinter den Tresen.«

Er unterdrückte ein Seufzen. »Nein, keine Sorge, Vater.«

»Denk an die Lieferung für Köllings.«

»Ja, Vater.« Er wischte sich den Schweiß von der Stirn. Für einen kurzen Moment wurde ihm schwarz vor Augen.

»Reiß dich zusammen, Junge. Als ich in deinem Alter war, habe ich geschuftet wie ein Pferd.«

»Ich weiß, das hast du mir oft genug erzählt.« Carl

presste die Lippen aufeinander, um nicht noch etwas zu entgegnen, und stapelte weiter die Kisten. Er spürte, wie ihm der Schweiß in den Kragen lief.

»Dein Großvater hat mich nicht geschont, das kann ich dir sagen!«

»Jaja …«

»Nur durch harte Arbeit haben wir den Laden zu dem gemacht, was er heute ist!«

»Wir? Ich dachte, das wäre Großvaters Verdienst gewesen?«

Gleich würde sein Vater toben, ihm war anzusehen, wie aufgebracht er war. »Ich hör ja wohl nicht recht!«

»Lass gut sein, Vater. Ich habe zu tun.« Carl erhob die Stimme. »Ich schufte nämlich auch wie ein Pferd!«

Sein Vater schien etwas erwidern zu wollen, drehte sich dann aber ohne ein weiteres Wort um und knallte die Tür hinter sich zu.

• • •

Leonore brachte Carl nach dem Mittagessen eine Tasse Kamillentee, den er klaglos trank. Sie legte ihm die Hand auf die Stirn. »Ich glaube, du hast Fieber.«

»Ach was, ich brauche nur ein bisschen Ruhe.«

»Ich sehe doch, wie du schwitzt, Carl. Vielleicht hast du dir eine Sommerinfluenza eingefangen.«

»Mir ist einfach nur heiß, Nora. Mach kein Drama daraus, ja?«

Es blieb einen Moment still, dann flüsterte sie: »Du hast wieder gespielt, nicht wahr?«

»Nein.«

»Kannst du mir das schwören?«

»Ich habe gesagt, ich werde nichts mehr tun, das dein Leben in Gefahr bringt, und daran halte ich mich.«

»Schon gut, ich meinte ja bloß ...«

»Am liebsten möchte ich alles hinwerfen und weglaufen.« Er wollte sich aufsetzen, ließ es aber bleiben, weil ihm schwindelig wurde.

»Und wohin, Carl?«

»Amerika«, sagte er leise.

»Du und dein Amerika.« Leonore lächelte milde und setzte sich zu ihm auf das durchgesessene Sofa. »Darf ich dich was fragen, Carl?«

»Sicher.«

»Warum versuchst du nicht, mit Vater darüber zu reden?«

»Dass ich nach Amerika will? Bist du noch zu retten?«

»Nein, das meinte ich nicht. Sag ihm, dass du den Laden nicht übernehmen willst. Sag ihm, dass du ...«

Carl runzelte die Stirn. »Ach, ich wusste gar nicht, dass es eine Rolle spielt, was wir uns für unser Leben wünschen«, sagte er trocken. »Warum sagst du ihm dann nicht, dass du Mathias nicht heiraten willst?«

»Weil ...«

»Ja?«

»Weil von mir erwartet wird, dass ich heirate.«

Carl nickte. »Und von mir wird erwartet, dass ich in Vaters Fußstapfen trete. Ich muss dir doch wirklich nichts über Pflichten erzählen, oder?«

Leonore stand hastig auf. »Ich mache dir einen Wadenwickel.«

»Das ist nicht nötig, ich …«

Doch sie war bereits an der Tür.

Carl machte die Augen zu. Er hatte nicht vorgehabt, seine Schwester traurig zu machen oder zu verärgern. Er hatte grauenvoll geschlafen und fühlte sich nicht gut, vielleicht war er deswegen heute so unausstehlich.

11.

Hamburg im Juli 1900

Sofie Schmitt saß in ihrem Lieblingssessel im Salon, eine Tasse Tee neben sich, und legte einen Brief, der heute angekommen war, in eine Hutschachtel. Der Brief war von Julius Konradi, und er war an Leonore Grieve gerichtet.

Sofie strich zärtlich über die Hutschachtel. Sie hatte ihrer Mutter gehört. Sofie erinnerte sich noch daran, wie sie ihren Lieblingshut hineingelegt und den Deckel so vorsichtig geschlossen hatte, als habe sie Angst, den Hut zu zerdrücken. »Er ist mir wunderbar gelungen, findest du nicht auch, mein kleines Mädchen?« Und Sofie hatte mit großen Augen dagestanden und zugeschaut.

Damals hatte sie beschlossen, auch Modistin zu werden. Sie hätte diesen Wunsch sicher weiterverfolgt, wenn sie nicht ebenso viel Zeit im Laden des Vaters verbracht hätte. Auch die Stoffe hatten es ihr angetan, und sie hatte irgendwann gedacht, dass sie sich vermutlich nie würde entscheiden können, was ihr nun lieber wäre: das Tuchgeschäft weiterzuführen oder Modistin zu werden wie ihre Mutter.

Sie musste an Leonore denken. Die junge Frau besaß mehr Ehrgeiz als sie selbst. *Und mehr Eigensinn.* Sofie lächelte.

Das Dienstmädchen kam herein. »Gnädige Frau? Wilhelm ist jetzt da.«

Sofie erhob sich, nahm das fliederfarbene Kuvert, das auf dem Tisch lag, und ging zur Haustür.

Der Kutscher stand in der Tür, den Zylinder in der Hand. »Gnädige Frau?«

»Wilhelm.« Sie schenkte ihm ein strahlendes Lächeln. »Seien Sie so nett und fahren Sie in die Deichstraße zum Kolonialwarenladen Grieve.« Sie gab ihm den Umschlag. »Und diesen Brief geben Sie Fräulein Leonore Grieve, mit der Bitte um eine direkte Antwort.«

»Grieve Kolonialwaren, sehr wohl, gnädige Frau.« Wilhelm verbeugte sich, setzte den Zylinder auf und stieg auf den Kutschbock.

Sofie wartete, bis die Droschke abgefahren war, dann ging sie zurück in den Salon, ein Lächeln auf den Lippen.

Leonore würde Augen machen.

• • •

Leonore fuhr zusammen, als sie ihren Vater laut nach ihr rufen hörte. Was hatte sie nun wieder falsch gemacht?

Sie ließ den Topf stehen, den sie gerade schrubben wollte, trocknete sich die Hände ab und lief nach unten in den Laden.

Ein älterer Mann stand dort und nickte ihr zu. Er kam ihr bekannt vor, nur woher?

»Fräulein Grieve.« Er verbeugte sich. »Ich habe eine Nachricht für Sie.«

»Eine Nachricht? Für mich?« Sie wurde glühend rot und bemerkte, wie ihr Vater sie misstrauisch ansah.

»Von Frau Sofie Schmitt.« Der Mann reichte ihr einen kleinen Umschlag, der leicht nach Veilchen duftete. »Sie bittet um eine Antwort.«

Er machte keine Anstalten zu gehen, sondern schien darauf zu warten, dass sie ihm ihre Antwort gleich mitteilte.

Leonore schluckte aufgeregt, öffnete den Umschlag und nahm ein Kärtchen heraus.

Liebe Leonore,

wie wäre es mit einem gemeinsamen Nachmittag? Sonntag um sechzehn Uhr? Wilhelm wird Sie abholen. Ich würde mich sehr freuen!

Ihre
Sofie Schmitt

Leonore bemühte sich, nicht zu lächeln. Als sie den Kutscher jetzt ansah, fiel ihr auch wieder ein, woher sie ihn kannte. Er hatte sie zum Musikabend abgeholt. »Richten Sie Frau Schmitt aus, dass ich sehr gerne kommen werde.«

Er verbeugte sich. »Sehr wohl, Fräulein Grieve.« Er nickte ihrem Vater zu. »Herr Grieve.« Damit verließ er den Laden.

»Wohin wirst du gerne kommen, Nora?«, wollte ihr Vater wissen.

»Sofie Schmitt hat mich eingeladen.«

»Und da sagst du einfach zu, ohne mich vorher zu fragen?«

Leonore schwieg. Er hatte ja recht, sie hatte ihn übergangen, unbeabsichtigt. Sie war so überrumpelt gewesen, dass sie nicht weiter nachgedacht hatte. »Ach bitte, Vater, lass mich gehen. Sofie Schmitt ist eine so nette, reizende Dame.«

»Eine *Dame*, soso. Seit wann verkehrst du in solchen Kreisen?«

»Solche Kreise?«, fragte sie zurück.

Seine Stimme triefte vor Spott, als er sagte: »›Eine *reizende* Dame‹.«

»Ich habe sie bei Elis und Fritz kennengelernt. Hatte ich dir gar nicht von ihr erzählt?« Nein, das hatte sie nicht, aber sie hoffte, dass es ihn ein wenig besänftigen würde. »Sie ist sehr freundlich zu mir gewesen. Ich würde wirklich gern gehen.«

Er widmete sich wieder dem Mehlsack, den er neben die Waage gehievt hatte.

»Vater?«

Er sagte nichts, hob nur den Kopf und schaute sie streng an.

Leonore machte kehrt und lief hinauf in ihr Zimmer.

Ihr Entschluss, nach Blankenese zu fahren, stand bereits fest.

12.

Währenddessen in Lübeck

Julius Konradi war nervös in der Bibliothek auf und ab gegangen und hatte immer wieder aus dem Fenster gesehen, dabei wusste er, dass er dort keine Antworten auf seine brennenden Fragen finden würde. Hatte Sofie seinen Brief an Leonore Grieve weitergeleitet? Würde sie ihn lesen oder womöglich gleich ins Feuer werfen?

Vielleicht war sie längst einem anderen versprochen. Er spürte, wie sich sein Magen bei diesem Gedanken zusammenzog. *Vielleicht findet sie mich auch abstoßend*, dachte er. *Weil ich hinke.* Glaubte er wirklich, sie hätte nicht gesehen, wie er es nachzog? Und dabei wusste sie noch nicht einmal, dass es Tage gab, an denen er kaum aufrecht stehen konnte. An denen das Unbehagen und die Schmerzen so groß waren, dass er sein Zimmer nur zu den Mahlzeiten verließ. An diesen Tagen schämte er sich und schalt sich einen wehleidigen, erbärmlichen Kerl.

Julius setzte sich in einen der beiden Ledersessel, nur um gleich wieder aufzustehen. Ruhelos ging er abermals zum Fenster und verschränkte die Arme.

Seine Schwester Veronika kam herein. Der Saum ihres

Kleides schleifte raschelnd über den Fußboden, und er drehte sich zu ihr um. »Ich dachte, du hättest Klavierunterricht.«

Ist das schon wieder ein neues Kleid?, überlegte er. Er erinnerte sich nicht, sie jemals darin gesehen zu haben. Zartlila. Die Farbe stand ihr nicht.

»Herr Pfaff ist gerade gegangen.« Sie sank in den anderen Sessel und legte den Unterarm über die Stirn. »Ich habe Kopfweh.«

»Dann lass dir von Hedwig einen Tee machen.«

»Der hilft mir nicht.«

»Dann eben ein Migränepulver.« *Hauptsache, du lässt mich wieder allein*. Er wollte in Ruhe nachdenken.

»Wie findest du mein neues Kleid?«

Also doch. »Eine interessante Farbe«, sagte er ausweichend.

»Es gefällt dir nicht.«

»Spielt das eine Rolle?«

»Für mich schon.« Sie zupfte am Stoff. »Papa hat es mir geschenkt. Ich finde es traumhaft schön.«

»Dann ist doch alles gut. Wenn du mich jetzt wieder allein lassen würdest ...«

»Wieso? Wobei störe ich dich denn?«

»Beim Nachdenken.«

Veronika lachte. Seltsam, dass ihr Lachen häufig schrill und höhnisch klang. »Nachdenken, soso. Und worüber?«

»Über dies und das.« Julius seufzte auf. »Veronika, sei so gut, und geh wieder.«

»Vielleicht kann ich dir helfen.«

Jetzt musste er lachen. »Wobei willst du mir helfen?«

Sie verdrehte die Augen. »Beim Nachdenken, Holzkopf.«

Den »Holzkopf« nahm er ihr nicht übel. Er hatte sich längst abgewöhnt, seine Schwester allzu ernst zu nehmen. Das verdiente sie nicht. Er musste grinsen.

»Was ist so lustig?«

»Gar nichts.« Er drehte ihr den Rücken zu. Wenn Veronika eins nicht leiden konnte, dann, dass man sie nicht ernst nahm.

»Julius!«, keifte sie, und er grinste noch mehr.

»Du hast noch viel zu lernen, kleine Schwester.«

Sie schlug mit der Hand auf die Sessellehne. »Behandele mich gefälligst nicht wie ein kleines Kind!«, fuhr sie ihn an.

Er wollte etwas entgegnen, hatte die entsprechenden Worte bereits auf der Zunge, schluckte sie aber hinunter.

»Ich werde Mama sagen, wie gemein du wieder zu mir warst.«

Veronika, von ihrer Mutter Nika genannt, war im Frühjahr achtzehn geworden. Julius hegte nicht zum ersten Mal den Wunsch, sie möge möglichst rasch heiraten und eine Familie gründen. Auch wenn ihm ihr zukünftiger Ehemann schon jetzt leidtat.

Er schaute hinaus in den Garten. Seine Mutter stand zwischen den Rhododendren, einen großen Sonnenhut auf dem blonden Haar, und sprach mit dem Gärtner. Sie wies hierhin und dorthin, und er sah, wie der alte Friedrich ergeben nickte. Der arme Mann konnte es ihr nie recht machen, gleichgültig, ob er die Azaleen früh oder spät düngte, den Lavendel kurz schnitt oder die ausgeblühten Triebe lang ließ, ob er den Johannisbeerstrauch an die West- oder die Ostseite pflanzte. Julius vermutete, der Grund lag ganz einfach darin, dass seine Mutter liebend gern selbst die Gartenarbeit übernommen hätte, sein Vater dies aber nicht zuließ. »Ich kann mir ausmalen, was die Leute sagen werden: ›Die Konradis können sich keinen Gärtner mehr leisten‹, werden sie sagen.« Und seine Mutter hatte sich wie immer gefügt.

Ich möchte keine Frau, die zu allem Ja und Amen sagt, dachte er.

»Julius? Hast du gehört? Ich sage Mutter, dass du …«

Er hob die Hand. »Ja, tu das, Veronika«, sagte er gedankenverloren.

Seine Schwester lief zur Tür und ließ sie mit einem lauten Knall hinter sich zufallen.

Julius atmete auf, endlich war er wieder allein.

Wenig später – er stand noch immer am Fenster – kam seine Mutter herein. »Ich habe dich am Fenster stehen sehen. Du sahst so unglücklich aus, Julius.«

»Unglücklich?« Er hatte sich umgewandt. »Nein, Mutter, ich war nur ein wenig in Gedanken.«

»Fehlt dir etwas?« Sie stellte sich neben ihn und betrachtete ihn mit besorgter Miene. Ihre Wangen und Nase waren gerötet, vielleicht hatte sie etwas zu viel Sonne abbekommen.

»Nein, alles ist gut, wirklich.« Er zeigte auf ihre Wangen. »Hoffentlich bekommst du keinen Sonnenbrand.«

Sie winkte ab. »Meine Haut ist sehr empfindlich, wie du weißt. Ich lasse mir gleich von Agnes eine kühlende Fettcreme bringen. War deine Schwester hier?«

Er nickte. »Allerdings.«

Sie legte die Hand auf seinen Unterarm. »Sie ist noch jung, Julius, habe ein bisschen Nachsicht mit ihr.«

Julius verkniff sich eine Erwiderung.

»Du bist seit Tagen so in dich gekehrt, mein Junge.« Er konnte ihr schweres Parfüm riechen. »Bedrückt dich etwas? Mir kannst du es doch sagen.«

Wann hatte er seiner Mutter das letzte Mal gesagt, wenn ihn etwas bedrückte? Er konnte sich nicht daran erinnern. Es musste zu lange her sein. Als kleiner Junge war er manchmal zu ihr gelaufen, um sich trösten zu lassen, wenn er sich das Knie aufgeschlagen hatte oder ihm etwas nicht gelingen wollte. Meistens jedoch war er zu Fräulein Kilian gegangen, seiner Gouvernante. Mit ihrer leisen, beruhigenden Stimme hatte sie ihm vorgesungen oder ihn getröstet. »Nicht weinen, Julius. Du weißt doch, was dein Vater sagt: Ein Junge weint nicht, gleichgültig, was ihm widerfährt.« Der Tag, an dem er an ihrem Grab gestanden hatte, war, abgesehen von dem Tag seines Unfalls, der schwärzeste seines bisherigen Lebens gewesen.

»Julius? Was hast du denn?«, holte seine Mutter ihn in die Gegenwart zurück.

»Ich musste gerade an Fräulein Kilian denken.«

»Sie war eine so liebe Frau. Aufopferungsvoll und loyal.«

Waren das die Eigenschaften, die seine Mutter an Frauen schätzte? Es wunderte ihn nicht besonders.

»Ich wünschte, Fräulein Sandner hätte ein wenig von ihrer Güte und Freundlichkeit«, sagte sie leise und legte den Finger auf die Lippen.

Fräulein Sandner war die Gouvernante seines kleinen Neffen, dem Sohn seines Bruders. Sie war eine nicht mehr junge, sehr strenge Dame mit einem nervösen Augenleiden. Wenn man mit ihr sprach, zuckte ihr linkes Augenlid, vor allem, wenn sie sich ereiferte. Und das tat sie recht häufig.

»Du hast meine Frage noch nicht beantwortet, Julius.«

»Welche?«

Seine Mutter lächelte. Er mochte dieses Lächeln. »Ob dich etwas bedrückt.«

Er schüttelte den Kopf.

»Wirklich nicht?«

»Wirklich nicht«, versicherte er. »Ist Vater im Kontor?«

Sie nickte. »Ich glaube, es gab Probleme mit der letzten Seidenlieferung.«

»Und Oskar ist bei ihm?« Julius verspürte den Wunsch, mit seinem Bruder über das zu sprechen, was ihn beschäftigte, auch wenn Oskar es vermutlich nicht verstehen würde.

Seine Mutter nickte wieder. »Sie haben furchtbar gestritten. Ihre Stimmen waren bis in den Garten zu hören.« Sie seufzte. »Ich wünschte, er würde Oskar dann und wann eine eigene Entscheidung treffen lassen. Dein Bruder erledigt alles zu seiner Zufriedenheit, da könnte er doch …« Sie verstummte, als es an der Tür klopfte. »Ja, bitte?«

Agnes, das Dienstmädchen, trat ein. »Gnädige Frau. Gnädiger Herr. Es ist ein Brief für den gnädigen Herrn gekommen.«

»Geben Sie ihn mir, Agnes, ich glaube, wir sollten meinen Mann nicht stören.«

»Der Brief ist für Sie, gnädiger Herr.« Agnes trat näher

und knickste. Als sie das Gesicht hob, um Julius anzusehen, errötete sie.

»Für mich?«, fragte er und bemühte sich um einen gleichmütigen Tonfall. Er nahm das Kuvert vom Silbertablett. Der Brief war von Sofie Schmitt!

»Möchtest du ihn nicht lesen?«, fragte seine Mutter und warf einen neugierigen Blick auf die Handschrift.

»Später. Mutter.« Er nickte ihr zu und verließ die Bibliothek.

Mühsam stieg er die Treppe hinauf in sein Zimmer und schloss die Tür. Sein Bein schmerzte, den ganzen Tag schon hatte es ihn geärgert, als wolle es ihn wieder einmal daran erinnern, dass er ein Krüppel war. Dachte Leonore Grieve nicht genauso? War sie nicht wie all die anderen jungen Frauen, die so taten, als würden sie nicht ständig auf sein Bein schauen? Die sich angestrengt bemühten, ihn nicht mitleidig anzusehen?

Er setzte sich an seinen Sekretär, den Stock neben sich. Er musste einen Moment ausruhen.

Dann nahm er den Brieföffner und hielt kurz inne. Was, wenn in dem Brief nicht das stand, was er erhoffte? Vielleicht hatte Sofie keine Antwort erhalten. Vielleicht war die Antwort auch anders ausgefallen, als er wünschte.

Nun, so oder so, er würde es herausfinden müssen.

Lieber Julius,

ich hoffe, Sie sind wohlauf. Fräulein Grieve hat zugesagt. Sie wird diesen Sonntag bei mir zum Tee sein, und dann werde ich ihr Ihren Brief geben. Ich werde Ihnen zeitnah berichten!

Mit den besten Grüßen an Ihre Familie
Ihre
Sofie

Sein Herz pochte aufgeregt. Diesen Sonntag, das war bereits morgen! Leonore Grieve würde bei Sofie sein und seinen Brief lesen. In diesem Moment überkamen ihn Zweifel. War er zu direkt gewesen? Hätte er den Brief anders formulieren, gründlicher über seine Zeilen nachdenken sollen?

Rastlos erhob er sich wieder und wanderte durchs Zimmer. Dabei verzichtete er auf seinen Stock, was er nur tat, wenn er allein war und niemand sehen konnte, wie schwerfällig und langsam er ging.

Leonore Grieve würde ihm nicht antworten, das war ihm plötzlich klar. Was sollte sie auch mit einem Mann, der wie Quasimodo neben ihr herschlurfte?

Nein, sagte er sich niedergeschlagen, er war ein hoffnungsloser Narr, auch nur eine Sekunde gehofft zu haben, sie könne sich etwas aus ihm machen.

13.

Am Tag darauf in Hamburg

Leonore rechnete fest mit einem Donnerwetter, wenn sie am Abend nach Hause zurückkäme. Doch das schreckte sie nicht. Sie hatte Sofie Schmitts Einladung angenommen, und sie würde hinfahren. Auf Zehenspitzen schlich sie sich aus dem Haus, Hut und Schuhe in der Hand.

Als die Droschke über das Kopfsteinpflaster rumpelte, lächelte sie vor sich hin. Es würde ein schöner Nachmittag werden. Sie mochte Sofie Schmitt, und sie glaubte, noch einiges von ihr lernen zu können.

Außerdem möchte ich mehr über Julius Konradi wissen.

Leonore lehnte sich zurück und schloss die Augen. Seit jenem Abend hatte sie viel an ihn gedacht. Sie hatte sich sein Gesicht vorgestellt, sein Lächeln und das amüsierte Funkeln in seinen Augen. Auch seine Stimme hatte sie noch immer im Ohr.

Ein paarmal hatte sie sich dabei ertappt, wie sie leise seinen Namen aussprach.

Ob er hin und wieder auch an sie dachte? Oder hatte er sie längst vergessen? Weil sie ein dummes, unbedeutendes Ding war, das zum ersten Mal auf einen Musikabend eingeladen worden war und nicht einmal wusste, wie man Konversation betrieb?

Sie wurde äußerst herzlich begrüßt, beinah so, als seien sie schon lange miteinander bekannt. »Kommen Sie, Leonore, Clara hat im Salon gedeckt und wird uns Tee servieren.«

Sie saßen kaum, als das Dienstmädchen hereinkam, knickste und den Tee brachte, dazu eine Silberschale mit feinstem Gebäck.

Während sie Tee tranken, plauderten sie zwanglos über Musik und ihre gemeinsame Liebe zu Schubert. Dann erkundigte Sofie sich nach weiteren Interessen, und Leonore musste zugeben, dass ihr für andere Dinge die Zeit fehlte.

»Meine Mutter war Modistin«, erzählte Sofie ihr. »Eine ruhige, immer ein wenig nachdenkliche Frau, die in ihrer Arbeit aufging. Ich erinnere mich leider nur noch an wenige Dinge, zum Beispiel daran, wie ich manchmal neben ihr am Tisch sitzen durfte, wenn sie ein neues Hutmodell auf ein Blatt Papier zeichnete. Ich wollte unbedingt so sein wie sie, so voller Anmut und Geschick, und natürlich wollte auch ich später Modistin werden.« Sofie brach ab und schaute einen Moment aus dem Fenster. »Dann wurde sie sehr krank. Sie starb, als ich dreizehn war. Meinem Vater hat es das Herz gebrochen.« Sie drehte den Kopf und sah Leonore an. »Wie alt waren Sie, als Ihre Mutter starb?«

»Sechzehn.«

»Es ist furchtbar, so früh seine Mutter zu verlieren.«

Leonore nickte.

Schließlich wechselte Sofie das Thema, wofür Leonore ihr dankbar war. »Lesen Sie gerne, Leonore?«

»Ja, doch auch dazu fehlt mir meistens die Zeit.«

»Vielleicht sollten Sie versuchen, sich die Zeit zu nehmen. Es lohnt sich. Wenn Sie möchten, gehen wir anschließend in die Bibliothek, und Sie suchen sich etwas aus.« Sofie rührte Zucker in ihren Tee. »Aber vorher muss ich Ihnen noch etwas geben.« Sie stellte die Tasse ab und erhob sich.

Leonore sah ihr dabei zu, wie sie zu einem bildschönen Sekretär hinüberging – er musste ein kleines Vermögen gekostet haben – und eine Hutschachtel herausnahm. »Sie bewahren Ihre Hüte in einem Sekretär auf?«

»Aber nein.« Sofie setzte sich wieder, die Schachtel auf den Knien.

Leonore errötete. »Verzeihung, ich wollte nicht … Ich wollte nur …«

»Einen Scherz machen, ich weiß.« Sofie legte die Hand auf ihre. »Ich kann einen kleinen Scherz durchaus von einer spitzen Bemerkung unterscheiden, meine Liebe.«

Leonore errötete noch mehr. Sie glaubte sogar, dass ihre Ohren glühten. »Verzeihung, ich wollte …«

»Jetzt hören Sie mir einmal zu, meine liebe Leonore. Und bitte seien Sie so gut, und sehen Sie mich an, ja?«

»Gewiss doch.« Leonore hatte den Kopf gehoben und schluckte.

»Ich habe nicht vor, Sie zu tadeln«, sagte Sofie sanft. »Sie haben einen kleinen Scherz gemacht, und Humor ist eine der besten Eigenschaften, die uns Menschen gegeben ist. Es besteht also kein Grund, sich zu schämen, im Gegenteil.«

Sie legte den Kopf schief und betrachtete Leonore ernst. »In der Mimik eines Menschen kann man wunderbar ablesen, ob er etwas gehässig oder freundlich meint. Es braucht nur ein bisschen Übung. Man kann alles lernen, Leonore. Auch Interesse zu heucheln, obwohl man sich entsetzlich langweilt.«

Leonore musste lachen.

»Sie sind eine gescheite junge Frau, Leonore. Alles, was Ihnen fehlt, ist Selbstvertrauen, mehr nicht. Und nun der Brief.« Sie öffnete die Hutschachtel und legte ihr ein Kuvert in den Schoß.

»Ich verstehe nicht …«

»Er ist für Sie.« Sofie stand auf, strich ihr Kleid glatt und ging zur Tür. »Selbstverständlich lasse ich Sie jetzt kurz allein.« Damit verließ sie den Salon.

Leonore blieb einen Augenblick sitzen und versuchte, ihr aufgeregt klopfendes Herz zu beruhigen. Von wem war der Brief, und weshalb war er zu Sofie gelangt, wenn er doch für sie bestimmt war?

Sie schluckte, als sie sah, von wem der Brief war.

Julius Konradi! Er hatte sie nicht vergessen!

Ihr Herz pochte aufgeregt. Sie öffnete den Umschlag und las.

Liebe Leonore,

ich hoffe, ich darf Sie so nennen.

Ich würde Sie gerne wiedersehen und unsere interessante Unterhaltung fortsetzen.

Sie sind mir doch nicht böse, dass Sofie die Überbringerin meiner Zeilen ist? Ich hielt es für sicherer.

Ich würde mich sehr freuen, wenn Sie mir schrieben. Bitte sagen Sie nicht Nein.

Beste Grüße
von Ihrem Julius Konradi

Sie faltete den Brief zusammen und steckte ihn zurück in den Umschlag. Er wollte sie wiedersehen!

Es klopfte an der Tür, und sie wusste nicht, ob sie »Herein« sagen sollte.

Die Tür wurde einen Spaltbreit geöffnet, und Sofie schaute ins Zimmer. »Darf ich?«

»Natürlich.«

Sofie setzte sich wieder und schenkte ihnen Tee nach. »Sie haben Eindruck bei Julius hinterlassen, Leonore. Werden Sie ihm antworten?«

In diesem Moment regte sich Leonores schlechtes Gewissen, und sie schluckte. »Ich sollte nicht.«

»Würden Sie mir das erklären?«

»Ich bin so gut wie verlobt«, sagte Leonore leise.

»Allmächtiger! Das ist mir ja vollkommen entfallen!« Sofie schüttelte fassungslos den Kopf.

Leonore schaute sie verwundert an. »Ich verstehe nicht …«

Sofie räusperte sich. »Ich dachte, ich spiele ein bisschen Amor. Es tut mir leid, Leonore, ich hatte ganz vergessen, dass Sie einem anderen versprochen sind.«

»Sie wollten Amor spielen?«, hakte Leonore nach.

»Sie und Julius passen so wunderbar zueinander, und da dachte ich …« Sofie seufzte lang anhaltend und schien über etwas nachzudenken. »Dann werde ich dem armen Julius wohl schreiben und ihm alles erklären müssen.« Sie erhob sich und nahm eine Karaffe von einem kleinen Tischchen, das an der Wand stand. »Auf den Schreck brauche ich einen Sherry. Möchten Sie auch, meine Liebe?«

»Nein, vielen Dank.« Leonore knetete den Stoff ihres Kleides.

»Doch, ich glaube, ich hätte auch gern ein Glas.«

»Sie sind ja ganz durcheinander.« Sofie reichte ihr ein Glas. »Trinken Sie, der wird Ihnen guttun.« Sie setzte sich wieder. »Wie konnte ich nur vergessen, dass Sie verlobt sind?« Sie schüttelte erneut den Kopf. »Ich sollte meine Nase nicht in Dinge stecken, die mich nichts angehen.«

»Unsere Väter möchten, dass wir uns verloben«, hörte Leonore sich sagen. »Aber ich …« Sie verstummte.

»Sprechen Sie nur weiter.«

»Ich möchte einen Mann heiraten, den ich liebe.« Endlich war es heraus.

Sofie schaute sie lange an, dann nickte sie schließlich lächelnd. »Sie mögen Julius.«

»Ich kenne ihn ja kaum«, flüsterte Leonore, als würde sie damit ein streng gehütetes Geheimnis preisgeben. »Aber ich …«, sagte sie dann erneut.

»Ja?«

»Ich muss ständig an ihn denken.«

Sofie strahlte. »Das ist wunderbar, Leonore!«

»Aber ich sollte nicht an ihn denken. Ich sollte ...« Sie sprach nicht weiter.

»Ich verrate Ihnen etwas, Leonore. Ich kenne Julius Konradi schon eine ganze Weile. Er ist ein zurückhaltender junger Mann, der sehr zum Leidwesen seiner Eltern keiner Dame den Hof machen möchte. Es interessiert ihn einfach nicht. Möglicherweise liegt es auch daran, dass er hinkt.«

»Das glaube ich nicht«, erwiderte Leonore entschieden.

Sofie schmunzelte. »Weil Sie nicht wie die anderen jungen Frauen sind, Leonore. Sie mögen ihn sehr, nicht wahr?«

Leonore überlegte, ob sie nicken sollte.

»Sie müssen nichts sagen, ich sehe es Ihnen an.«

Nach dem Sherry setzten sie sich ans Klavier und spielten vierhändig, und Leonore stellte fest, dass Sofie keineswegs aus der Übung gekommen war; sie spielte wunderbar. »Sie haben Ihr Licht unter den Scheffel gestellt, Frau Schmitt. Sofie.«

»Ach ja, habe ich das? Ich dachte, dazu würde ich eher nicht neigen. Es wird daran liegen, dass Sie neben mir sitzen, Leonore. Zu zweit macht es doch sehr viel mehr Freude, finden Sie nicht?« Sie blätterte das Notenblatt um und schaute konzentriert auf das Papier. »Ich habe mir immer eine Tochter wie Sie gewünscht«, sagte sie wie nebenher.

Leonore spürte, wie sie wieder errötete.

»Ich sage meistens, was ich denke, Leonore. Ich habe versucht, es mir abzugewöhnen, aber ich fürchte, es gelingt mir nicht.« Sofie spielte ein Arpeggio und sagte unvermittelt: »Dann antworten Sie Julius?«

»Ich weiß es nicht.« Das war die Wahrheit.

»Sie befürchten, dass Ihre Welt Kopf stehen könnte.«

Leonore wollte Nein sagen, doch das Ja war heraus, bevor sie darüber nachdenken konnte.

Sofie lächelte. »Mögen Sie Franz Liszt, meine Liebe?«

Leonore nickte verwirrt.

»Dann lassen Sie uns etwas von ihm spielen.«

»Und was?«

»Den *Liebestraum*.«

14.

Leonore war auf Zehenspitzen durch die Wohnung geschlichen, nachdem Wilhelm sie wieder nach Hause gefahren hatte. Sie hatte sich genau zurechtgelegt, was sie ihrem Vater sagen würde, wenn sie ihm in die Arme lief.

Carl saß in der Küche über einen Teller Eintopf gebeugt und blickte auf, als sie in der Tür stand. »Hattest du einen schönen Nachmittag?«

»Ist Vater nicht da?«, fragte sie gleichzeitig.

»Nein, er ist bei Köllings, und er sah erstaunlich vergnügt aus, als er sich auf den Weg machte.«

»Vergnügt?« Sie sank auf einen Stuhl und zog ihre Handschuhe aus. »Das heißt vermutlich, dass es um die Verlobung geht.«

»Das nehme ich auch an.« Carl schob den leeren Teller von sich. »Es wird sich nicht in alle Ewigkeit aufschieben lassen, Nora, das muss dir doch klar sein.«

Sie stand hastig auf. »Das ist mir auch klar. Aber vielen Dank für die Belehrung.«

»Warum bist du so ungehalten? Ihr müsst endlich Nägel mit Köpfen machen, sonst wird nie Ruhe einkehren.«

»Ruhe?« Sie schnaubte und ging zur Tür. »Unsere Väter werden beruhigt sein, das ist alles.«

Sie verließ die Küche, ging in ihr Zimmer und setzte sich an den schmalen Tisch vor dem Fenster. Erst jetzt spürte sie so etwas wie Erleichterung, dass ihr ein Donnerwetter mitsamt Strafe erspart geblieben war.

Nach einer Weile nahm sie ein Blatt Papier aus der Lade. Sie würde Julius Konradi schreiben.

Wie oft sie den Brief begonnen und das Papier wieder zerknüllt hatte, wusste sie nicht. Sie hatte aufgehört mitzuzählen.

Alles, was sie schrieb, klang dümmlich.

Vielleicht lag es daran, dass sie selbst dümmlich war. Sie sollte sich nicht einbilden, dass der Sohn eines wohlhabenden Tuchkaufmanns sich ernstlich etwas aus ihr machte. Wahrscheinlich war sie für ihn ein spaßiger Zeitvertreib, nichts weiter. Ein unerfahrenes junges Ding, das sich geschmeichelt fühlte.

Leonore legte das restliche Papier zurück in die Lade. Nein, sie würde ihm nicht antworten. Geschähe es nicht ohnehin aus purem Trotz, um ihrem Vater die Stirn zu bieten?

Sie schlüpfte aus ihrem Kleid, hängte es ordentlich auf und kuschelte sich unter das weiche Plumeau.

In dieser Nacht träumte Leonore von Julius.

Sie stand in der offenen Ladentür, und er wartete auf der gegenüberliegenden Straßenseite, einen Strauß Blumen in der Hand.

Scheu hob er die Hand und winkte ihr zu, und sie drehte sich um, um zu schauen, ob jemand hinter ihr stand, den er meinen konnte.

Doch dort war nur ihr Vater, der sie drohend anschaute. »Wage es nicht!«

»Und wenn doch?«, fragte sie ihn herausfordernd, das Kinn gereckt. »Wenn er aber der Mann ist, den ich haben möchte?«

Ihr Vater lachte so sehr, dass er sich den Bauch halten musste. »Seit wann bestimmen Frauen, welchen Mann sie haben wollen? Mach dich nicht lächerlich.« Langsam kam er näher. »Und der Laden, Nora? Willst du etwa, dass dieser Mann den Laden führt?«

»Mit dem Laden hat das nichts zu tun«, erwiderte sie schroff.

»Womit dann?«

»Mit Liebe.«

Leonore schreckte hoch und setzte sich auf. Ihr Herz klopfte aufgeregt, und es fühlte sich an, als läge ein heißer Stein in ihrem Magen.

Es dauerte eine Weile, bis sie wieder einschlafen konnte. Hatte sie sich etwa wirklich in Julius verliebt? Hätte es gar nichts mit Trotz zu tun, wenn sie ihm schreiben würde, sondern mit ihren Gefühlen für ihn?

• • •

Am Tag darauf verkündete ihr Vater beim Mittagessen, er und Mathias' Vater hätten die Hochzeit für den kommenden

Mai angesetzt. »Eine Feier im kleinen Kreis, nur wir und Köllings. Ihr werdet über der Bäckerei wohnen, Platz ist genug. Selbst wenn das erste Kind da ist …«

»Im Mai?«, fiel Leonore ihm ins Wort.

»Mathias wird zügig bei mir um deine Hand anhalten«, sprach er weiter, »und ich werde freudig zustimmen.« Er aß seelenruhig seinen Graupeneintopf, während es in Leonore zischte und brodelte.

Sie sah ihren Bruder an, der mit gesenktem Kopf dasaß und ebenfalls aß. Obgleich sie sich befahl, die Ruhe zu bewahren, konnte sie nicht anders: Der Löffel flog in ihre Suppe, der angebissene Brotkanten landete auf dem Fußboden, bevor sie sich hatte beherrschen können. »Und wenn ich Mathias nicht heiraten möchte?!«

Ihr Vater blickte auf, die Stirn gerunzelt. »Nora.« Mehr sagte er nicht.

»Ich will ihn nicht heiraten, Vater! Begreif doch endlich.«

Er legte den Löffel weg und sah sie ernst an. »Ich habe viel Geduld mit dir gehabt, aber was genug ist, ist genug.«

Sie sprang so hastig auf, dass ihr Stuhl umfiel. »Zwing mich nicht, ich bitte dich inständig, tu das nicht!«

»Vater, bitte, lass sie …«, begann ihr Bruder, nachdem sie ihm einen flehenden Blick zugeworfen hatte.

»Besser, du hältst dich raus, Junge. Dass du noch nicht verheiratet bist, ist Schande genug.«

Carl starrte ihn mit halb offenem Mund an.

Es war das erste Mal, dass ihr Vater auch in Bezug auf ihn so deutlich geworden war.

Leonore räumte stumm ihren Teller ab, hob den Brotkanten auf und wischte den Tisch sauber. Dann verließ sie aufrechten Ganges die Küche.

Den Nachmittag verbrachte sie im Laden, und ihr Vater ließ sie gewähren. Es schien fast, als wolle er sie damit besänftigen, dass er sie bedienen ließ.

Als der letzte Kunde gegangen war, schloss Leonore die Tür, räumte auf und ging anschließend ins Kontor. »Ich möchte mich für meinen Ausbruch entschuldigen, Vater.«

»Angenommen.« Er hatte nicht einmal den Kopf gehoben.

»Aber ich werde Mathias nicht heiraten.«

Nun blickte er auf und sah sie für einen Moment fassungslos an. Schnell aber fing er sich wieder und sagte in schneidendem Ton, der keinen Widerspruch duldete: »Doch, das wirst du, Nora. Es ist beschlossene Sache.«

»Mathias hat mir noch keinen Antrag gemacht.«

»Das ist nicht nötig. Die Hochzeit wird im Mai stattfinden.«

»Ich werde ihn nicht heiraten«, wiederholte sie kühl.

Langsam erhob er sich, und sie trat erschrocken einen Schritt zurück. Bisher hatte er sie nie geschlagen, jetzt aber befürchtete sie, dass es ein erstes Mal geben würde. »Du wirst Mathias heiraten, Leonore.«

Sie hielt seinem finsteren Blick stand. »Nein, das werde ich nicht.«

Woher nahm sie nur diesen Mut? Noch nie zuvor hatte sie sich gegen den Willen des Vaters so offensichtlich aufgelehnt. Wenn sie sich weiter so aufführte, würde er ihr verbieten, weiterhin im Laden zu bedienen. Ja, vielleicht noch Schlimmeres.

Dennoch, obwohl sie Furcht und Entsetzen vor sich selbst empfand, ruderte sie nicht zurück.

»Ich dulde diese Aufmüpfigkeit nicht, das solltest du wissen.«

Noch immer hielt sie seinem Blick stand.

Er nickte, als gäbe er sich geschlagen, und sie hätte um ein Haar laut aufgeseufzt. »Ich werde veranlassen, dass die Hochzeit noch in diesem Jahr stattfindet.«

Leonore wirbelte herum und rannte die Treppe hinauf.

Das hatte sie nun davon! Was war nur in sie gefahren? Welcher Teufel hatte sie geritten, den Vater auf diese Weise zu reizen?

Sie sank auf ihr Bett und begrub ihr Gesicht in den Händen.

In der Nacht wälzte sie sich unruhig im Bett herum.

Sie konnte Mathias nicht heiraten! Ihr Herz gehörte doch längst einem anderen. Sie hatte sich in Julius Konradi verliebt, und er hatte ganz offenbar vor, ihr den Hof zu machen. An seiner Seite könnte sie ein anderes, vollkommen neues Leben führen. Dass das auch bedeutete, von hier fortzugehen, schob sie vorerst beiseite. Diesen Gedanken konnte sie noch nicht zulassen. Aber durfte sie ihren Gefühlen trauen? War wirklich kein Trotz im Spiel?

Schließlich stand sie auf, nahm ein Blatt Papier und schrieb ihre Antwort an Julius. Und sie zerriss den Brief nicht, sondern steckte ihn in ein Kuvert und legte ihn unter ihre Matratze. Mit dem beruhigenden Gefühl, das Richtige getan zu haben, schlief sie sofort ein.

• • •

Sofie Schmitt war an diesem Morgen spät aufgestanden, ihr Mann war längst auf den Beinen. Sie fragte sich, warum Clara sie nicht geweckt hatte.

Ein wenig ungehalten betrat sie die Küche, wo die Köchin und das Dienstmädchen zusammenfuhren und herumwirbelten. »Gnädige Frau.« Beide knicksten.

»Warum hast du mich so lange schlafen lassen, Clara?« Sofie sank auf einen Stuhl und rieb sich die Stirn. Normalerweise setzte sie sich nie an diesen Tisch, sondern blieb grundsätzlich in der Tür stehen. Daran erkannte sie, wie verwirrt sie sein musste. »Du weißt doch, dass ich Kopfweh bekomme, wenn ich zu lange im Bett bleibe.«

»Verzeihung, gnädige Frau, aber ich konnte Sie nicht wach bekommen«, entschuldigte sich Clara.

»Wie bitte?«

»Sie haben so fest geschlafen, dass ich schließlich wieder gegangen bin.«

Sofie nickte seufzend. Sie hatte am gestrigen Abend ein Gläschen zu viel Portwein getrunken, und das bekam ihr nicht. Sie sollte nicht so unvernünftig sein.

»Ich bringe Ihnen eine Tasse starken Kaffee in den Salon.«

Sofie erhob sich schwerfällig. Ihr war schwindelig, und sie fühlte sich so elend, dass sie sich fragte, ob sie womöglich krank wurde. »Und bitte eine Scheibe Weißbrot, nur dünn mit etwas Butter bestrichen.«

»Sehr wohl, gnädige Frau.«

Sofie war bereits an der Tür. »Ist mein Mann im Kontor?«

»Jawohl, gnädige Frau.«

Sie nickte wieder und ging auf Beinen, die ihr nicht gehorchen wollten, zum Kontor und klopfte an.

»Nur herein!«

Ihr Mann saß am Schreibtisch und blickte ihr freundlich entgegen. »Ich habe mich schon gefragt, ob du krank wirst. Du hast mich so seltsam angesehen, als ich das Schlafzimmer verlassen habe.«

Hatte sie das? Sie erinnerte sich nicht einmal daran, dass er aufgestanden war.

»Ist dir nicht wohl, mein Liebling?«

»Nur ein wenig schwindelig.«

»Soll ich Dr. Burgdorf kommen lassen?«

»Ich denke, das wird nicht nötig sein, Albert.«

»Du hast heute Nacht den Namen Leonore gemurmelt. Du meinst nicht zufällig Fräulein Grieve?«

Sofie ging zu ihm und strich ihm über die glatt rasierte Wange. »Ich werde von ihr geträumt haben. Ich erinnere mich nicht mehr.«

»Du magst die junge Frau.«

»Sehr sogar.«

Er nickte schmunzelnd. »Und du hast dir in den Kopf gesetzt, sie und Julius zusammenzubringen. Nun sieh mich nicht so überrascht an, Sofie, ich kenne dich so gut wie sonst niemand.«

»Manchmal bist du mir unheimlich, Albert.«

Er lachte und nahm einen Brief vom Poststapel. »Der ist heute früh für dich gekommen.«

Sofie nahm den Brief entgegen und warf einen raschen Blick auf den Absender. Leonore Grieve. Beinah hätte sie laut gejauchzt, ihrem Kopfweh zum Trotz.

»Du spielst nicht etwa den Postillon d'Amour?«

Nun musste sie lachen. »Das klingt hübsch, Albert.«

Er betrachtete sie amüsiert. »Ich habe einen Termin bei den Konradis. Zum Mittagessen.«

»Oh, Albert!« Sie schmiegte ihr Gesicht an seine Wange. »Ich danke dir.«

»Wofür?« Wie sie das Blitzen in seinen Augen liebte! »Hoffen wir, dass dein Plan aufgeht«, setzte er dann hinzu.

»Die beiden mögen sich, Albert, sie brauchen nur ein klein wenig Hilfestellung.« Sofie verließ das Kontor und schloss beschwingt die Tür.

15.

Hamburg im September 1900

»Ich habe mich sehr gefreut, dass Sie mir geantwortet haben.«

Julius saß Leonore in Sofies Salon gegenüber; er auf einem der Stühle, sie in einem Plüschsessel.

Ihr Brief war durch Sofies Ehemann direkt nach Lübeck gebracht worden, und Julius' Antwort hatte Albert kurz darauf im Gepäck gehabt, als er nach Hamburg zurückfuhr.

So war es recht schnell zu einem Wiedersehen gekommen, ein Treffen, das Sofie in ihrem Haus arrangiert hatte.

Jetzt saß sie neben Leonore, ebenfalls in einem Sessel, eine Tasse Tee in der Hand. Sie unterhielten sich über den bevorstehenden Musikabend. »Diesmal wird es eine junge Pianistin sein«, verriet Sofie ihnen. »Ich denke, dass man noch von ihr hören wird. Sie ist ungeheuer talentiert.«

Sie trank ihren Tee aus und schützte dann eine wichtige, sehr dringende Angelegenheit vor. »Sie beide kommen gewiss auch einen Moment ohne mich zurecht.« Ein Lächeln, dann war sie verschwunden.

Leonore und Julius blieben zurück und schauten einander ein wenig befangen an.

»Es ist schön, Sie wiederzusehen.« Julius veränderte seine Sitzhaltung und verzog flüchtig das Gesicht. Dann räusperte er sich. »Ich versichere Ihnen, dass ich lautere Absichten habe.«

Ihr Herz schlug gegen den oberen Rippenbogen, und in ihrem Magen flatterte es. Sie wollte etwas entgegnen, wusste aber nicht, was.

»Ich fürchte, ich bin ein wenig … ungeschickt in diesen Dingen«, sagte Julius weiter. »Und ich wünschte, ich würde die richtigen Worte finden.«

Leonore wagte nicht, ihn anzusehen. Allein seine Stimme brachte ihr Herz zum Schwingen.

Nach dem Streit mit ihrem Vater über die baldige Heirat hatte sie sich gefügig gezeigt und brav alles getan, was er ihr aufgetragen hatte, um ihn nicht weiter zu verärgern. Offenbar hatte ihn dies besänftigt, denn er hatte nicht wieder davon angefangen, die Hochzeit noch in diesem Jahr stattfinden zu lassen. Leonore war entschlossener denn je, Mathias nicht zu heiraten, und die Vorstellung, in Lübeck ein neues Leben zu beginnen, schreckte sie nicht mehr allzu sehr.

»Herr Konradi, ich …« Sie verstummte gleich wieder, weil auch sie nicht die richtigen Worte finden würde.

Als Julius erneut seine Haltung änderte, erkundigte sie sich besorgt, ob er nicht lieber in einem bequemen Sessel Platz nehmen wolle. Es war kaum heraus, als ihr das Blut ins Gesicht schoss. »Bitte verzeihen Sie, ich wollte nicht … ich wollte nur …«

»Sie müssen sich nicht entschuldigen.« Er lächelte sie

an. »Ich bin es gewohnt, dass man glaubt, Rücksicht auf mich nehmen zu müssen.«

»Ich finde es nur angemessen und höflich, wenn man aufeinander Rücksicht nimmt.«

»Wenn man es so betrachtet, haben Sie natürlich recht.«

»Ich finde, man sollte es *genau so* betrachten.«

Er schien zu überlegen, was er darauf erwidern sollte. »Es ist nur ... manchmal kann ich die mitleidigen und oft auch neugierigen Blicke der Menschen nicht mehr ertragen.«

»Sie finden Mitleid unerträglich?«

Er schüttelte den Kopf. »Wenn es ein aufrichtiges Mitgefühl ist, nicht.« Er schaute sie ernst an, dann lächelte er wieder.

Leonore hielt seinem Blick stand. »War es ein Unfall?«, fragte sie ihn schließlich.

Er nickte. »Ein Treppensturz.«

»Sie hätten sich auch den Hals brechen können. Ich bin froh, dass es nur das Bein war.«

Julius schien kurzzeitig verwirrt, dann räusperte er sich. »Das ist sehr nett von Ihnen.«

Es klopfte leise, und Sofie kam wieder herein. »Was halten Sie von einem kleinen Ausflug? Das Wetter ist so herrlich. Wir könnten die Droschke zu den Alsterarkaden nehmen.«

»Fräulein Grieve?« Julius sah Leonore fragend an.

»Sehr gerne.«

Wilhelm hatte ihnen aus der Droschke geholfen.

»Soll ich hier in der Nähe auf Sie warten, gnädige Frau?«, fragte er Sofie, und sie nickte.

»Das wäre fein, Wilhelm. Kommen Sie, Leonore und Julius.« Sie zeigte auf eine Bank am Rathausmarkt. »Setzen wir uns dorthin.«

Von der Bank aus hatte man einen herrlichen Blick auf die Alsterarkaden. Viele Menschen waren unterwegs und flanierten plaudernd an ihnen vorbei. Die Frauen waren elegant gekleidet und hatten die Hand auf den Unterarm der Männer gelegt. Die meisten hatten einen Sonnenschirm aufgespannt. Kinder spielten Fangen und mussten immer wieder ermahnt werden, sich zu benehmen. Auf der Straße fuhren Droschken, und hier und da rumpelte ein Handkarren über das Kopfsteinpflaster. An der Straßenecke stand ein alter Mann mit einer Drehorgel und spielte eine bekannte Melodie.

»Ein schöner Platz.« Julius legte den Kopf in den Nacken.

»Meine Großmutter väterlicherseits stammte aus Hamburg«, erzählte er ihr. »Sie hatte zeit ihres Lebens Heimweh. Auch wenn sie sich in Lübeck sehr wohlfühlte.«

»Dann hat sie Ihnen bestimmt auch von dem schrecklichen Brand erzählt.«

Er nickte. »Sie hat noch Jahre später von den hohen Flammen geträumt.«

»Mein Großvater auch. Er hat damals beim Löschen geholfen.«

Sofie hatte sich nicht zwischen sie beide, sondern zu Leonores linker Seite gesetzt. Ein leises Lächeln umspielte ihren Mund, während sie sichtlich den Sonnenschein und die Mußestunde genoss.

Es war ein herrlicher Sommertag, ein angenehmer Wind wehte, sodass es nicht zu heiß war. Am Himmel war nicht eine Wolke zu sehen. Zwei Möwen kreisten über ihnen und stießen schrille Schreie aus.

»Tun Sie ganz so, als wäre ich gar nicht da«, flüsterte Sofie Leonore zu. »Außerdem höre ich auf dem rechten Ohr ohnehin sehr schlecht.«

»Erzählen Sie mir von Ihrer Familie, Herr Konradi«, bat Leonore nach einer Weile des Schweigens.

»Meine Mutter stammt aus Schweden. Sie vermisst ihre Heimat, auch wenn sie es nicht zugeben würde. Von meinem Vater hatte ich Ihnen ja bereits erzählt. Viel mehr gibt es über ihn auch nicht zu sagen, fürchte ich.«

Nicht mehr, als dass er Tuchkaufmann ist?, dachte Leonore erstaunt.

»Mein Bruder Oskar ist drei Jahre älter als ich. Er ist in die Fußstapfen unseres Vaters getreten.«

»Freiwillig?« Es war heraus, bevor sie darüber hatte nachdenken können. »Verzeihung, ich wollte nicht unhöflich oder vorlaut sein.«

»Das waren Sie nicht, Fräulein Grieve.« Julius blinzelte in die Sonne. »Die Entscheidungen, die wir treffen, sind selten freiwillig.«

Sie nickte. »Allerdings«, sagte sie dann leise.

Julius sah sie an, schwieg aber.

Nach einer längeren Pause sagte er: »Mein Bruder wollte Jurist werden, aber unser Vater hat ihm so lange zugesetzt, bis er nachgegeben hat. Ich glaube, er wäre ein guter Anwalt geworden.«

»Hatten Sie nie den Wunsch, den Tuchhandel Ihres Vaters zu übernehmen?«

»Nein, nie.«

Leonore überlegte, wie es wäre, wenn sie noch einen zweiten Bruder hätte. Für Carl wäre sicher vieles anders verlaufen.

»Haben Sie noch weitere Geschwister, Julius?« Sie erschrak und räusperte sich. »Herr Konradi.« Was musste Sofie nur von ihr denken!

»Eine Schwester. Veronika ist die Jüngste von uns.«

»Darf ich Sie etwas fragen, Herr Konradi?«

»Aber natürlich.«

»Angenommen, Ihre Schwester würde den Tuchhandel übernehmen wollen …« Leonore verstummte und biss sich auf die Zunge. Sie sollte nachdenken, bevor sie plapperte.

»Sie fragen sich, wie mein Vater reagieren würde?« Julius schmunzelte. »Er wäre vermutlich nicht sehr angetan.«

Es entstand ein Schweigen, das Leonore ein wenig unangenehm war. Fieberhaft suchte sie nach einem unverfänglichen Gesprächsthema.

»Von Ihrer Familie weiß ich noch so gut wie gar nichts, Fräulein Grieve«, sagte Julius in diesem Augenblick. »Haben Sie Geschwister?«

»Einen älteren Bruder.«

Er nickte. »Und er wird den Kolonialwarenladen Ihres Vaters übernehmen, obwohl Sie das viel lieber tun würden.«

Leonore spürte, wie sie errötete. Wie gut er sie durchschaut hatte. Julius schien ein ungewöhnlich feinfühliger Mann zu sein. »Ja«, hauchte sie. »Carl macht sich nichts aus dem Laden.«

»Ich verstehe.« Julius nickte wieder, und seine Hand zuckte, als wollte er sie auf ihre legen. »Jetzt würde ich gern *Ihnen* eine Frage stellen, Leonore.« Es war das erste Mal, dass er sie in Sofies Anwesenheit so nannte.

In ihrem Hals wurde es ganz eng. »Ja?«

»Finden Sie, dass Sie geeigneter wären, den Laden weiterzuführen?«

Eine sehr direkte Frage. Für einen kurzen Moment war Leonore, als würde sie die Fassung verlieren. »Ich ...« Sie musste mehrmals schlucken. »Ja«, sagte sie schließlich. »Was vor allem daran liegt, dass ich den Laden liebe.«

Wieder zuckte Julius' Hand, und sie überraschte sich selbst bei dem Gedanken, dass sie es sehr genießen würde, seine Hand auf ihrer zu spüren.

Sie schwiegen, während sich eine der Möwen neben ihnen niederließ und sie hoffnungsvoll umkreiste. Diesmal war es kein unangenehmes Schweigen.

Doch je länger es andauerte, desto nervöser wurde Leonore. Sie musste endlich mit offenen Karten spielen und Julius sagen, dass sie beinah verlobt war. Nur wie? Wie sollte sie ihm sagen, dass sie einem anderen versprochen war?

»Herr Konradi ... Julius.« Sie schluckte erneut. »Ich muss Ihnen etwas sagen. Ich soll bald heiraten. Meinem Vater wäre es am liebsten, wenn es noch in diesem Jahr so weit wäre.«

Julius blickte starr geradeaus. Es dauerte eine ganze

Weile, bis er etwas sagte. »Ich hatte schon befürchtet, dass Sie jemandem versprochen sind.«

»Ich habe aber nicht vor zu heiraten«, erklärte sie entschlossen, beinah trotzig.

»Gar nicht oder nur den Kandidaten Ihres Vaters nicht?« Seine Stimme war leiser geworden.

»Ich möchte mir selbst aussuchen, wen ich heirate.« Sie hatte alle Entschlossenheit in ihre Worte gelegt.

Seine Mundwinkel zuckten belustigt.

»Ich weiß, dass das für eine Frau nicht üblich ist.«

Wieder entstand ein längeres Schweigen. Leonore hatte leicht den Kopf gedreht, um Sofie anschauen zu können, die vermutlich alles mit angehört hatte.

Als Julius fragte, ob er ihr wieder schreiben dürfte, fuhr sie zusammen. Ihre Antwort kam rasch. »Ja.«

»Und Ihr Vater?«

»Er wird nicht angetan sein«, erwiderte sie.

Sie schauten einander an, bis Julius zu lächeln begann. »Ich habe nicht vor, Sie aufzugeben, Leonore«, sagte er schließlich sehr leise.

»Ich denke, wir sollten wieder heimfahren«, verkündete Sofie und richtete ihr Haar, das nach wie vor tadellos saß. »Soll ich Sie gleich nach Hause bringen lassen, Leonore?«

»Das wäre sehr nett.«

• • •

Als die Droschke später die Deichstraße entlangholperte, überlegte Julius fieberhaft, was er noch sagen könnte. Es gab so vieles, was er Leonore erzählen wollte. Die ganze Zeit hatte er sie anschauen müssen, wie sie ihm mit ihrer aufrechten Haltung gegenübersaß.

»Da vorne ist es.« Sie wies aus dem kleinen Fenster, und er beugte sich ein wenig vor, um besser sehen zu können. Dabei atmete er den zarten Blumenduft ein, der Leonores Kleid und ihrem Haar entstieg.

Als sie ihm erzählt hatte, dass sie bereits einem anderen Mann versprochen war, den sie jedoch nicht zu heiraten gedenke, hätte er sie beinah gefragt, ob sie ihn zum Mann nehmen wolle. Ihn, den Krüppel, der genauso wenig den Hoffnungen und Erwartungen seiner Eltern entsprach, wie sie ganz offenbar denen ihres Vaters.

Sie erwiderte seinen scheuen Blick, und als sich ein leises Lächeln auf ihr Gesicht stahl, wusste er, dass er um ihre Hand anhalten würde. Plötzlich hatte er nur noch den einen dringenden Wunsch: Er wollte Leonore bitten, seine Frau zu werden.

Julius stand umständlich auf, als die Droschke hielt. Er wollte Leonore unbedingt behilflich sein und rechnete es Wilhelm hoch an, dass er auf dem Kutschbock sitzen blieb.

Julius öffnete die Tür, nahm Leonores Hand und ließ sie aussteigen. Am liebsten würde er diesen Moment noch hinauszögern und auskosten. Er wollte ihr nah sein. Er wollte mit ihr reden, ihr zuhören und in ihrem Gesicht wieder nach den Zeichen Ausschau halten, die er bereits einige Male zu erkennen geglaubt hatte. Dass er ihr nicht gleichgültig war.

»Vielen Dank, Julius.«

Er verbeugte sich. »Sie werden mir doch antworten?«

»Versprochen.«

Er geleitete sie zur Ladentür und warf neugierig einen raschen Blick in den Laden. »Ein wirklich schöner Laden.«

»Wenn Sie möchten, zeige ich ihn Ihnen irgendwann.«

»Das würde mich sehr freuen, Leonore. Auf Wiedersehen.«

»Auf Wiedersehen, Julius.« Sie winkte Sofie zu, die sich aus dem Fenster beugte. »Vielen Dank für den schönen Nachmittag.«

»Ich danke *Ihnen*!«, rief Sofie zurück.

Er wollte noch etwas sagen, etwas Nettes, aber je fieberhafter er überlegte, desto unsinniger erschien es ihm. Sollte er ihr etwa sagen, dass er sich in sie verliebt hatte? Dass er ihretwegen nicht mehr schlafen konnte und Himmel und Hölle in Bewegung setzen würde, um sie zu seiner Frau machen zu dürfen? »Auf Wiedersehen, Leonore«, sagte er schließlich und kam sich furchtbar töricht vor. »Ich hoffe, wir sehen uns bald wieder.«

»Das hoffe ich auch«, flüsterte sie.

Julius wartete, bis sie ins Haus gegangen war, dann wandte er sich um und stieg wieder in die Droschke. Sein Herz pochte vor Freude und purem Glück.

16.

Hamburg im Oktober 1900

An einem Sonntagabend saß Leonore in der Droschke, die sie nach Hause zurückbringen würde. Wieder hatte sie einen Nachmittag bei Sofie in Blankenese verbracht, und wieder hatte sie einen Brief von Julius in ihrer Manteltasche. Seit ihrer letzten Begegnung hatten sie sich einige Briefe geschrieben; Briefe, die Sofie weitergeleitet hatte.

Die Pferdehufe klapperten hohl auf dem Kopfsteinpflaster.

Leonore schloss die Augen und stellte sich vor, sie säße in einer Droschke, die sie nach Lübeck zu Julius brächte. Sie stellte sich vor, wie er in der Tür stünde und auf sie wartete, wie er sie anlächeln und ihre Hand nehmen würde.

Die Droschke hielt an, und kurz darauf wurde die Tür geöffnet. »Fräulein Grieve.«

Leonore öffnete die Augen und blickte in Wilhelms Gesicht. Nicht Julius würde sie erwarten, sondern ihr Vater.

Sie seufzte verhalten, nahm Wilhelms Hand und stieg aus.

»Ich wünsche einen angenehmen Abend, Fräulein Grieve.«

»Vielen Dank, Wilhelm.« Sie hatte gelernt, dass es nicht angebracht war, einem Bediensteten das Gleiche zu wünschen.

Er nickte ihr zu und setzte seinen Zylinder wieder auf.

Leonore ging zur Tür und schloss sie auf. Sie sah, dass im Kontor Licht brannte. Hatte ihr Vater zu tun? An einem Sonntag?

Sie klopfte an und trat auf sein »Herein« ins Zimmer.

»Vater.«

»Wo kommst du her, Nora?«

»Aus Blankenese. Ich war bei Sofie Schmitt.«

»Was hast du mit dieser Frau zu schaffen?«

»Ich mag sie. Wir unterhalten uns.«

»Ihr unterhaltet euch, soso.« Er saß am Schreibtisch, es sah aber nicht so aus, als ob er zu tun hätte. Der Schreibtisch war leer. »Ich habe hier auf dich gewartet, weil ich mit dir reden möchte.«

Sie setzte sich schweigend hin und zog ihre Handschuhe aus.

Würde er wieder von der Heirat anfangen?

»Sag mir, weshalb du inzwischen so viele Sonntage bei diesen Schmitts verbringst«, verlangte er.

»Das sagte ich dir bereits, Vater. Wir unterhalten uns und musizieren gemeinsam.«

»Es ist wegen deiner Mutter, nicht wahr?« Er war aufgestanden und zum Fenster gegangen. Dort blieb er mit verschränkten Armen stehen, mit dem Rücken zu ihr.

»Mit Mutter hat das nichts zu tun.«

Er drehte sich zu ihr um. »Bist du sicher? Du vermisst sie, das weiß ich.«

»Natürlich vermisse ich sie.« Sie hielt den Kopf gesenkt.

»Sieh mich an, Nora. Ich will die Wahrheit wissen.«

Leonore hob den Kopf. Er wollte also die Wahrheit, nun, dann sollte sie vielleicht damit herausrücken. »Es gibt noch einen weiteren Grund, weshalb ich zu ihr fahre.«

Er nickte mit verkniffenem Gesicht. »Und?«

»Auf dem Musikabend im Sommer habe ich ... einen Mann kennengelernt.«

Ihr Vater schaute sie starr an. »Nur weiter.«

»Er heißt Julius Konradi. Er ... Wir schreiben uns.«

»Ihr schreibt euch«, wiederholte er mit tonloser Stimme.

Sie schluckte. »Er ... macht mir den Hof, Vater.«

Er ging zwei Schritte auf sie zu und blieb vor ihr stehen. »Er macht dir den Hof? Du bist verlobt, Nora. Du heiratest Mathias, das solltest du diesem Justus Konradi sagen.«

»Julius Konradi.«

»Du hast es ihm nicht gesagt?«

»Doch, Vater.«

Er blinzelte verwundert. »Dann verstehe ich nicht ...«

»Ich werde Mathias nicht heiraten«, erklärte sie mit fester Stimme.

»Oh doch, das wirst du.«

Sie schüttelte stumm den Kopf.

»Ich werde nicht zulassen, dass du ...«, begann er und wandte sich ab.

»Willst du mich wirklich zwingen, Vater?«, fragte Leonore ihn leise. »Hast du vor, mich zu fesseln und zu knebeln und so vor den Traualtar zu tragen?«

Langsam drehte er sich wieder um. »Wenn es sein muss ...«

In diesem Moment wusste sie, dass er nicht Ernst machen würde. Sie wusste es einfach. Ihr Vater konnte ungeheuer streng und unerbittlich sein, er hatte seine Prinzipien und reagierte sehr ungehalten, wenn ihm etwas gegen den Strich ging, aber er würde sie, seine einzige Tochter, nicht ins Unglück stürzen, gleichgültig, wie unnachgiebig er sich auch gab.

»Nein.« Sie schüttelte den Kopf. »So ein Vater bist du nicht.«

Er blinzelte, als sei ihm etwas ins Auge geraten. Eine Weile betrachtete er sie, als ließe er sich ihre Worte durch den Kopf gehen, schließlich nickte er langsam, sagte aber nichts.

»Julius wird um meine Hand anhalten.« In seinem letzten Brief hatte er davon geschrieben. »Und ich wünsche mir so sehr, dass du einverstanden bist, Vater.«

Er schwieg noch immer.

»Bitte, Vater, ich ...«

»Geh, Nora«, stieß er hervor. »Lass mich allein.«

Hastig stand sie auf und verließ das Kontor.

Oben in ihrem Zimmer setzte sie sich angezogen an den Tisch und nahm Julius' letzten Brief aus der Lade. Sie hielt ihn fest und atmete tief durch. Sie würde Julius heiraten und nach Lübeck gehen. Fort von hier.

• • •

Am Tag darauf machte Leonore sich auf den Weg zu Mathias. Sie wusste, sie würde auch damit ein Donnerwetter ihres Vaters heraufbeschwören, aber sie wollte unbedingt selbst mit Mathias sprechen, bevor er es täte.

Mathias' Mutter stand in der Bäckerei und räumte Brote ins Regal, als Leonore hereinkam. »Guten Morgen, Leonore. Womit kann ich dienen?«

»Guten Morgen, Frau Kölling. Ich möchte mit Mathias sprechen. Ist er in der Backstube?«

Die Frau nickte leicht verwundert. »Er hat zu tun«, erklärte sie dann etwas gedehnt. »Vielleicht kommst du besser später ...«

»Es ist wirklich wichtig.«

»Na schön.« Ein verhaltenes Seufzen. »Ich gebe ihm Bescheid.«

Der Gedanke daran, dass ihr Leben das einer Bäckersfrau hätte sein sollen, schnürte Leonore den Hals zu.

»Nora.« Mathias kam aus der Backstube, ein Leinentuch in der Hand, an dem er sich die Finger abwischte. Er hatte Mehlstaub im Gesicht, und sein Anblick rührte Leonore. »Mutter sagt, es sei wichtig.«

Sie nickte und musste den Blick abwenden, weil sie plötzlich befürchtete, es ihm nicht sagen zu können. »Ich muss mit dir reden. Es dauert auch nicht lange.« Sie räusperte sich hastig. »Ich weiß, dass du zu tun hast«, fügte sie mit heißen Wangen hinzu.

»Lass uns vor die Tür gehen«, sagte er mit einem flüchtigen Blick auf seine Mutter, die etwas abseits stand und vermutlich trotzdem jedes Wort verstehen konnte.

Vor der Bäckerei nickte er auffordernd. »Nun?«

»Ich kann dich nicht heiraten, Mathias«, flüsterte Leonore. »Ich ... Es gibt einen anderen Mann, der mir den Hof macht. Er wird bei Vater um meine Hand anhalten, und ich möchte seine Frau werden.« Sie hatte Mathias nicht angesehen. »Es tut mir leid, es tut mir wirklich leid, aber ich kann nicht anders.«

Mathias schwieg noch einen Moment, dann sagte er leise: »Schon gut, Nora.«

Sie hob den Kopf und sah ihn ungläubig an. »Du bist nicht gekränkt?«

»Gekränkt? Nein.«

»Aber es war beschlossene Sache, dass wir heiraten.«

»Stimmt, unsere Väter hatten es beschlossen.«

»Aber ich ... bringe alles durcheinander. Und das tut mir aufrichtig leid.«

Jetzt lachte er, und sie blinzelte verblüfft. »In meinem Leben war bisher alles so eisern geregelt, dass ich ganz froh bin, wenn mal etwas durcheinandergerät.«

Sie wusste nicht, was sie entgegnen sollte.

»Meine Eltern werden außer sich sein«, sagte er ruhig. »Aber das kümmert mich nicht, sie werden sich schon wieder beruhigen. Wie hat dein Vater reagiert?«

»Er ist nicht begeistert.«

Mathias lachte wieder. »Das glaube ich gerne ... Kenne ich deinen Zukünftigen?«

Sie schüttelte den Kopf. »Er stammt aus Lübeck.«

»Aus Lübeck. Dann wirst du bald dort leben.«

Leonore nickte. Daran mochte sie im Moment nicht denken. Sie würde ein vollkommen anderes Leben führen, und auch diese Vorstellung behagte ihr nicht.

»Danke, dass du es mir selbst gesagt hast, Nora. Ich werde noch heute mit meinen Eltern sprechen.«

»Ist gut«, murmelte sie unbehaglich.

»Ich wünsche dir Glück.«

»Das wünsche ich dir auch.« Sie wandte sich ab und ging mit schnellen Schritten davon.

• • •

Mathias blickte Leonore nach, bis sie um die nächste Hausecke verschwunden war. Dann rieb er sich das Gesicht, das voller Mehlstaub war, und betrachtete nachdenklich seine Hände.

Seit seiner Kindheit gehörte Mehl zu seinem Leben. Mehl an Fingern, in Gesicht und Haar, Mehl auf der Kleidung, an den Schuhen. Sogar in der Wohnung gab es Mehlstaub.

Es war nie eine Frage gewesen, dass auch er Bäcker werden würde wie sein Vater, sein Großvater und sein Urgroßvater. Er würde nie aus dieser Tradition herauskommen, wenn er nicht …

Ja, wenn er diese Gewohnheit nicht durchbräche.

Mit einem Mal war ihm so leicht ums Herz wie selten zuvor. Es war ein Wink des Schicksals, dass Nora ihn vor vollendete Tatsachen gestellt hatte. Weil auch sie die Tradition durchbrochen hatte. Weil sie mutig war und ein anderes Leben wollte.

Mathias straffte die Schultern und sah seine Mutter hinterm Tresen stehen. Er schluckte und betrat die Bäckerei.

Sein Magen zog sich zusammen, wenn er an den Schritt dachte, den er tun musste, und an das Unbekannte, das vor ihm lag. Gleichzeitig hüpfte sein Herz jedoch vor Übermut und Vorfreude. Und vor Stolz, dass er sein Leben selbst in die Hand nehmen würde.

17.

Lübeck im Oktober 1900

Julius hatte lange darüber nachgedacht, wie er das Gespräch mit seinem Vater beginnen sollte. Er war zu dem Schluss gekommen, zuerst mit seiner Mutter zu sprechen.

Sie saß auf der Chaiselongue im Salon und hatte ein aufgeschlagenes Buch im Schoß, doch ihr Blick war in die Ferne gerichtet.

Julius war leise eingetreten, nachdem er zweimal geklopft hatte. »Mutter?«

Sie fuhr zusammen. »Julius! Du hast mich erschreckt.«

»Entschuldige.« Zögernd trat er näher. »Ich würde gerne etwas mit dir besprechen.«

Sie winkte ihn zu sich. »Setz dich.« Sie klappte das Buch zu und legte es auf das kleine Tischchen neben sich.

Er setzte sich ihr gegenüber und überlegte, wie er anfangen sollte. Aus dem Musikzimmer erklang Veronikas holpriges Klavierspiel. Er stellte sich vor, wie ihr Klavierlehrer neben ihr stand und auf den Zehenspitzen wippte. Das machte er häufig, wenn er seine Ungeduld zügeln musste.

»Es wird keine Pianistin aus ihr werden«, sagte Julius' Mutter leise.

»Nein«, erwiderte er und musste sich räuspern. »Es gibt da etwas, Mutter …« Er verstummte. Er hatte es falsch angefangen, doch nun konnte er nicht zurück. »Ich … Es gibt da eine junge Frau …« Das war auch nicht besser. Herr im Himmel, konnte er sich nicht vernünftig und klar ausdrücken?

Seine Mutter hatte sich aufgesetzt. »Eine junge Frau? Oh, Julius, willst du damit sagen …«

Er nickte, um sie am Weitersprechen zu hindern. »Sie ist hinreißend, Mutter.« Was redete er denn da! »Ich meine, ich wollte sagen … Ich gedenke, sie zu heiraten.« Er atmete heftig aus und lehnte sich zurück.

»Du möchtest sie heiraten? Aber … hättest du sie uns nicht erst einmal vorstellen sollen?«

Er nickte eifrig. »Natürlich, das wollte ich ja damit sagen. Ich möchte sie gern einladen.«

Seine Mutter sah ihn lächelnd an. »Es ist dir ernst.«

»Sehr ernst.«

»Ich hatte schon befürchtet, dass es keine Frau schafft, dein Herz zu erobern.«

Er lächelte ebenfalls. »Bisher gab es auch keine.«

»Erzähl mir von ihr.« Seine Mutter beugte sich vor und schaute ihn gespannt an. »Wer sind ihre Eltern? Wie ist ihr Name?«

»Sie heißt Leonore Grieve.« Er musste noch immer lächeln. »Sie ist ganz bezaubernd.«

»Und ihre Eltern, Julius?«

»Ihre Mutter ist verstorben, und ihr Vater führt einen Kolonialwarenladen in Hamburg.«

Der Ausdruck seiner Mutter wurde sorgenvoll. »Einen Kolonialwarenladen?«

Julius hatte mit einer solchen Reaktion gerechnet und redete daher einfach weiter. »Ich habe sie auf einem Musikabend bei Sofie Schmitt kennengelernt. Sie spielt selbst Klavier, und sie hat so nett über mein Bild gesprochen …«

Seine Mutter war blass geworden. »Aber Julius …«

In diesem Moment rauschte Veronika ins Zimmer. »Ich verlange, dass du mit Herrn Pfaff sprichst, Mama.«

Julius drehte den Kopf. »Kannst du nicht anklopfen?«

»Wozu? Ich wusste ja nicht, dass du auch hier bist. Er wird unverschämt, Mutter. Stell dir vor, er hat mich getadelt. Er sagt, ich würde meinen Fingerübungen nicht mit dem nötigen Pflichtbewusstsein nachkommen.«

Julius biss sich auf die Zunge, um nichts zu erwidern.

»Sei so gut, und lass uns wieder allein, Nika«, bat seine Mutter sie.

»Aber, Mutter … Er hat …«

»Bitte, Nika!«

»Worüber habt ihr gesprochen?«

»Wenn es für dich von Interesse wäre, hätte ich dich dazugebeten«, meinte Julius verärgert.

»Es geht nicht zufällig um eine Leonore Grieve?«

»Was? Woher weißt du …?«

»Du hast den Brief auf dem Sekretär liegen lassen.« Seine Schwester zuckte mit den Schultern.

»Wie kommst du dazu? Der Brief lag auf *meinem* Sekretär.« Er funkelte sie an. »In meinem Zimmer hast du nichts verloren, Veronika.«

»Ich habe meinen Strohhut gesucht.«

»In *meinem* Zimmer?«

»Ich dachte, ich hätte ihn dort vergessen.«

»Dein Klavierunterricht, Nika«, erinnerte ihre Mutter sie.

»Aber du musst mit Herrn Pfaff reden, Mama.«

»Ich spreche später mit ihm.«

Veronika machte kehrt und verließ den Salon.

Mutter lässt ihr viel zu viel durchgehen, dachte Julius. *Sie ist ein verzogenes, freches Ding, das sich nicht zu benehmen weiß.*

»Du möchtest also diese junge Frau heiraten«, nahm seine Mutter den Faden wieder auf.

Er nickte.

»Eine Frau, deren Vater ein Kolonialwarenhändler ist.«

»Ich liebe Leonore, Mutter.« Es war das erste Mal, dass er es aussprach. Bisher hatte er noch nicht einmal gewagt, es zu denken.

»Liebe. Um Himmels willen, Julius. Ich hatte so gehofft, dass du eine junge Frau wählst, die …«

»Standesgemäß ist, meinst du, nicht wahr? Es ist mir gleichgültig, Mutter. Sie ist die richtige Frau für mich.«

»Ich bitte dich, Julius. Das darf dir nicht gleichgültig sein. Du wirst mit dieser Frau hier unter diesem Dach wohnen. Wir alle werden mit ihr unter diesem Dach wohnen. Dein Vater wird einer solchen Heirat nicht zustimmen«, schloss sie.

»Ich werde sie dennoch heiraten.«

Seine Mutter schaute ihn fassungslos an. »Und an uns, an deine Familie, denkst du dabei gar nicht?«

»Es ist mein Leben, Mutter.«

Sie schlug die Hände vors Gesicht und begann zu schluchzen. Wie immer, wenn sie keine überzeugenden Worte mehr hatte. »Bitte nicht, Mutter.« Er schnaubte leise und stand auf.

»Bleib sitzen, Julius.« Nun war ihre Stimme wieder sanfter, und als sie den Kopf hob, sah er, dass ihr Gesicht ganz trocken war. *Sie weint, ohne eine einzige Träne zu vergießen,* dachte er. »Ich verstehe dich ja, mein Sohn. Wenn du wüsstest, wie gut ich dich verstehe.« Sie seufzte schwer, und er glaubte, dass sie noch etwas hinzufügen wollte, sie schwieg jedoch.

»Ich wollte zuerst mit dir sprechen.« Julius erhob sich wieder und griff nach seinem Stock. »Mit Vater spreche ich heute Abend.«

»Er wird außer sich sein.«

»Ich weiß.«

»Vielleicht jagt er dich fort. Oh Julius, ich flehe dich an! Willst du das riskieren?« Nun schluchzte sie wieder.

Julius hinkte zur Tür. »Ich kann nicht anders, Mutter, es tut mir leid.«

»Du wirst diese Frau nicht heiraten.«

Mehr sagte sein Vater nicht, nachdem Julius ihm am Abend alles erzählt hatte.

Sie saßen zusammen im Kontor, zwei Gläser Portwein auf dem Tisch. Draußen im Baum sang ein Vogel.

Wie grotesk, dachte Julius, *draußen herrschen Idylle und Harmonie, während hier drin die Stimmung eisig ist.*

»Doch, Vater, das werde ich.« Er sprach ganz ruhig.

Der Kiefer seines Vaters mahlte. »Vergiss nicht, wo dein Platz ist, Julius. Du bist ein Konradi.«

Julius lachte unfroh auf. »Wie könnte ich das vergessen?«

»Seit wann bist du so rebellisch? Das steht dir nicht.«

»Ich möchte die Frau heiraten, die ich liebe. Wenn das Rebellion ist, dann will ich gern ein Rebell sein.«

»Nicht, solange du unter meinem Dach wohnst.«

»Ich werde meiner Frau und mir ein eigenes Haus suchen.«

Nun lachte sein Vater spöttisch auf und zündete sich eine Zigarre an. »Interessant. Und wovon gedenkst du dieses Haus zu bezahlen?«

»Von meinem Geld«, antwortete Julius.

»Dass ich nicht lache.«

Julius erhob sich schwerfällig und verfluchte sein störrisches Bein.

»Bleib sitzen, bis ich gesagt habe, was ich sagen will, Junge.«

»Ich dachte, es sei alles gesagt.« Julius blieb stehen.

»Du machst deiner Mutter Kummer. Schon als kleiner Junge hast du ihr Kummer bereitet.«

»Ach, du sprichst von meinem Sturz. Es tut mir leid, dass ich euch Kummer bereite, weil ich hinke.«

»Es wird ihr das Herz brechen.«

»Und sie glaubt, es würde *dir* das Herz brechen.«

Sein Vater rauchte und blies kleine Kringel in die Luft.

»Ich werde bei ihrem Vater um ihre Hand anhalten.«

»Du bist also fest entschlossen.«

»Ja, Vater.«

»Du weißt, dass ich Entschlossenheit grundsätzlich schätze. Starrsinn und Aufmüpfigkeit dagegen schätze ich überhaupt nicht.«

»Ich bin nicht starrsinnig, Vater, ich möchte die Frau heiraten, die ich liebe.«

»Liebe. Grundgütiger, Julius! Liebe ist ein hübsches Wort, ein Gefühl, das genauso schnell vorbei sein kann, wie es gekommen ist. Sei doch vernünftig.«

Julius ging zur Tür. »Ich war doch immer der Vernünftigere, Vater, sagtest du das nicht selbst?«

»Warte, Julius.«

Er schloss hoffnungsvoll die Augen. »Ja, Vater?«

»Schick deinen Bruder zu mir, wir haben noch etwas zu besprechen.«

Julius presste die Kiefer aufeinander und machte die Tür ein wenig fester zu, als notwendig gewesen wäre.

18.

Hamburg im Dezember 1900

Carl war neugierig auf den Mann, den seine Schwester heiraten wollte. »Der Sohn eines angesehenen Tuchkaufmanns also«, hatte er gemeint, als sie ihm davon erzählt hatte. »Dein Leben wird sich gründlich ändern, Nora. Du wirst in einem Haus mit Dienstboten leben, gemeinsam mit deinen Schwiegereltern, die vermutlich alles andere als einverstanden mit dir sind.«

»Ich weiß das alles«, hatte sie entgegnet. »Und ich bin darauf vorbereitet.«

Er hatte gelacht. »Das glaube ich nicht. Wie willst du auf etwas vorbereitet sein, das dir vollkommen fremd ist?« Er hatte sie lange angeschaut. »Du musst diesen Julius sehr lieben, wenn du auf alles verzichten willst, was dir am Herzen liegt.«

An diesem Sonntagnachmittag, an dem Julius Konradi seinen Besuch angekündigt hatte, stand Carl im Laden hinter einem Regal, von wo aus er die Straße im Auge hatte und somit einen ersten Blick auf den Mann werfen konnte.

Als er das Klappern von Pferdehufen hörte, ging er zur Tür. Er sah einen tadellos gekleideten Mann aus einer

Droschke steigen, der selbst ihn noch um einen halben Kopf überragte. Carl strich hastig über sein Leinenhemd und steckte einen Zipfel zurück in den Hosenbund. Während er sich mit beiden Händen übers Haar fuhr, wurde er gewahr, dass Herr Konradi hinkte.

Für einen Augenblick war er so überrascht, dass er kurz die Fassung verlor. Nora hatte kein Wort davon gesagt.

Er schloss die Tür auf und empfing den Gast mit einem freundlichen Lächeln. »Herr Konradi? Ich bin Carl Grieve, Noras ... ich meine Leonores Bruder. Hatten Sie eine angenehme Reise?«

»Ja, vielen Dank, Herr Grieve.« Julius reichte ihm die Hand und schaute ihn freundlich an. Dann sah er sich interessiert im Laden um.

Carl räusperte sich. »Mein Vater ist oben. Wollen wir gleich hinaufgehen, Herr Konradi? Nora wartet sicher schon ungeduldig.« Er biss sich auf die Unterlippe, das hatte er gar nicht sagen wollen.

»Sehr gerne.«

»Wenn ich vorangehen darf ...«

• • •

Leonore war immer wieder zum Fenster gelaufen, und als sie die Droschke gesehen hatte, die Julius brachte, hatte sich ihr Magen vor freudiger Erwartung und auch vor Angst zusammengezogen. Was, wenn ihr Vater sein Zimmer nicht verlassen würde? Wenn er sich schlicht weigerte, Julius kennenzulernen?

Es dauerte einige Zeit, bis sie Schritte auf der Treppe hörte. Dann Carls Stimme. »Nora? Wir sind da!«

Sie wischte sich die Hände an ihrem Rock ab, warf einen raschen Blick in den Spiegel, der über der Kommode im Flur hing, und schob eine Haarsträhne zurück in den Knoten.

Es wird alles gutgehen, betete sie vor sich hin, während sie den beiden entgegenging.

»Guten Tag, Leonore.« Julius nahm ihre eiskalte Hand.

»Guten Tag, Julius. Ich hoffe, Sie hatten eine gute Reise.«

Er nickte lächelnd. »Auch wenn ich das Zugfahren nicht sehr schätze.«

»Ich gebe Vater Bescheid«, bot Carl sich an und klopfte an die Schlafzimmertür.

»Wollen wir in die Stube gehen?« Leonore ging voran und spürte Julius' Blicke wie Nadelstiche in ihrem Rücken. Das erinnerte sie wieder an den Musikabend bei Sofie.

Sie setzten sich, Julius in den Sessel am Fenster, und Leonore auf das Sofa. Draußen im Flur hörte sie ihren Bruder etwas sagen. *Es wird alles gutgehen*, sagte sie sich erneut.

Kurz darauf kam ihr Vater herein. »Willkommen in meinem bescheidenen Heim, Herr Konradi.«

Julius wollte sich erheben, doch ihr Vater winkte ab. »Bleiben Sie ruhig sitzen.« Ein vielsagender Blick huschte zu Julius' Bein.

Leonore schnappte nach Luft. Wollte ihr Vater Julius brüskieren? Gleich bei ihrer ersten Begegnung? Wollte er klarstellen, was er von ihm hielt?

Julius jedoch blieb gelassen. »Danke, Herr Grieve«, sagte

er nur. Und brachte sogar ein freundliches Lächeln zustande.

Kurz darauf saßen sie beieinander am Tisch. Leonore hatte das beste Geschirr aufgedeckt und sogar frische Blumen hingestellt.

»Sie kommen also aus Lübeck«, begann ihr Vater die Unterhaltung. »Ich war nie dort, es soll eine schöne Stadt sein.«

»Meine Familie lebt schon seit mehreren Generationen dort.«

»Ihr Vater ist Tuchkaufmann, erzählte meine Tochter. Sie werden sicher in seine Fußstapfen treten, nicht wahr?«

Ich hätte ihn besser vorbereiten sollen, dachte Leonore unglücklich.

»Nein, mein Bruder wird das Geschäft übernehmen. Ich bin Künstler. Genauer gesagt Maler und Bildhauer.«

Leonore sah, wie ihrem Vater die Kinnlade herunterklappte.

»Sieh an.« Er nickte und trank einen Schluck Kaffee. »Und Ihre Eltern sind damit einverstanden?«

»Ich habe das Glück, in einer Familie aufgewachsen zu sein, die die Kunst als ein hohes Gut ansieht.« Es klang nicht belehrend oder gar herablassend.

»Ein hohes Gut, soso.«

Leonore warf ihrem Bruder einen hilfesuchenden Blick zu, doch Carl aß schweigend seinen Rosinenkuchen und tat so, als ginge ihn das alles nichts an.

»Ihr Herr Vater wird dafür sorgen, dass Sie Ihr Auskommen haben, nehme ich an?«

Leonore presste die Lippen aufeinander.

Julius hingegen zuckte auch jetzt nicht mit der Wimper. »Ich wohne noch im Haus meiner Eltern, wenn Sie das meinen, Herr Grieve.« Er suchte Leonores Blick. »Der Kuchen schmeckt vorzüglich, Leonore.«

»Vielen Dank.« Ihre Stimme klang ungewöhnlich hoch.

»Als Künstler muss man oft über seinen Schatten springen«, fuhr er fort. »Ich nehme Auftragsarbeiten an. Ich male das, was man sich von mir wünscht. Und ich stelle Porträtbüsten her.«

»Ich vermute, diese Auftragsarbeiten werden ziemlich gut bezahlt?«, meinte Carl.

Julius nickte. »Durchaus, ja.«

»Ach ja?«, fragte ihr Vater verwundert. »Die Leute müssen zu viel Geld haben.«

»Manche schon«, erwiderte Carl trocken.

Leonore schenkte Kaffee nach und wurde immer nervöser.

»Was hältst du davon, wenn wir Herrn Konradi ein Glas Portwein anbieten?«, fragte ihr Bruder den Vater.

»Ja, wieso nicht?«

Carl stand auf und nahm die Flasche aus dem Schrank.

»Karaffen aus Kristallglas haben wir leider nicht, Herr Konradi. Aber es ist der beste Portwein, den Sie in Hamburg bekommen werden.« Ihr Vater sah Julius an, und Leonore fragte sich, was gerade in ihm vorging. Wollte er Julius auf die Probe stellen?

Carl schenkte ihnen ein, und ihr Vater erhob das Glas. »Auf Ihr Wohl, Herr Konradi.«

»Auf Ihres, Herr Grieve.« Als Julius sein Glas absetzte, räusperte er sich. »Ich möchte Sie um die Hand Ihrer Tochter bitten.«

Leonores Vater hatte Julius einen Augenblick lang fassungslos angeschaut, dann war er aufgestanden und hatte das Zimmer verlassen. Leonore hatte mit einer solchen Reaktion gerechnet, und auch Julius war anzusehen, dass er nicht sonderlich überrascht war. Ein betretenes Schweigen war entstanden, und nach einer Weile erhob Carl sich und murmelte etwas von »Ich sollte dann auch ...« Er nickte Julius zu. »Herr Konradi.«

»Herr Grieve.«

Carl war kaum aus der Tür, als Leonore Julius mit in ihren Ohren schriller Stimme fragte, ob sie ihm nun den Laden zeigen dürfe.

»Das wäre sehr schön, Leonore.«

»Gut.« Sie nickte erleichtert.

Wenig später ging Julius an den Regalen entlang und fuhr mit dem Finger über die Etiketten der einzelnen Produkte. Dabei lächelte er wie ein kleiner Junge.

»Hier gibt es Bindfäden, Schuhcreme, Knöpfe, Garne, Nadeln, Nägel und Werkzeug«, erzählte Leonore, während sie nebeneinander im Verkaufsraum standen. »Und dort drüben sind die Rasierseifen und die Kernseife.«

Julius hob den Kopf, um zu sehen, was sich ganz oben in den Regalen befand. »Sie werden viele Stammkunden haben, nicht wahr?«

»Oh ja, sehr viele.«

Er zeigte auf die Kasse. »Ein Prachtstück.«

»Mein Großvater hat sie angeschafft.«

»Leonore?« Er räusperte sich.

Sie war weitergegangen und blieb nun stehen. Das Herz klopfte ihr bis zum Hals. Würde er seinen Antrag zurückziehen? »Ja, Julius?«

»Wird Ihr Vater einverstanden sein?«

Sie schluckte. »Das hoffe ich. Und wenn nicht ...«

Julius sah sie abwartend an. Seine Mundwinkel zuckten.

»... laufe ich davon«, beendete sie ihren Satz.

»Das meinen Sie vermutlich sogar ernst.« Jetzt schmunzelte er.

»Ich möchte Ihre Frau werden, Julius, das wünsche ich mir mehr als alles andere.«

»Das ist auch mein größter Wunsch.« Er lächelte sie an. »Werden Sie das alles hier nicht vermissen?«

»Doch, ganz bestimmt sogar«, antwortete sie ehrlicherweise.

»Ihr Leben wird sich sehr verändern, Leonore.«

Sie nickte. »Ich weiß.«

Ihr Leben hätte sich auch verändert, wenn sie sich dazu entschlossen hätte, Mathias' Frau zu werden.

»Nun, dann ...« Wieder ein kurzes Räuspern. »Dann würde ich unsere Verlobungsfeier gern für Ende März ansetzen, wenn Sie einverstanden sind.«

Leonore nickte beklommen. »Darf ich Sie etwas fragen, Julius?«

»Natürlich.«

»Was ist mit Ihren Eltern? Werden sie einverstanden sein?«

Er schwieg einen Moment, und sie rechnete mit einer ausweichenden Antwort. Seine Eltern waren vermutlich alles andere als begeistert, dass er unter seinem Stand heiraten wollte.

»Ich bin fest davon überzeugt, dass sie Sie mögen werden, wenn sie Sie erst einmal kennengelernt haben, Leonore.« Sein Lächeln sollte vermutlich Zuversicht ausstrahlen. »Ich werde alles dafür tun, dass es Ihnen an nichts fehlen wird.« Mit einem bedauernden Lächeln wies er zur Straße, wo soeben die Droschke anhielt. »Ich schreibe Ihnen.« Er hielt ihre Hand einen Moment lang fest und führte sie an seine Lippen. Dann sagte er ihr Auf Wiedersehen und stieg in die Droschke.

Nachdem Julius wieder nach Lübeck zurückgefahren war, stand Leonore eine Weile am Küchenfenster und schaute hinunter auf das Nikolaifleet. Schließlich wandte sie sich ab und begann, den Tisch für das Abendessen zu decken. Als sie fertig war, klopfte sie an die Schlafzimmertür ihres Vaters. »Es gibt Abendessen, Vater.«

»Ich komme.« Sein Bett knarzte, kurz darauf stand er in der Tür. »Ist dein Verlobter schon fort?«

Sie nickte.

»Er hat sich nicht einmal verabschiedet.«

»Hätte er an deine Tür klopfen sollen?«, fragte sie spitz. »Du hast einfach das Zimmer verlassen, sehr höflich war das auch nicht.«

»Leonore!«, sagte er scharf. »Ich muss dir über mein Tun keine Rechenschaft ablegen.«

Sie wollte etwas entgegnen, biss sich jedoch auf die Zunge und entschuldigte sich zerknirscht.

»Schon gut«, brummte er. »Es war ein anstrengender Tag.«

»Ich weiß, dass dir Mathias lieber wäre.«

Er ließ sie stehen und ging an ihr vorbei in die Küche.

Dort setzte er sich an den Tisch.

»Ich werde es gut haben, Vater. Es wird mir an nichts fehlen. Solltest du dich nicht darüber freuen?«

»Ich freue mich ja auch, Nora.« Nun klang er deutlich versöhnlicher. »Stört es dich eigentlich gar nicht, dass er ein Krüppel ist?«

»Er hinkt, Vater, das ist alles.«

»Das ist alles?«

»Es stört mich nicht, es hat mich nicht einmal interessiert. Ein kleines körperliches Gebrechen, nichts weiter.«

»Wie ist das passiert?«

»Ein Treppensturz.«

»Über die Türschwelle wird er dich wohl kaum tragen können.«

Leonore presste die Lippen aufeinander.

»Du scheinst dir wirklich etwas aus ihm zu machen.« Ihr Vater nickte nachdenklich, dann erkundigte er sich, wo Carl blieb.

»Ich habe ihm noch gar nicht Bescheid gesagt, ich wollte erst mit dir sprechen. Ich hätte dich besser vorbereiten sollen, Vater. Auf Julius.« Sie legte ihm die Hand auf den Unterarm. »Tut mir leid. Aber ich wusste nicht, wie.«

Er schlug mit der Hand auf den Tisch, und sie zuckte zusammen. »Das hättest du in der Tat. Wie stehe ich jetzt da?«

Sie wusste nicht, was er damit meinte. Dass er unhöflich gewesen war, konnte er ihr kaum vorhalten. »Wirst du darüber nachdenken, Vater?«

Er funkelte sie an. »Ich habe gesagt, dass ich Bedenkzeit brauche.«

Sie senkte geknickt den Kopf. »Ich weiß.«

»Was fragst du mich dann? Und jetzt lass uns in Ruhe zu Abend essen.«

• • •

Wenige Tage später, es war der Tag vor Heiligabend, rief ihr Vater sie zu sich. Er saß an seinem Schreibtisch im Kontor, die Arme verschränkt. »Ich habe nachgedacht«, begann er, und sie machte sich auf alles gefasst. »Ich gebe zu, dass ich enttäuscht bin. Du willst deinem Elternhaus und deinem Leben hier den Rücken kehren. Aber gut.« Er seufzte schwer und blickte aus dem Fenster. »Du hast mein Einverständnis. Ich möchte nicht, dass wir in Unfrieden auseinandergehen.«

Leonore war so erleichtert, dass sie um ein Haar laut aufgeseufzt hatte. Stattdessen lächelte sie und schwieg.

»Du sagst ja gar nichts.«

»Ich bin sehr froh, Vater. Ich hatte mit einer anderen Antwort gerechnet.«

»Ach ja?« Er hob die Augenbrauen. »Du scheinst mich für einen grausamen Vater zu halten.«

»Das habe ich damit nicht sagen wollen. Ich dachte nur, du wirst darauf bestehen, dass ich Mathias heirate.«

»Es wäre mir lieber gewesen, sehr viel lieber. Du gehörst nicht nach Lübeck, Nora, du gehörst hierher.«

»Das dachte ich auch«, erwiderte sie leise.

Er schaute sie wieder mit diesem nachdenklichen Blick an, schließlich nickte er. »Deine Mutter wäre stolz auf dich gewesen.« Er hatte so leise gesprochen, dass Leonore erstaunt blinzelte und sich fragte, ob sie es vielleicht geträumt hatte.

»Dann ... wirst du zu meiner Hochzeit kommen?«

»Du musst mich wirklich für einen grausamen, unbarmherzigen Vater halten. Meine einzige Tochter heiratet. Natürlich komme ich zu deiner Hochzeit.«

»Danke, Vater.«

Da er nichts mehr sagte, nahm sie es als Aufforderung zu gehen.

Als sie die Tür hinter sich schloss, hätte sie wohl jauchzen sollen vor Freude und Erleichterung. Doch stattdessen blieb ein eigenartiges Gefühl, das an ihr nagte und ihre Freude trübte.

Das Gefühl verstärkte sich noch, als sie durch den Laden ging, über die Holzregale strich und den Geruch tief einatmete, den sie immer so geliebt hatte.

Schon bald würde sie all das hinter sich lassen müssen.

II. TEIL

1901–1903

19.

Lübeck im März 1901

Leonore hatte in der Nacht kaum ein Auge zubekommen. Heute würde sie nach Lübeck reisen und ihre zukünftigen Schwiegereltern kennenlernen. Was diese von der bevorstehenden Heirat hielten, ahnte sie, auch wenn Julius bislang kein Wort darüber verloren hatte. Er wollte sie gewiss schonen.

»Die Konradis sind eine stolze Familie«, hatte Sofie zu ihr gesagt. »Aber glauben Sie mir, Leonore, sie werden gar nicht anders können, als Sie gernzuhaben.«

»Da bin ich mir nicht so sicher«, hatte Leonore entgegnet.

Die Konradis hatten sich eine standesgemäße Frau für ihren jüngsten Sohn gewünscht, eine Frau, die zu ihnen passte.

Es wird kein leichter Weg werden, ging ihr durch den Kopf, als sie sich ankleidete und ihre Reisetasche nahm. Aber sie würde diesen Weg gehen, aufrecht und entschlossen.

»Bist du fertig?« Ihr Bruder erwartete sie im Flur.

Sie nickte. »Ist die Droschke schon da?«

»Noch nicht. Ich werde unten warten und dir Bescheid geben.« Er hatte sich bereits umgedreht.

»Carl?«

»Ja?« Er wandte sich ihr wieder zu.

»Wünsch mir Glück«, bat sie.

»Du weißt, dass ich dir immer Glück gewünscht habe.«

»Ja, aber heute kann ich es ganz besonders gut gebrauchen.«

Sie klopfte an die Tür zur Stube. Ihr Vater saß am Fenster und las Zeitung.

»Ich möchte mich verabschieden, Vater.«

Er legte die Zeitung weg und sah sie an. »Du siehst hübsch aus.«

»Danke.«

»Wann wirst du zurück sein?«

»Morgen Nachmittag, denke ich.«

Er erhob sich und kam zu ihr. »Du schämst dich doch nicht etwa für deine Herkunft?«

Sie war sehr überrascht, dass er das sagte. »Nein, Vater, ich schäme mich nicht.«

»Dazu gäbe es auch keinen Grund. Gib auf dich acht. Ich bin froh, dass Frau Schmitt dich begleiten wird.«

Selten hatte sie ihn so sanft sprechen gehört, und sie tat etwas, das sie nie zuvor getan hatte: Sie stellte sich auf die Zehenspitzen und hauchte ihm einen raschen Kuss auf die Wange.

Er blinzelte verblüfft, dann huschte ein flüchtiges Lächeln über sein Gesicht.

»Bis morgen, Vater.« Eilig verließ sie das Zimmer, weil

sie mit einem Mal befürchtete, es sich wieder anders zu überlegen und nicht nach Lübeck fahren zu wollen. Nein, sie würde es durchstehen, und sie würde Julius heiraten. Weil sie ihn liebte.

Leonores Herz schlug ihr bis zum Hals, als sie und Sofie am Nachmittag aus dem Zugabteil stiegen.

»Kommen Sie, meine Liebe, und geben Sie acht, dass Sie nicht stolpern.« Sofie ging voran und schaute sich um. »Haben Sie Julius schon gesehen?«

»Nein.« Leonore schob den Anflug von Enttäuschung und Angst beiseite. Hatte er es sich womöglich anders überlegt?

Unsinn, ermahnte sie sich, sein letzter Brief war so liebevoll, so voller Wärme gewesen.

»Er wird vor dem Gebäude warten. Was haben Sie denn?« Sofie war stehen geblieben und sah sie besorgt an. »Ist Ihnen nicht gut?«

»Ich weiß nicht ...«

»Das ist die Aufregung. Nur Mut, kommen Sie.« Sofie hakte sie unter. »Im Vertrauen, meine Liebe. Julius vergöttert Sie, und ich bin sicher, dass er Ihnen ein guter, aufmerksamer Ehemann sein wird.«

»Aber über seine Familie hat er bislang kein Wort verloren. Sie werden mich ablehnen, weil ich ...« Leonore schluckte hart. »Sie haben sich eine andere Frau für ihn gewünscht, und sie werden es mir für alle Ewigkeit übel nehmen, dass ich ...« Sie verstummte und schämte sich für ihren Ausbruch.

»Jetzt atmen Sie tief durch, meine liebe Leonore. Sie mögen vielleicht nicht den Vorstellungen seiner Eltern entsprechen, aber Sie sind eine gescheite, bildhübsche junge Frau mit Manieren und Anstand. Das ist weit mehr, als viele andere junge Damen vorzuweisen haben.« Sofie wollte weitergehen.

»Bitte warten Sie einen Augenblick, Sofie. Ich würde Ihnen gern etwas sagen. Ich möchte Ihnen danken. Sie sind so gut zu mir gewesen, obwohl ich … Sie …«

Sofie winkte ab. »Es ist nicht nötig, dass Sie weitersprechen. Ich weiß auch so, was Sie sagen wollten. Ich habe Sie ein wenig unter meine Fittiche genommen, weil es mir Freude macht. Glauben Sie mir, es war nie ganz uneigennützig.« Sie schmunzelte. »Und nun kommen Sie. Julius wartet sicher schon.«

• • •

Julius hatte vorgeschlagen, zunächst einen kleinen Spaziergang durch die Stadt zu machen. Er zeigte ihnen die schmalen Gässchen mit den kleinen Fachwerkhäusern, die sich windschief und hutzelig aneinanderschmiegten, als wollten sie sich gegenseitig stützen.

»Zauberhaft«, meinte Sofie. »Nicht wahr, meine Liebe?«

»Ich dachte, Sie kennen Lübeck bereits.«

»Kennen wäre zu viel gesagt. Ich war ein paarmal mit Albert hier, aber er pflegt durch die Gassen zu eilen, als wäre jemand hinter ihm her.« Sofie seufzte. »Dabei liebe ich es, mir die Schaufenster anzuschauen.«

Julius wies nach rechts. »Kommen Sie, meine Damen. Ich möchte Ihnen die Marzipanmanufaktur zeigen.«

Sie blieben vor einem breiten, mehrstöckigen Gebäude stehen, und Sofie warf einen Blick in eines der Fenster. »Sehen Sie nur, Leonore, es gibt ein Café. Wie entzückend!«

»Darf ich Sie zu Kaffee und Cremetörtchen einladen?« Julius bot ihnen je einen Arm.

»Mit dem größten Vergnügen, lieber Julius.« Sofie legte die Hand auf seinen Arm. »Kommen Sie, Leonore.«

Das Café war sehr gut besucht, es war nur noch ein Tisch frei. Neben ihnen saßen drei elegant gekleidete Frauen, die sich lautstark miteinander unterhielten und nicht weniger laut lachten.

Julius bestellte Kaffee und Törtchen, und während sie darauf warteten, sahen Leonore und Sofie sich neugierig um.

Leonore deutete auf eine Fotografie, die an der Wand ihr gegenüber hing. »Ist das der Gründer der Manufaktur?«

Julius nickte.

Der Kellner kam an ihren Tisch. »Drei Cremetörtchen und drei Kaffee, die Herrschaften.« Er verneigte sich und war gleich wieder verschwunden.

Leonores Törtchen war mit einer hauchdünnen Schicht aus Marzipan überzogen. Mit einem leisen Seufzer kostete sie. »Das schmeckt himmlisch. Als könnte man Glück und Wonne essen. Wie ist Ihres, Sofie?«

»Ich habe das Gleiche bestellt wie Sie, meine Liebe.«

»Oh, ja richtig. Julius? Wie ist Ihr Törtchen?«

»Ich muss zugeben, dass ich mir nicht viel aus süßem

Gebäck mache.« Er begann dennoch zu essen und nickte anerkennend. »Es schmeckt vorzüglich.«

»Was ist das für eine Creme?«, überlegte Leonore laut. »Mokka? Julius, wonach schmeckt Ihre Creme?«

»Ich würde sagen, dass Vanille darin ist.«

»Vanille.« Leonore nickte zögernd. Sie war bisher noch nicht in den Genuss des kostspieligen Gewürzes gekommen. Sie wusste, dass es aus Pflanzenschoten gewonnen wurde.

Die Frauen am Nebentisch brachen in lautes Gelächter aus, und für einen Moment glaubte Leonore, sie würden über sie lachen.

Sie aßen ihre Törtchen und tranken den Kaffee. Dabei plauderten sie über alltägliche Dinge wie das Wetter.

Als Julius schließlich meinte, es sei an der Zeit, zur Villa zu fahren, sank Leonores Mut. Bis hierhin hatte sie den Tag genossen, nun aber lag etwas vor ihr, vor dem ihr graute.

• • •

Wenig später standen sie im großen, bunt gefliesten Vestibül der Villa Konradi. Ein Dienstmädchen kam, um ihnen Mäntel und Hüte abzunehmen.

»Wo sind meine Eltern?«, fragte Julius.

»Im Salon, gnädiger Herr.«

Leonore ließ den Blick schweifen und versuchte, sich nicht anmerken zu lassen, wie beeindruckt sie war.

Links führte eine breite Marmortreppe ins Obergeschoss. Noch nie hatte sie so viel Prunk und Erhabenheit gesehen. In absehbarer Zeit hier zu leben, kam ihr gerade so unwirklich vor, dass sie kurzfristig meinte zu träumen. Ihr Vater hatte recht, es gab keinen Grund, sich ihrer Herkunft zu schämen, dennoch fühlte sie sich in diesem Moment ganz unbedeutend.

Das Dienstmädchen öffnete die Tür zum Salon. »Gnädige Frau, gnädiger Herr. Ihr Sohn ist jetzt da.«

Leonore vernahm Kleiderrascheln, kurz darauf stand ein hochgewachsener, dunkelhaariger Mann vor ihr und musterte sie. »Fräulein Grieve.«

»Herr Konradi.« Sie musste schlucken und warf der zierlichen, deutlich kleineren Frau neben ihm einen scheuen Blick zu.

»Das ist meine Frau Mathilda«, stellte er vor und widmete sich Sofie, die neben Leonore stand. »Sofie, wie schön, dass Sie die Zeit gefunden haben, Fräulein Grieve zu begleiten.«

»Es war mir ein Bedürfnis, mein lieber Georg.«

»Bitte treten Sie doch ein, und nehmen Sie Platz.«

Julius sorgte dafür, dass Leonore in einem hübschen, aber nicht sehr gemütlich aussehenden Sessel Platz nahm.

Schüchtern setzte sie sich und wagte kaum, den Blick zu heben.

Ein Mann und eine Frau kamen herein, die Frau war so schön, dass Leonore den Atem anhielt. Sie hatte hinreißend dunkles, glänzendes Haar, einen matten Teint und große braune Augen. Der Mann war in etwa so groß wie Julius und trug Gehrock und Plastron. War das sein Bruder Oskar?

»Darf ich Ihnen meinen Bruder und meine Schwägerin

vorstellen, Leonore?«, sagte Julius in diesem Moment. »Oskar, das ist meine Verlobte Leonore Grieve.«

Der Mann nickte ihr zu, und sie meinte sogar, ein knappes Lächeln zu erkennen. »Freut mich, Fräulein Grieve. Das ist meine Frau Isabel.«

Isabel. Was für ein hübscher Name.

»Wo ist Veronika?«, fragte Julius, nachdem alle Platz genommen hatten.

»Sie ist in ihrem Zimmer.« Seine Mutter drehte sich um und rief nach dem Dienstmädchen. »Bringen Sie Tee und etwas Gebäck, Agnes. Und wenn Sie dafür sorgen würden, dass das Gepäck nach oben gebracht wird?«

»Sehr wohl, gnädige Frau.«

Während der nächsten Stunde versuchte Leonore angestrengt, Konversation zu machen und sich nicht mit Tee zu bekleckern.

Julius' Mutter hatte ihr die eine oder andere Frage gestellt und dann ganz offenbar beschlossen, dass es genug war, und sich Sofie zugewendet, um sich mit ihr über die neueste Kleidermode zu unterhalten.

Leonore saß bekümmert da und hielt sich an ihrer Teetasse fest. Sie war überaus erleichtert, als Julius aufstand und ihr seinen Arm bot. »Ich möchte Ihnen gern den Garten zeigen, Leonore.«

»Sie werden Sie mögen, Leonore«, sagte er leise zu ihr, als sie kurz darauf in einem schmiedeeisernen Pavillon saßen.

Die ersten Narzissen und Krokusse steckten die Köpfchen aus der Erde, und ein paar Spatzen balgten sich lautstark im Gebüsch. Als eine rotweiße Katze um die Ecke kam, stoben sie schimpfend auseinander.

»Glauben Sie, dass Sie sich eingewöhnen werden?«, fragte er nach einer kleinen Pause.

Leonore nickte. »Ja, ganz bestimmt.« Es klang zuversichtlicher, als ihr zumute war.

Er lächelte und legte für einen winzigen Moment die Hand auf ihre. Sie stellte verblüfft fest, wie sehr diese Berührung sie verwirrte und ihr Herz zum Pochen brachte. Sie spürte ein wohliges Kribbeln zwischen den Schulterblättern. »Ich bin froh, Ihnen begegnet zu sein, Leonore«, sagte er leise und griff in seine Jackentasche, um ein kleines Samtkästchen hervorzuholen. Leonore hielt den Atem an. Er öffnete das Kästchen und nahm einen bildschönen Ring mit einem blauen Stein heraus. »Ich weiß, ich sollte damit warten, bis wir wieder im Haus sind. Aber ...« Er hielt inne und steckte ihr den Ring an. »Ich finde es schöner, wenn wir allein sind.«

Leonore betrachtete glückselig ihren funkelnden Verlobungsring.

»Gefällt er Ihnen?«

»Er ist wunderschön.« Ihre Stimme war rau und brüchig.

Julius nahm ihre kalte Hand und führte sie an seine Lippen. »Bald werden wir Mann und Frau sein. Ich kann es kaum erwarten, Sie jeden Tag um mich zu haben.«

Leonores Magen zog sich vor Glück zusammen, und sie suchte fieberhaft nach den richtigen Worten.

»Wollen wir dann jetzt wieder hineingehen?«

Nein, wollte sie sagen. *Alles, nur das nicht. Lassen Sie uns für alle Zeiten hier draußen beieinandersitzen. Selbst Regen oder Schnee würde mich nicht schrecken, solange ich bei Ihnen sein kann.*

Doch sie erhob sich und strich mit zitternden Händen über ihr Kleid.

»Ich weiß, es verlangt Ihnen einiges ab«, flüsterte er, während sie zur Tür gingen. »Ich werde Sie beschützen, Leonore, vor allem und jedem. Ich verspreche es.«

Als sie später Kaffee und Sherry im Salon tranken, war Julius' Schwester immer noch nicht aus ihrem Zimmer gekommen. Wollte sie so zum Ausdruck bringen, dass sie mit ihrer zukünftigen Schwägerin ganz und gar nicht einverstanden war?

Die Männer zogen sich in die Bibliothek zurück, die Frauen blieben sitzen. Es war ganz still, nur die Kaminuhr tickte leise.

Leonore hatte sich verstohlen umgeblickt. Der Salon war mit schweren, klobigen Möbeln, kostbaren Seidenteppichen und schweren Brokatvorhängen ausgestattet, an den Wänden hingen Ölgemälde. *Ich gehöre nicht hierher*, dachte sie bekümmert. *Ich passe auch gar nicht hierher, gleichgültig, wie sehr ich es mir einzureden versuche.*

Sie fuhr zusammen, als Sofie das Wort an sie richtete. »Ihr Garten ist traumhaft schön, nicht wahr, Leonore?«

»O ja«, beeilte Leonore sich zu sagen.

Mathilda Konradi lächelte und nippte an ihrem Sherry. »Ist es nicht herrlich, wenn im Frühling alles wieder erwacht? Wenn die Fliederknospen sich öffnen und die Vögel beginnen, ihre Nester zu bauen?«

»Das ist wahr, meine Liebe. Legen Sie selbst auch Hand an, oder überlassen Sie alles Ihrem Gärtner?«

Mathilda lächelte erneut, diesmal wirkte es ein wenig traurig. »Mein Mann würde es nicht schätzen, wenn ich Blumenzwiebeln pflanzen und Stauden schneiden würde.«

Leonore ging auf, dass ihre baldige Schwiegermutter es ganz offenbar zutiefst bedauerte, dem Gärtner die Arbeit überlassen zu müssen.

»Sie und Fräulein Grieve kennen sich schon länger?«, fragte Mathilda dann.

»Seit ein paar Monaten. Wir mochten uns sofort, nicht wahr, Leonore?«

Leonore errötete und ärgerte sich furchtbar darüber.

»Wir musizieren manchmal zusammen.«

»Ach, Sie spielen Klavier?« Mathilda Konradi hob erstaunt die Augenbrauen, als sei es reichlich abwegig. »Meine Tochter spielt seit zwei Jahren. Aber ich muss zugeben, dass mir ihr Lehrer leidtut. Der Arme müht sich redlich.« Ein Schmunzeln umspielte ihre Lippen, was sie sofort weich und vergnügt aussehen ließ. »Aber Nika müht sich ebenfalls.« Sie lachte, und alle anderen stimmten ein.

Mathildas Lachen war ausgesprochen ansteckend.

Ob sie oft lacht?, fragte Leonore sich. *Vermutlich nicht, hätte sie sonst einen so strengen Zug um den Mund?* Wie ihr Lächeln sie verändert hatte.

Sie hat sich hier anfangs auch nicht wohlgefühlt, ging Leonore durch den Kopf. *Sie hat auch gedacht, dass sie nicht hierherpasst. Vielleicht hat auch sie es schwer gehabt.*

Sie spürte Mathildas Blick auf sich und drehte den Kopf.

Für einen winzigen Augenblick schauten sie einander an, und Leonore hätte gern gewusst, was in ihrer künftigen Schwiegermutter vorging.

Die Tür ging auf, und eine junge Frau mit weizenblondem Haar, das zu zierlichen Löckchen aufgesteckt war, kam herein. Sie hatte eine verblüffende Ähnlichkeit mit Mathilda. »Wo ist Julius?«, fragte sie mit herrischer Stimme.

Leonore sah, wie Sofie neben ihr die Augen verdrehte.

»In der Bibliothek. Möchtest du nicht unsere Gäste begrüßen?«, fragte Mathilda.

»Guten Tag, Frau Schmitt.« Die junge Frau trat vor Sofie und nickte ihr kühl zu. Leonore ignorierte sie.

»Wir haben noch einen Gast, Nika«, erinnerte Mathilda sie.

»Fräulein Grieve.« Nicht einmal ein Anflug eines Lächelns.

»Fräulein Konradi.«

In diesem Moment kam Julius herein. »Ah, sieh an, Veronika beehrt uns mit ihrem Besuch. Darf ich dir meine Verlobte Leonore Grieve vorstellen?«

»Wir haben uns bereits bekannt gemacht.«

»Ach so? Na, dann ...« Er lächelte Leonore an.

»Ein reizendes Kleid, Fräulein Grieve.« Seine Schwester hob das Kinn. »So ein ähnliches hat doch neulich Agnes getragen, nicht wahr, Mutter?«

Es war einen Augenblick totenstill, Leonore meinte, lediglich ein leises Schnauben zu hören, das von Sofie gekommen war.

Mathilda hüstelte.

»Du wirst dich sofort bei Fräulein Grieve entschuldigen«, sagte Julius.

»Wozu? Wenn ich doch recht habe.«

»Es ist mir gleichgültig, ob du meinst, recht zu haben, Veronika.«

Leonore war überrascht, wie streng er sein konnte. Sie war viel zu sehr damit beschäftigt, ihn anzuschauen, als sich zu schämen.

»Verzeihung, Fräulein Grieve.« Es klang verächtlich.

»Ich dulde so ein Benehmen nicht, Nika.« Mathildas Stimme klang ruhig, und doch war ihr anzusehen, wie verärgert sie war. »Und ich wünsche, dass etwas Derartiges nicht wieder vorkommt.«

»Ja, Mama.«

Mathilda erhob sich. »Ich fürchte, ich muss Sie allein lassen. Ich habe Kopfweh. Sofie. Fräulein Grieve.« Sie nickte ihnen zu. »Nika, sei so gut, und gib Anna Bescheid, dass ich mich für einen Moment zurückziehen möchte.«

Sie hatte kaum den Salon verlassen, als Sofie Leonore vorschlug, sich ebenfalls zurückzuziehen. »Ich bin etwas müde von der Reise.«

Als Leonore an Julius vorbeiging, sah er ihr in die Augen. In seinem Blick lagen Verzweiflung, Bedauern und tiefe Entrüstung. Und sie meinte auch Scham darin zu sehen.

20.

»Ich möchte wieder zurückfahren.« Leonore hatte sich angekleidet aufs Bett gelegt.

Sofie saß auf einem Stuhl am Fenster, die Stirn gerunzelt.

»Es geschieht nicht oft, dass ich mich für jemanden schäme. Sie zerdrücken sich Ihr hübsches Kleid, meine Liebe.«

»Sie haben doch gehört, was Veronika gesagt hat. Das Dienstmädchen trägt auch so ein Kleid.«

»Auf so einen Unsinn sollten Sie gar nicht hören, Leonore. Setzen Sie sich auf, ich bitte Sie. Ihr Kleid ist schlicht, aber sehr hübsch. Veronika wollte Sie verletzen, und Sie wollen doch wohl nicht, dass ihr dies gelungen ist.«

»Ich möchte einfach nur heim, Sofie«, entgegnete Leonore matt, setzte sich aber auf und strich ihr Kleid glatt.

»Sie wollen also die Segel streichen. Ich hätte mehr Kampfgeist von Ihnen erwartet.«

»Kampfgeist?« Leonore stand auf und ging langsam umher. »Ich möchte mit niemandem kämpfen müssen, Sofie.«

»Geben Sie nicht klein bei, Leonore. Nicht wegen eines

verzogenen, unmöglichen ...« Sofie machte eine ungeduldige Handbewegung und schnaubte.

»Julius' Eltern mögen mich auch nicht. Ich passe nicht hierher, Sofie, ich gehöre nicht in diese Familie.«

Sofie stand schwungvoll auf, kam zu ihr und legte die Hände auf ihre Schultern. »Jetzt hören Sie mir gut zu, Leonore. Sie lieben Julius, oder etwa nicht?« Sie lachte auf. »Ich benötige keine Antwort, meine Liebe, ich habe die Blicke gesehen, die Sie sich zugeworfen haben. Sie werden den Mann heiraten, den Sie lieben und der Sie liebt. Nicht viele Frauen haben dieses Glück. Sie beide haben dafür gekämpft, Sie haben aneinander festgehalten. Und nun wollen Sie fliehen?« Sie schaute Leonore ernst an. »Und Julius zurücklassen?«

Leonore schluckte. »Nein.«

»Das hätte mich auch gewundert.« Sofie nickte, legte einen Finger unter Leonores Kinn und hob es ein wenig an. »So ist es gut. Und nachher beim Abendessen werden Sie ganz besonders freundlich und reizend zu Veronika sein.«

»Nein, ganz bestimmt nicht.«

Sofie schmunzelte. »Oh doch, das werden Sie, meine Liebe. Sie werden nicht die Segel streichen, Sie werden Veronika Konradi den Wind aus den Segeln nehmen.«

• • •

Tatsächlich war Leonore das kleine Kunststück gelungen, höflich und freundlich zu Julius' Schwester zu sein. So freundlich, dass die junge Frau am Tisch ein paarmal argwöhnisch zu ihr herübergegafft hatte. Leonore hatte jede hämische Frage beantwortet und jede noch so kleine Spitze mit einem milden Lächeln pariert. Ob sie dazu immer in der Lage wäre, wusste sie nicht. An diesem Abend aber war sie es.

Nach dem Essen fragte Julius, ob sie Lust auf einen kleinen Spaziergang habe, und sie stimmte freudig zu.

Eine Weile gingen sie schweigend nebeneinanderher, die Villa hatten sie längst hinter sich gelassen. Es war ganz still, nur irgendwo in der Ferne war der Ruf einer Eule zu hören.

»In unserem Garten steht eine alte Tanne, in der eine Eule wohnt«, erzählte Julius. »Mein Vater sagt, es hätten dort schon immer Eulen gelebt. Als Kind habe ich mich gegruselt, wenn sie abends mit einem lauten ›Huh‹ durch den Garten geflogen sind.«

»Was ist mit der Katze, die am Nachmittag dort herumspaziert ist?«

»Mein Vater hat vor Jahren zwei Katzen angeschafft, die das Stofflager mäusefrei halten. Mögen Sie Katzen?«

»Ich glaube, es gibt kein Tier, das ich nicht mag. Außer vielleicht große Spinnen mit langen, haarigen Beinen.« Sie schüttelte sich.

Über ihnen war ein tiefschwarzer Himmel, an dem unzählige Sterne funkelten.

»Kennen Sie sich mit den Sternbildern aus, Julius?« Leonore blieb stehen.

»Ein wenig.« Er zeigte direkt über sie. »Sehen Sie die Sterne, die in einem Quadrat angeordnet sind?«

Sie blinzelte angestrengt und nickte schließlich.

»Es sieht aus wie ein Handkarren, nicht wahr? Das ist der Große Wagen.«

Die beiden spazierten weiter.

»Ist Ihnen kalt?«, fragte Julius sie.

»Nein.« Mit ihm an ihrer Seite würde ihr niemals kalt werden.

»Wir werden nicht lange in der Villa wohnen, ich verspreche es Ihnen.«

Leonore schaute ihn von der Seite an. »Sie hätten jede Frau heiraten können, Julius. Warum ich?« Als es heraus war, schluckte sie. »Verzeihen Sie, ich wollte nicht ...«

»Es gibt nichts zu verzeihen, Leonore. Sie sind die richtige Frau für mich, genügt Ihnen das als Antwort?« Lächelte er?

Es war zu dämmrig, um es erkennen zu können.

»Ja, das genügt mir«, hauchte sie. »Ich rede manchmal, ohne vorher nachzudenken.«

Er erwiderte nichts darauf, nahm nur ihre Hand und führte sie an seine Lippen. Anschließend ließ er sie nicht los, sondern schlenderte Hand in Hand mit ihr weiter.

21.

Am darauffolgenden Tag wurde im Salon Champagner ausgeschenkt, und Georg Konradi sprach einen Toast auf seinen jüngsten Sohn und dessen Verlobung aus. Leonore stand ein wenig betreten daneben und hätte zu gern gewusst, was in ihm vorging. Hatte er sich damit abgefunden, dass sein Sohn eine Frau heiratete, die nicht standesgemäß war? Würde er ihr das Leben schwer machen? Sie tat so, als würde sie an ihrem Champagner nippen, und betrachtete ihre Schuhspitzen.

»Ich werde die Einladungen drucken und eine Anzeige in die Zeitung setzen lassen, wenn du einverstanden bist, Julius.«

»Natürlich, Vater.«

»Ihr werdet drei Zimmer im Obergeschoss bewohnen. Als Dienstmädchen wird euch Anna zur Verfügung stehen. So ist es mit deiner Mutter besprochen.« Zum ersten Mal wandte er sich an Leonore. »Ich nehme an, Ihr Vater wird bei der Hochzeit anwesend sein, Fräulein Grieve?«

Beinah hätte sie sich verschluckt. »Ja, natürlich. Mein Bruder wird auch …«

»Fein, dann wäre ja alles geklärt. Julius? Wir werden am Abend die Gästeliste besprechen.«

»Ja, Vater.«

Georg Konradi stellte sein halb volles Glas ab, nickte irgendwem zu und verließ den Salon.

Leonore sah, wie Veronika sie musterte. »Was für ein Kleid werden Sie tragen, Fräulein Grieve? Ein schwarzes, eher altmodisches, nehme ich an.«

»Nika!« Mathilda hatte scharf die Luft eingesogen.

»Muss ich dich schon wieder zurechtweisen?« Julius schaute seine Schwester streng an.

Leonore schluckte und riss sich zusammen. »Ein schwarzes Hochzeitskleid? Aber nein, Fräulein Konradi. Ich werde ein weißes tragen, ich habe auch schon recht genaue Vorstellungen davon.«

Sofie lächelte sie an. »O ja, das hat sie gewiss. Wir sprachen bereits darüber, nicht wahr, meine Liebe?«

Veronika schnappte nach Luft und schien etwas sagen zu wollen, doch Sofie sprach gleich weiter. »Ich habe Leonore meinen Schneider empfohlen.«

Leonore nickte lächelnd. Der Mund tat ihr bereits weh, weil sie an diesem Tag viel zu häufig so verkrampft gelächelt hatte.

Isabel hob ihr Glas. »Auf Ihr Wohl, Fräulein Grieve. Ich freue mich, Sie bald in der Familie begrüßen zu dürfen.« Sie hatte so laut gesprochen, dass alle es hören konnten.

Leonore sah, wie Julius seiner Schwägerin einen dankbaren Blick zuwarf. Sie mochte Isabel schon jetzt, sie würden bestimmt gut miteinander auskommen. »Vielen Dank, Frau Konradi.«

»Bitte sagen Sie doch Isabel zu mir.«

Veronika schnappte erneut nach Luft und sah ihre Mutter empört an. Doch Mathilda wich ihrem Blick aus.

»Die Suppe wird nie so heiß gegessen, wie sie gekocht wird«, raunte Isabel Leonore zu. »Glauben Sie mir, Leonore.«

Leonore schenkte ihr ein Lächeln, das diesmal aufrichtig gemeint war. »Vielen Dank, Isabel.«

• • •

Der Abschied von Julius fiel Leonore schwer, die Villa zu verlassen nicht. Als die Droschke abfuhr, winkte sie, bis ihr zukünftiger Ehemann nicht mehr zu sehen war, dann lehnte sie sich mit geschlossenen Augen zurück. »Wie anstrengend«, murmelte sie.

Sofie lachte vergnügt. »Das haben Sie wunderbar gemacht, Leonore. Chapeau!«

»Aber sie hassen mich, alle hassen mich.«

»Unsinn.« Sofie schnalzte mit der Zunge. »Isabel mag Sie. Ich habe sogar den Eindruck, dass Mathilda sich mit Ihnen arrangieren wird.«

»Arrangieren?« Leonore seufzte und schlug die Augen auf.

Sofie machte eine wegwerfende Handbewegung. »Mathilda redet ihrem Mann nach dem Mund. Vor ihm würde sie nicht zugeben, dass sie Sie im Grunde ihres Herzens mag.«

»Ich weiß nicht …«

»Aber ich weiß es, Leonore, ich kenne Mathilda sehr viel besser. Vertrauen Sie mir.«

Leonore schloss wieder die Augen. »Danke, Sofie. Sie sind …« Sie verstummte.

Sofie nahm ihre Hand und drückte sie. »Sie haben einen festen Platz in meinem Herzen, Leonore.« Sie senkte die Stimme. »Und ich rate Ihnen, jetzt nicht zu weinen, weil ich sonst mitweinen werde.« Sie seufzte lang anhaltend. »Sie werden mir fehlen. Wer musiziert und plaudert dann mit mir?«

»Ich werde Sie oft besuchen kommen.«

»Nein, das werden Sie nicht. Sie werden mich schon bald vergessen haben, Leonore. Das ist es, was ich befürchte.«

Leonore schüttelte den Kopf. »Nein, Sofie. Ich vergesse niemals einen Menschen, der mir etwas bedeutet und dem ich so viel zu verdanken habe.«

22.

Zurück in Hamburg

Tags darauf stand Leonore gerade im Laden und räumte eine Lieferung Rasierseifen ins Regal, als ihre Freundin Elis hereinkam.

»Elis, wie schön, dich zu sehen. Du siehst gut aus. Die Ehe scheint dir zu bekommen.«

Ihre Freundin lächelte versonnen. »Und die Schwangerschaft.«

»Du bist guter Hoffnung?«

Elis nickte, und Leonore umarmte sie. »Ich freue mich so für dich. Für euch.«

Leonore wunderte sich über das Gefühl, das in ihr aufstieg. War es Vorfreude auf etwas, das sie sich erst seit einiger Zeit vorzustellen vermochte – Ehefrau zu sein und Mutter zu werden?

»Wir werden im Mai heiraten«, verriet sie ihrer Freundin jetzt. Von Julius hatte sie ihr bereits erzählt.

»Und du wirst anschließend in Lübeck leben.« Elis schaute sie prüfend an. »Freust du dich darauf?«

»Ich freue mich darauf, bald an Julius' Seite zu sein«, antwortete sie ausweichend.

»Was ist mit seiner Familie?«

Leonore seufzte und berichtete kurz vom vergangenen Wochenende. »Sie lassen mich spüren, dass ich nicht ihren Erwartungen entspreche. Seine Schwester rümpft die Nase über mich, seine Mutter ist erschüttert ... Nein, vielleicht hat Sofie recht, und sie wird sich an mich gewöhnen«, sagte sie mehr zu sich selbst. »Und sein Vater behandelt mich wie Luft.«

»Du Arme.«

»Aber sein Bruder und seine Schwägerin sind sehr freundlich. Ich werde schon zurechtkommen. Wir werden vorerst in der Villa wohnen und uns dann ein eigenes Haus suchen.«

»Dann wirst du auch ein eigenes Dienstmädchen haben. Und eine Köchin und einen Gärtner.« Elis strahlte, als sei diese Aussicht etwas Wundervolles. Sie wurde ernst. »Macht es dir gar nichts aus, hier alles zurückzulassen?«

»Natürlich macht es mir etwas aus.« Leonore schluckte und hoffte, nicht noch mehr sagen zu müssen.

»Du wirst dich bestimmt eingewöhnen«, meinte Elis zuversichtlich und legte die Hand auf ihren Magen. »Mir wird schon wieder übel. Ich glaube, ich sollte nach Hause gehen und mich ein bisschen hinlegen.«

Leonore versuchte sich auszumalen, wie es wäre, wenn sie ein Kind unter dem Herzen tragen würde. Und sie musste zugeben, dass allein die Vorstellung sie mit großer Wärme erfüllte.

In dieser Nacht hatte sie einen seltsamen Traum.

Sie stand in einem strahlend weißen Kleid vor ihrem Vater und funkelte ihn wütend an. »Es ist auch mein Laden!«

Er lachte. »Ach ja? Dein Großvater wollte, dass ich ihn übernehme und nach mir dein Bruder. Das nennt man Familientradition, Nora.«

»Ich pfeife drauf!«

Wieder lachte er und zeigte auf ihr Kleid. »Du heiratest, Nora, und wir werden uns nicht wiedersehen.«

Ihr Herz zog sich zusammen. »Aber, Vater, wieso sollten wir uns denn nicht wiedersehen?«

»Weil Amerika sehr weit weg ist, du Dummerchen.«

Verwirrt wachte sie auf, rieb sich die Augen und fühlte sich ganz elend. Es war noch dunkel, also noch viel zu früh, um aufzustehen. Sie drehte sich auf die Seite und schlief wieder ein.

Als es wenig später leise an ihrer Tür klopfte, schreckte sie abermals hoch.

Träumte sie wieder?

»Nora? Schläfst du?« Carl.

»Es ist mitten in der Nacht, natürlich schlafe ich. Normalerweise.« Seufzend stand sie auf und lief zur Tür.

»Was ist denn, Carl?«

Er schob sie ins Zimmer, hob sie hoch und wirbelte sie durch die Luft. »Eine Glückssträhne, Nora! Ich hatte eine Glückssträhne!«

»Mir wird schwindelig.«

Er stellte sie auf die Füße und nahm ihre Hände. »Freust du dich gar nicht für mich?«

»Es ist mitten in der Nacht, Carl. Du hast mich aus dem Schlaf gerissen.« Sie warf einen Blick zum Fenster und sah erst jetzt, dass es bereits dämmerte. War er gerade erst heimgekommen?

»Ich hab's immer gewusst: Eines Tages werde ich Glück haben.« Carl strahlte. »Freu dich doch ein bisschen für mich. Ich habe einen Batzen Geld gewonnen und kann meine Schulden zurückzahlen.« Sein Haar war wirr, seine Wangen gerötet. Sein Atem roch nach Bier.

»Du hast versprochen, nicht mehr zu spielen.«

»Ich weiß, Nora, ich weiß.« Er kniff die Lippen zusammen. »Ich habe dieses Leben satt, verstehst du? Du wirst bald in Lübeck sein, und ich? Was ist mit mir? Ich will dieses Leben nicht, ich will ein anderes. Verstehst du das denn nicht?«

»Du bist betrunken.«

»Nein, ich bin trunken vor Glück, das ist etwas anderes. Ich habe diese ständigen Vorhaltungen, Vorwürfe und Rechtfertigungen satt. Ich pfeife auf den Laden, und ich pfeife darauf, was Vater dazu sagt.«

Sie musste daran denken, dass sie in ihrem Traum genau dasselbe gesagt hatte. »Sag doch so etwas nicht, Carl.«

Er sah sie nachdenklich an, verließ das Zimmer und schloss die Tür.

Leonore plagte das schlechte Gewissen, aber sie konnte sich nicht für ihn freuen.

Am Vormittag ging sie zu ihrem Vater ins Kontor. »Ich

möchte etwas mit dir besprechen, Vater. Oder soll ich lieber später wiederkommen?«

Er legte das Bestellbuch beiseite. »Nein, das ist nicht nötig. Rede nur.«

»Du brauchst eine Haushälterin.«

Er machte »Hmm« und starrte auf seine Hände.

»Ich könnte Gertraude fragen.«

»Und wovon soll ich sie bezahlen?«

»Eine Hand wäscht die andere. Sie hilft dir im Haushalt, und du bist ihr im Haus behilflich. Es gibt immer irgendetwas zu tun.«

»Und du meinst, sie lässt sich darauf ein?«

Leonore nickte. »Ich bin sicher.«

Erneut machte er »Hmm« und schien darüber nachzudenken.

»Na schön«, sagte er schließlich. »Frag sie.«

Sie hatte noch etwas auf dem Herzen. »Da ist noch etwas, Vater ... Die Konradis möchten die Hochzeitsfeier ausrichten.«

»Das ist Sache des Brautvaters«, brummte er. »Denken sie etwa, ich könnte mir eine Hochzeitsfeier nicht leisten?«

»Wir *können* uns eine so große Feier nicht leisten«, erwiderte sie sanft. »Es werden sehr viele Menschen kommen; Freunde, Bekannte und Geschäftspartner der Konradis.«

»Darf ich wenigstens dein Hochzeitskleid bezahlen?«

Sie hatte ihm erzählt, dass die Motten über das Kleid ihrer Mutter hergefallen waren.

»Natürlich.«

»Immerhin.« Er verschränkte die Arme und starrte missmutig aus dem Fenster. »Du kannst Gertraude Bescheid geben.«

»Ihr werdet mir furchtbar fehlen, Vater.« Das hatte sie gar nicht sagen wollen.

Er drehte den Kopf und schaute sie lange an. »Wirst du dich bei den Konradis wohlfühlen, Nora?«

»Ich weiß es nicht, aber ich werde es versuchen.«

23.

Lübeck im Mai 1901

Leonores und Julius' Hochzeitstag war ein strahlend schöner, angenehm warmer Tag. Ein lauer Wind wehte und verteilte den Duft von Maiglöckchen, die in Hülle und Fülle im Garten blühten.

Leonore saß im Pavillon, die Hände im Schoß, und versuchte, ihr aufgeregtes Herz ein wenig zu beruhigen.

Heute werde ich heiraten, dachte sie. *In wenigen Stunden bin ich Julius' Frau, Leonore Konradi.*

Am Morgen hatte sie sich auf dem Weg in den kleinen Salon verlaufen und eines der Dienstmädchen bitten müssen, sie hinzubringen. Julius' Schwester hatte sie herablassend angeschaut, als sie zur Tür hereingekommen war.

Wie werde ich mich fühlen, wenn ich jeden Morgen in diesem großen Haus mit seinen vielen Bediensteten aufwache? Wenn ich tagtäglich hier im Garten sitzen und ein Buch lesen werde? Denn viel mehr hätte sie vermutlich nicht zu tun. *Alles wird mir abgenommen werden. Ich werde nicht mehr kochen, putzen und waschen müssen,* dachte sie.

Mit einem Mal kamen ihr diese Tätigkeiten, die sie daheim in Hamburg so oft verflucht hatte, äußerst wichtig und noch dazu angenehm vor. Weil es Beschäftigungen waren.

Ich werde umkommen vor Langeweile, sagte sie sich jetzt und schaute in den wolkenlosen Himmel.

Wenig später reichte sie dem Dienstmädchen Anna, das in Zukunft für sie zuständig sein würde, die Haarnadeln.

»Ich könnte ein paar Maiglöckchen hineinflechten. Passend zu Ihrem Brautstrauß.«

»Das ist eine schöne Idee. Vielen Dank, Anna.« Leonore wusste nicht einmal, wie man mit einem Dienstmädchen umging. Sie hatte beschlossen, freundlich und nachgiebig zu sein. Ganz im Gegensatz zu Veronika, die die Dienstboten herumscheuchte und garstig zu ihnen war.

Anna sah sie im Spiegelbild an. »Es wird ein wunderschönes Fest werden, gnädiges Fräulein.«

In ein paar Stunden wird sie mich »gnädige Frau« nennen, ging Leonore durch den Kopf. Plötzlich überkam sie das beängstigende Gefühl, einen Fehler zu begehen. Sie gehörte doch überhaupt nicht hierher, in diese vornehme Kaufmannsfamilie. Wenn sie Mathias heiraten würde, ginge alles seinen gewohnten Gang. Sie würde für ihn und die späteren Kinder sorgen, würde kochen, putzen und sich um die Wäsche kümmern. Dann und wann würde sie in der Bäckerei mitarbeiten, Mathias über die Schulter schauen, wenn er in der Backstube stand. Sie dürfte sich auch weiterhin die Hände schmutzig machen.

Leonore atmete tief durch. Nein, es war kein Fehler, Julius zu heiraten. Weil sie ihn liebte, weil er der Mann war, mit dem sie für den Rest ihres Lebens zusammen sein wollte. Sie würde sich in ihre neue Rolle hineinfinden.

»Ja, Anna, es wird ganz bestimmt ein wunderschönes Fest werden«, sagte sie aus tiefster Überzeugung.

Ihr Vater wartete in einem neuen Gehrock und mit blank polierten Schuhen am Treppenaufgang auf Leonore. Das Haar hatte er mit Pomade zurückgekämmt, sogar seinen Schnauzbart hatte er gestutzt und sorgsam gekämmt.

Als sie die breite Treppe herunterkam und die Hand auf seinen Arm legte, kam es ihr vor, als würde er leicht schwanken. Oder schwankte sie selbst?

Neben dem Aufgang standen zwei hohe Säulen, die man mit Blumen geschmückt hatte. Es duftete auch hier nach Maiglöckchen.

»Du siehst sehr hübsch aus«, raunte ihr Vater ihr zu, und sie stellte verblüfft fest, dass sie errötete.

Sie wusste, dass er sich unwohl fühlte inmitten dieser eleganten, wohlhabenden Menschen, zu denen er augenscheinlich nicht passte. »Es tut mir leid«, wisperte sie und spürte, wie ihr die Tränen kamen.

»Was um Himmels willen tut dir leid? Heute ist dein Hochzeitstag.«

»Es tut mir leid, dass ich dich enttäuscht habe.« Es kam aus tiefstem Herzen, Worte, die sie bis dahin in sich verschlossen gehalten hatte.

»Unsinn«, brummte er. »Du hast mich noch nie enttäuscht.«

Hatte sie sich verhört? Sie war sich nicht sicher.

Er griff in die Tasche seines Gehrocks. »Hier, das ist für dich.« Sie spürte, dass etwas Kühles, Glattes um ihr Handgelenk gelegt wurde. »Es gehörte deiner Mutter. Sie wollte, dass du es bekommst, wenn du heiratest.« Seine Stimme war rau.

Leises Stimmengemurmel erklang um sie herum, als sie auf das goldene Armband mit den kleinen Perlen und Korallen starrte.

Sie versuchte verzweifelt, sich ins Gedächtnis zu rufen, wie ihre Mutter es getragen hatte. »Es ist wunderschön.« Sie schluckte.

»Sie würde sich freuen, dass du es heute trägst.«

»Ja.« Mehr brachte Leonore nicht heraus.

Julius' Vater trat vor, während sie selbst von den anderen Umstehenden neugierig begutachtet wurde.

Leonore versuchte, tief durchzuatmen. Ihr Blick fiel auf Sofie, die etwas weiter hinten stand und ihr ein aufmunterndes Lächeln schenkte. Sie lächelte zurück, und eine ältere Frau drehte sich zu Sofie um.

»Fräulein Grieve.« Julius' Vater verbeugte sich vor ihr.

Sie nickte und musste schlucken. Bald würde sie verheiratet sein, mit einem Mann, den sie zwar liebte, der aber bislang ein Leben geführt hatte, das ihr mit einem Mal so fremd vorkam, dass ihr übel wurde.

Die Zeremonie erlebte Leonore wie in Trance. Ihr Blick wanderte ständig zwischen Julius und ihrem Vater hin und her. Sie schwankte zwischen Zerrissenheit und einem kaum für möglich gehaltenen Glücksgefühl.

Als der Pastor das Brautpaar mit seinem Segen entließ und sie zum Ausgang der Kirche schritten, suchte Leonore die Bänke nach ihrem Bruder ab.

Wieder begegnete sie Sofies Blick, der diesmal tränenverhangen war. »Ich werde weinen, Leonore«, hatte sie sie vorgewarnt. »Ich weine bei jeder Hochzeit. Und wenn ich ehrlich sein soll: Mir wird meine Aufgabe als Postillon d'Amour fehlen.«

Sofie erwiderte Leonores Lächeln mit einem Augenzwinkern, während ihr Mann ihr mit stoischer Miene ein frisches Taschentuch reichte.

Im Garten waren kleine Tische aufgestellt, und überall standen Fackeln, die am frühen Abend angezündet wurden. Es wurden Sekt, Wein und Champagner und kleine Leckereien herumgereicht, und als Leonore ihren Vater entdeckte, der etwas verloren herumstand, wurde sie ganz schwermütig. Nun gab es kein Zurück mehr. In ihrem Hals wurde es so eng, dass sie glaubte, keine Luft mehr zu bekommen. Würde sie es schaffen, nicht mehr daran zu denken, wie schön es war, hinter dem Ladentresen zu stehen? Wie gut es immer gerochen und wie gerne sie mit den Kunden geplaudert hatte? Könnte sie all das einfach aus ihrem Gedächtnis streichen und stattdessen ein neues, vollkommen anderes Leben führen?

Die Hochzeitstorte wurde gebracht, und man forderte das Brautpaar auf, sie gemeinsam anzuschneiden.

Was leichter gesagt als getan war. Einige lachten, andere gaben gute Ratschläge. Am Ende landete das erste Stück im Gras.

»Das bringt Glück«, sagte Julius leise zu ihr. »Ich werde alles dafür tun, dich glücklich zu machen.«

Leonore nickte nur, sie konnte nichts erwidern.

»Du wirst dich schon noch eingewöhnen.«

Wieder nickte sie und wünschte inständig, auch daran glauben zu können.

Und dann entdeckte sie ihren Bruder, der in den Garten kam und sich suchend umblickte. »Carl!« Sie lief zu ihm, den Rock ihres Hochzeitskleides mit beiden Händen gerafft.

Carl hob sie hoch und wirbelte sie durch die Luft. Hier und da wurde aufgestöhnt, und jemand sagte: »Nun seht euch das an!«

Leonore war all das gleichgültig, sie war nur unendlich froh, ihren Bruder zu sehen und bei sich zu haben. Seine Gegenwart bedeutete Familie und Geborgenheit.

»Ich habe den Zug verpasst und musste auf den nächsten warten. Es tut mir leid, dass ich ausgerechnet zu deiner Hochzeit zu spät komme.« Auch er hatte sich herausgeputzt, trug Weste und Gehrock, und sogar sein Haar war geglättet.

»Hauptsache, du bist da.«

»Du siehst sehr hübsch aus, Nora.«

»Danke.«

»Willst du mich deiner neuen Familie nicht vorstellen?«

»Das wird wohl von mir erwartet, nicht wahr?« Sie stieß ein Seufzen aus. »Komm, dort drüben sind Julius' Eltern.«

»Du meinst die zierliche blonde Frau und den dunkelhaarigen Mann, der aussieht, als würde er mich am liebsten mit der Peitsche davonjagen?«, raunte er.

Leonore blickte sich nach ihrem Vater um. »Es ist Zeit, euch alle miteinander bekannt zu machen.«

Sie wollte auch endlich Sofie ihrem Vater vorstellen.

Carl hielt ihre Hand fest. »Erst möchte ich dir mein Hochzeitsgeschenk geben.« Er legte ein dunkelblaues Kästchen aus Samt in ihre Hand.

Als sie es öffnete, schnappte sie nach Luft. »Carl!« In der Schachtel lag eine Halskette aus tiefrotem Granat.

»Gefällt sie dir?« Er nahm die Kette und legte sie ihr um den Hals.

»Sie ist hinreißend, aber das Geschenk kann ich nicht annehmen.«

»Aber wieso denn nicht?«, fragte er verständnislos.

Sollte sie ihm sagen, dass sie befürchtete, die Kette könnte mit Geld bezahlt worden sein, an das er nicht auf ehrliche Weise gelangt war?

»Weil ... sie viel zu teuer ist.«

Sein Mund verzog sich zu einem spöttischen Lächeln. »Sie ist nicht gestohlen, keine Sorge.«

»Das ist es nicht«, beeilte sie sich zu sagen.

»Was dann?«

»Ich möchte einfach nicht, dass du ... meinetwegen so viel Geld ausgibst.« Sie fand ihr eigenes Herumdrucksen albern, wieso sagte sie nicht die Wahrheit?

»Du meinst, ich habe Schulden und solltest keine so teuren Geschenke machen?«

Zögernd nickte sie.

»Keine Sorge. Meine Schulden sind abbezahlt. Nimm

die Kette an, Nora, ich möchte, dass du immer etwas hast, das dich an mich erinnert.«

Schon wieder spürte sie Tränen aufsteigen. »Gut.« Sie schluckte hart. »Danke, Carl.«

Er wollte noch etwas sagen, doch Mathilda kam zu ihnen. »Möchten Sie uns einander nicht vorstellen, Leonore?«

Am frühen Morgen, die Sonne ging gerade auf und tauchte den Raum in ein warmes, helles Licht, lag Leonore in Julius' Armen, die Augen noch geschlossen. Sie hatten kaum geschlafen, sich immer wieder geliebt, angeschaut und festgehalten. Beide waren müde, aber überglücklich.

»Woran denkst du?«, fragte Julius leise und strich sacht über ihren Arm.

»Daran, dass ich von nun an jeden Morgen in deinem Arm aufwachen darf.«

Er küsste sie auf die Schulter. »Aber du machst dir auch Sorgen.«

»Ja«, gab sie zu.

»Ich weiß, dass du dich erst an dieses Leben gewöhnen musst, aber ich werde dir nach Kräften dabei helfen. Ich verspreche es.« Wieder küsste er sie.

»Ich muss auch an meine Familie denken. Ich mache mir Sorgen um Carl.« Sie hatte Julius vom Doppelleben ihres Bruders erzählt, sie wollte keine Geheimnisse vor ihm haben.

»Du bist nicht für ihn verantwortlich, Leonore. Du hast ein schlechtes Gewissen, das verstehe ich sogar, aber du musst dich davon lösen. Carl ist erwachsen. Du hast ein eigenes Leben. Du wirst den Laden vermissen, das verstehe ich auch. Aber du wirst eine neue Aufgabe bekommen. Wir werden eine eigene Familie haben.« Er küsste sie auf den Mund.

Leonore nickte und schloss die Augen. Ja, sie würde eine eigene Familie haben. Hier in Lübeck. Sie musste sich von ihrem alten Leben verabschieden.

24.

Hamburg ein Jahr später, im Juli 1902

Im Frühjahr hatte es heftige Unwetter mit Hagel und Sturm gegeben, und auch der Sommer war bisher eher kühl und nass gewesen. Doch heute war es unerträglich heiß, und Carl, der oben im Speicher stand und schuftete, sehnte sich nach einem erfrischenden Regenschauer. Immer wieder musste er sich das feuchte Haar aus der Stirn streichen, während er die Holzkisten aufeinanderstapelte. Die Ladeluke war weit geöffnet, trotzdem war es, als würde nicht der leiseste Hauch Frischluft hereinströmen.

Erneut musste Carl innehalten und sich den Schweiß abwischen. Er streckte seinen schmerzenden Rücken, schob die aufgekrempelten Hemdsärmel noch höher und stellte sich an die Luke. Unten auf dem Nikolaifleet schaukelten ein paar Schuten. Die Männer darin schienen ebenso zu schwitzen wie er. Er sah, wie sie sich Luft zufächelten oder an den Krägen ihrer Hemden nestelten. »Pass doch auf, Schafskopf!«, blaffte jemand einen anderen an, nachdem sein Boot gefährlich in Schieflage gebracht worden war.

Fässer wurden über die schmalen Stege gerollt, und die

Flaschenzüge surrten. Es klang wie Dutzende Mückenschwärme.

Carl stellte sich vor, wie er mit dem Kopf voran ins Wasser sprang, um wenigstens kurzfristig ein bisschen Abkühlung zu finden. Falls er nicht in einer der Schuten aufschlagen würde.

Nein, nicht »falls«, es war mehr als wahrscheinlich, dass er nicht das Glück haben würde, eine der Lücken zwischen den Booten zu erwischen. Grinsend schüttelte er den Kopf über sich selbst. Vermutlich lag es an der Hitze, dass er auf so verrückte Gedanken kam.

Er trat von der Luke weg und schloss sie. Hier oben war es wirklich kaum auszuhalten. Er würde sich umziehen und ein bisschen frisch machen müssen, bevor er seinem Vater unter die Augen treten konnte.

In seinem Zimmer schlüpfte er in ein frisches Hemd aus dünnem Leinen, spritzte sich Wasser ins Gesicht und strich sich mit beiden Händen das verschwitzte Haar zurück.

Eine grauenvolle Nacht lag hinter ihm, er hatte kaum mehr als zwei Stunden am Stück geschlafen. Am Abend hatte er beim Würfelspiel gewonnen, und er hatte eine Runde ausgegeben. Und dann noch eine. Sie waren weitergezogen und hatten Poker gespielt. Wieder hatte er gewonnen, die ersten drei Spiele. Doch dann hatte sich das Blatt gewendet. Im wahrsten Sinne. Am Ende hatte er sich beinah mit einem deutlich jüngeren, aber wesentlich kräftigeren Kerl geprügelt, der behauptet hatte, er hätte ihn übers Ohr gehauen.

Ihm fehlten die Gespräche mit seiner Schwester. Sie war nun seit mehr als einem Jahr verheiratet und lebte in Lübeck. Vor ein paar Wochen hatte sie in einem Brief die Geburt ihrer Tochter bekanntgegeben.

Carl war ganz seltsam zumute gewesen. Nora hatte nun eine eigene Familie, während er noch immer der Laufbursche seines Vaters war. Sich eine Frau zu suchen und ebenfalls eine Familie zu gründen, fiel ihm dennoch nicht ein. Was ergab das auch für einen Sinn? Dadurch würde sich sein Leben auch nicht zum Besseren ändern.

»Carl?«, rief sein Vater von unten. »Wo steckst du?«

Er verließ sein Zimmer. »Hier. Musste mich umziehen, bin gleich da.« Er schuldete zwei Burschen Geld, weil er Schuldscheine unterschrieben hatte. Sein Leben geriet wieder einmal aus den Fugen. Seit seine Schwester fort war, hatte sich alles verändert. Er lachte kaum noch, lebte in den Tag hinein, ohne wirklich etwas wahrzunehmen, schlug sich die Nächte in irgendwelchen Spelunken um die Ohren und versuchte, seinem Vater so gut wie möglich aus dem Weg zu gehen. Was verflucht schwierig war, wenn man gemeinsam in einem Haus wohnte und zusammen im Laden arbeitete.

»Mach dich auf den Weg zum Salzlager!«, rief ihm sein Vater zu. »Oder hast du das etwa vergessen? Und Willemsen wartet noch auf seine Pflaumen.«

Die Hand am Treppengeländer, verharrte Carl für einen Moment. Um ein Haar hätte er Nora die Schuld an seiner Misere gegeben.

Aber so war es ganz und gar nicht. Sein Leben entglitt ihm, und schuld daran war niemand anderes als er selbst.

In der folgenden Nacht schreckte Carl von einem eigenartigen Geräusch hoch. Was war das? Er setzte sich auf und horchte.

Draußen heulte der Wind, und Regen schlug ans Fenster. Ein Unwetter. Gut, dass er sämtliche Fensterläden repariert hatte.

Er schwang die Beine aus dem Bett, um unten im Laden nach dem Rechten zu sehen.

Als er auf der Treppe war, hörte er draußen ein lautes Krachen und kurz darauf ein Quietschen. Was zum Teufel war das? Ob auf der Straße etwas umgefallen war?

Carl lief schneller, rutschte auf der vorletzten Treppenstufe aus und wäre um ein Haar gestürzt. Er konnte sich gerade noch abfangen.

Dann erneut ein lautes Knarzen. Er lief weiter, tastete sich im Dunkeln an den Regalen vorbei, stieß sich den kleinen Zeh am Tresen und kam vor der Tür zum Stehen. Blind suchte er nach dem Schlüssel und drehte ihn im Schloss, bis die Tür aufsprang.

Ein Schwall kühler Luft drang herein, und er fröstelte.

Der Wind riss ihm die Tür aus der Hand, und sie schlug krachend gegen die Wand.

Carl hielt sie mit beiden Händen fest und wartete ab, ob sein Vater herunterkommen würde. Doch nein, alles blieb still, offenbar hatte sein alter Herr einen gesunden Schlaf.

Carl trat aus der Tür ins Freie und lauschte. Der Wind heulte, als handele es sich um ein bösartiges, hungriges Raubtier.

Und dann sah er, was geschehen war: Das alte Ladenschild *Grieve Kolonialwaren* hatte sich an einer Seite gelöst – offenbar hatte eine Böe es abgerissen – und schwankte ächzend und quietschend hin und her.

Carl schluckte. Es war eng in seinem Hals.

War das ein Zeichen?

• • •

In der Nacht darauf hatte Carl eine Glückssträhne. Und was für eine! Er gewann ein paarmal hintereinander beim Würfeln und stopfte sich die Geldscheine nur so in die Hosentaschen.

Seine Laune war überschäumend, er hatte es immer gewusst: Irgendwann würde er so viel gewinnen, dass sein Traum näher rückte. Noch näher. Inzwischen war er so greifbar, dass Carl nur noch seinen Mut zusammennehmen musste. In den vergangenen Monaten hatte er das Geld, das er gewonnen hatte, unter seine Matratze gesteckt. Es war mittlerweile so viel, dass er verschwinden konnte. Auf und davon.

»Nach Amerika!«, rief er laut und hob sein Glas.

Die anderen prosteten ihm grölend zu.

Die Bedienung kam herbei, ein junges, hübsches Ding mit verheißungsvollem Ausschnitt, um erneut einzuschenken. Sie setzte sich auf seinen Schoß und zupfte an seinem Haar.

»Wie heißt du doch gleich?«, fragte er sie.

»Elise. Für dich Lieschen.«

Sie schien ein wenig einfältig zu sein, war aber niedlich

und roch gut. Mit nach Hause nehmen konnte er sie nicht, aber sie würde hoffentlich eine kleine Kammer für sich allein haben.

»Was ist, hast du ein eigenes Zimmer?«

Sie schüttelte die dunklen Locken. »Schön wär's, mein kleiner Bruder schläft in meinem Zimmer. Warum gehen wir nicht zu dir?«

»Zu mir?« Er lachte. »Besser nicht. Mein Vater hört die Flöhe husten.« Dann würde er eben zu Mariechen gehen, in ihrem Bett war immer ein Platz für ihn.

Elise zog einen Schmollmund, als er sie von seinem Schoß scheuchte, um weiterzuspielen. Seine Glückssträhne würde anhalten, das spürte er mit jeder Faser seines Körpers.

Als Carl die Augen aufschlug, wurde es gerade hell.

Mit einem Satz war er aus dem Bett, erst dann begriff er, wo er war. In Erinnerung an die vergangene Nacht legte er sich wieder hin und verschränkte die Arme hinter dem Kopf.

Mariechen lag neben ihm und schlief noch. Sie hatte ihm den Rücken zugedreht.

Carl blieb noch einen Moment liegen, dann stand er auf, zog Hose und Hemd an und suchte seine Schuhe. Einer lag unter dem Bett, der andere neben der Tür.

Einen Teil des Geldes pflegte er immer in einen seiner Schuhe zu stecken.

Er zog einen Geldschein heraus und schob ihn Marie unters Kopfkissen.

»Was ist denn?«, murmelte sie schläfrig.

»Gar nichts. Ich mache mich auf den Weg, schlaf weiter.«

Er schlüpfte aus der Tür und lief nach unten.

Der Wirt, Maries Arbeitgeber, stand hinter dem Tresen und blaffte eine junge Frau an, sie solle ihren Hintern bewegen und sich an die Zimmer machen.

Carl blieb am Tresen stehen. »Kann ich vielleicht einen Kaffee haben?«

»Klar. Stark und schwarz wie die Nacht?« Der Wirt grinste anzüglich, und er nickte.

Er trank den Kaffee im Stehen und machte sich dann auf den Heimweg.

Kurz bevor er die Deichstraße erreichte, musste Carl einen Moment stehen bleiben. Sein Kopf dröhnte, und ihm war übel. Er hätte eine Kleinigkeit essen sollen. Er rieb sich mit beiden Daumen über die Stirn, atmete tief durch und ging weiter.

Plötzlich sprang ein Mann aus einem Hauseingang, warf ihn zu Boden und setzte sich auf seinen Oberkörper. »Na, wen haben wir denn da?«

»Schorsch.« Carl keuchte. Hatte Schorsch ihm aufgelauert? Hier und um diese Zeit? Das würde bedeuten, dass er ihn beobachtet hatte. »Was willst du von mir?«

»Was ich will?« Schorsch lachte hämisch. »Geld, was sonst?«

»Ich hab keins.«

Er lachte noch lauter. »Klar hast du was. Du hast gewonnen. Glaub nicht, dass ich das nicht wüsste.«

Schorsch war ein übler Bursche, der vor so gut wie nichts zurückschreckte.

»Verflucht! Geh von mir runter, Schorsch.«

»Eine Glückssträhne gehabt, was?«

»Wie kommst du denn da drauf?«, fragte Carl betont gleichmütig. »Ich hatte schon lange keine mehr.«

»Lüg mich nicht an«, sagte Schorsch ruhig.

»Du hast dein Geld bekommen. Lass mich in Ruhe.«

Schorsch bohrte ihm das Knie in die Rippen, und er stöhnte auf. Trübe Augen musterten ihn. »Wie viel?«

»Ich sagte doch, ich hatte keine Glückssträhne. Ich hab verloren.« Carl versuchte, ihn von sich zu schieben, musste aber einsehen, dass sein Angreifer zu schwer war.

»Elise sagt was anderes.« Schorsch ließ ihn los und stand auf.

Elise? Hatte Schorsch sie auf ihn angesetzt?

»Dann lügt sie.« Carl kam auf die Füße und klopfte seine Hose ab.

Schorsch stand breitbeinig da, die Hände in den Hosentaschen. »Ich wette, du hast zu Hause Geld.«

»Zu Hause?« Carl lachte auf. »Mein alter Herr hält mich kurz.«

»Ach ja?« Blitzschnell war Schorsch bei ihm, packte ihn im Nacken und schob ihn vor sich her. »Das wollen wir doch mal sehen. Los! Beweg dich!« Sein Griff war so fest, dass Carl keine Gelegenheit hatte, zu entwischen. »Dein alter Herr hat keine Ahnung, was du so treibst, was?« Sein schäbiges Jackett roch nach Katzenurin. Die eine Hand zwischen

Carls Schulterblättern, die andere an seinem Nacken, stieß er ihn vor sich her. »Schneller!«

Sie bogen in die Seitenstraße ein, nun waren es nur noch wenige Schritte bis zum Haus.

Carl überlegte fieberhaft, was er tun sollte.

Schorsch wusste nur seinen Vornamen und dass er in der Deichstraße wohnte. Er konnte einfach so tun ...

»Was ist? Weiter!«

In der Deichstraße betete er, dass noch niemand wach war.

Wenn ihn jemand so sehen würde, wäre sein Ruf dahin. Und zwar für alle Zeiten.

»Nun mach schon!« Schorsch lachte. »Bin gespannt, was dein alter Herr sagt, wenn ich ihm erzähle, was du des Nachts so treibst.«

»Lass meinen Vater aus dem Spiel!«

»Das hättest du wohl gerne.«

»Gut, einverstanden, ich gebe dir Geld.«

»Na also. Warum denn erst so störrisch?«

Carl hob den Kopf, so gut es ging. »Wenn du mich gehen lässt.«

»Du stellst Bedingungen? Nein, alter Junge, das schlag dir aus dem Kopf. Wir gehen jetzt zu dir nach Hause, und du gibst mir gleich das Geld.«

»Nein, ich ...« Carl verstummte. Soeben hatte er seinen Vater entdeckt. Er stand vor dem Laden. Was machte er dort? Wieso war er schon auf?

Auch sein Vater hatte ihn offenbar bereits gesehen, denn er kam langsam ein paar Schritte näher. »Carl?«

»Das ist dein Vater?«, fragte Schorsch hörbar belustigt.

»Nein, das ist nicht mein Vater!«, versuchte Carl es und wusste im selben Augenblick, dass es sinnlos war. Das Spiel war zu Ende. Sein Spiel, sein Doppelleben, würde in wenigen Minuten auffliegen.

»Ich wünsche einen guten Morgen!« Schorsch schwenkte fröhlich seinen speckigen Hut. »Ich bringe Ihnen Ihren Sohn.«

»Wer sind Sie?«, hörte er seinen Vater mit heiserer Stimme fragen.

»Oh, das tut nichts zur Sache. Ich wollte nur, dass Carl heil zu Hause ankommt. Ist doch so, alter Junge, was?« Er schubste Carl von sich, sodass der strauchelte und direkt vor die Füße seines Vaters fiel. »Und ich dachte, dafür ist doch eine kleine Belohnung fällig, oder etwa nicht?«

»Carl?« Sein Vater stand unbewegt da.

Carl wagte nicht, aufzusehen und ihm ins Gesicht zu blicken.

»Was ist? Ich warte.« Schorsch packte Carl, riss ihn hoch und verpasste ihm einen Faustschlag mitten ins Gesicht.

Seine rechte Gesichtshälfte wurde taub, und er schmeckte Blut. »Und lange warte ich nicht mehr!«

Carl blieb regungslos liegen und wartete auf den nächsten Schlag. Doch stattdessen bekam er einen Fußtritt in die Seite. Er zuckte zusammen und krümmte sich.

»Hören Sie auf!«, schrie sein Vater. »Verschwinden Sie!«

»Soll ich ihm sagen, dass du ein Spieler bist, Carl, oder willst du es selbst tun?«

Carl wartete auf weitere Schläge oder Tritte. Er würde es

über sich ergehen lassen. Und wenn Schorsch ihn totschlagen würde, dann wäre es eben sein Schicksal, hier an dieser Stelle zu sterben. Zu Füßen und vor den Augen seines Vaters. Wenn aber nicht, wenn er einigermaßen heil aus dieser Sache herauskam, würde er sein Leben ändern.

Tatsächlich hörten die Schläge und Tritte auf, stattdessen fluchte Schorsch und verschwand.

Carl hob langsam und vorsichtig den Kopf und sah einen vornehm gekleideten Herrn mit Zylinder die Straße entlangkommen. Genau zur rechten Zeit! Womöglich hatte er ihm das Leben gerettet.

»Vater, bitte ...«, stammelte Carl.

Doch sein Vater hatte bereits kehrtgemacht und war in den Laden zurückgegangen.

Carl kam mühsam hoch, wischte sich das Blut ab und folgte ihm.

Sein Kopf dröhnte, und seine rechte Körperhälfte fühlte sich an, als sei er unter eine Droschke geraten. Er ließ die Tür hinter sich ins Schloss fallen und lehnte sich dagegen.

Sein Vater stand am Tresen und starrte ihn an.

»Vater, bitte, lass mich erklären ...«

»Was willst du mir erklären? Dass der Kerl die Wahrheit gesagt hat? Dass du ein Spieler bist und mich nach Strich und Faden belügst?«

»Vater, ich schwöre dir ...«

»Du schwörst? Bei allem, was dir heilig ist, womöglich? Gott, Junge, wie tief konntest du sinken!« Sein Vater musste sich am Tresen festhalten, das Gesicht bleich. »Ich hab nicht schlafen können, deshalb bin ich so früh aus dem Bett. Ein dummer Zufall. Wäre ich nicht aufgestanden, hätte ich dich und diesen Kerl nicht gesehen. Dann wäre ich noch immer ahnungslos.« Es klang, als spräche er zu sich selbst.

»Und er hätte mich vielleicht totgeschlagen ...«

»Ich will nichts mehr hören«, sagte sein Vater ganz ruhig. »Pack deine Sachen, Carl.«

»Was? Aber ...«

»Nur eins noch: Wusste deine Schwester davon?«

»Nein.« Die Lüge fiel ihm nicht schwer.

»Geh mir aus den Augen. Du bist nicht mehr mein Sohn.«

26.

Lübeck, am Tag darauf

Leonore saß im Gartenpavillon. Greta, ihre wenige Wochen alte Tochter, lag in einem Weidenkorb neben ihr und schlief.

Ein schwerer Duft von Süßkirschen hing in der Luft, ein Duft, der Leonore eingelullt und schläfrig gemacht hatte.

Das vergangene Jahr war erschreckend ereignislos verlaufen. Leonore hatte versucht, sich in ihrem neuen Zuhause so unauffällig wie möglich zu verhalten, am liebsten hätte sie sich unsichtbar gemacht.

Anfangs hatte sie versucht, ihr neues Leben als eine Art Abenteuer zu sehen, doch es war ihr rasch wie eine einzige große Herausforderung erschienen. Hinzu kam ihr quälendes Heimweh und die Sehnsucht nach ihrem Bruder und ihrem Vater. Und dem Laden. Es fehlte ihr, Morgen für Morgen den Tresen zu wischen, die Kasse zu wienern und mit den Kunden zu schwatzen. Ihr fehlte auch der Speicher und der ganz besondere Duft, der sie dort oben empfing. Das Nikolaifleet unter ihr mit den Schuten und den rufenden, wild gestikulierenden Männern darin. Sie vermisste den hellen Klang der Ladenglocke, den Geruch des dunklen Holzes und der Gewürze. Ihr fehlte das Treiben auf der Deichstraße, das laute Lachen und die Geschäftigkeit der Nachbarn, sogar den neugierigen Blick von Herrn Heldt vermisste sie.

Das alles hatte sie gegen ein eintöniges, sehr beschauliches Leben in einer unübersichtlichen Villa eingetauscht, die so viele Räume hatte, dass Leonore sich nach wie vor verlief.

Mit Menschen darin, die ihr nicht wohlgesonnen waren, die sie missbilligend und sogar vorwurfsvoll anschauten, als habe sie eine ansteckende Krankheit ins Haus gebracht.

Jeden Abend, wenn sie neben Julius im Bett lag, versprach er ihr, dass sie schon bald in einem eigenen Haus wohnen würden. Er küsste ihr Heimweh und ihre Sehnsucht fort, er strich ihren Kummer, weil sie sich unwillkommen fühlte, mit einer zärtlichen Berührung fort. Und er arbeitete wie besessen, nahm jede Auftragsarbeit an, die sich ihm bot, damit sie der Kälte der Villa bald entkommen konnten.

Ihr Schwiegervater behandelte sie nach wie vor von oben herab, wenn er sich überhaupt mit ihr befasste. Ihre Schwiegermutter war höflich, häufig sogar ausgesprochen freundlich zu ihr, und dann und wann bemerkte Leonore, wie Mathilda sie nachdenklich betrachtete. Sie wünschte, sie wüsste, was in Mathildas Kopf vorging.

Veronika tat weiterhin so, als sei sie nichts als Luft.

Leonore ließ das alles an sich abprallen wie einen Regenschauer im April, den man hinnehmen musste.

Und dann, am Ende des Jahres, war sie sicher gewesen, guter Hoffnung zu sein. Das hatte alles verändert. Sie würde wieder eine Aufgabe haben. Sie würde Mutter sein, ein Kind großziehen.

Es war üblich, dass die Kinder von einer Gouvernante erzogen wurden, doch Leonore und auch Julius hatten sich dagegen verwehrt.

Jetzt fuhr Leonore zusammen, als ihre Schwägerin in den Garten kam. War sie eingenickt? Ihre Nächte waren sehr kurz, seitdem ihre Tochter auf der Welt war.

Isabel zeigte auf den freien Platz neben ihr. »Darf ich?«

»Natürlich. Ich freue mich über ein bisschen Gesellschaft.«

Isabels kleiner Sohn tollte im Garten herum und versuchte, einen Schmetterling zu fangen. »Hast du letzte Nacht ein wenig besser schlafen können?«

»Nein.« Leonore nahm ihre Tochter aus dem Korb und küsste sie aufs Haar. »Das stört mich aber nicht.«

Isabel lächelte. »Mutter zu sein, ist wunderbar, nicht wahr? Man vergisst sogar, dass man drangsaliert und gedemütigt wird.«

»Sprichst du von mir oder von dir selbst?«

»Glaub nicht, dass Veronika nicht auch mich gepiesackt hätte.«

»Dabei entsprichst du doch dem Bild der Ehefrau, die die Konradis sich für Oskar vorgestellt haben«, erwiderte Leonore trocken und eine Spur bissig. »Du bist die Tochter eines angesehenen Arztes – mein Vater dagegen besitzt nur einen Kolonialwarenladen.«

Es war nicht das erste Mal, dass sie einander Dinge anvertrauten, die sie in größerer Runde nicht ausgesprochen hätten. Isabel hatte Leonore auch verraten, dass sich Oskar erst im Laufe ihrer Ehe zu dem Mann entwickelt hatte, den sie zu schätzen und später dann zu lieben gelernt hatte. Genau wie sie auch gelernt hatte, sich anzupassen. »Oskar ist ein guter Mann«, hatte sie Leonore verraten. »Leider gefällt es ihm hier in der Villa viel zu gut, als dass er darauf pochen würde, dass wir endlich in ein eigenes Heim umziehen.«

Agnes, eins der Dienstmädchen, kam in den Garten. »Ein Brief für Sie, gnädige Frau!«

Isabel und Leonore schauten sich an, keine von beiden wusste, wer gemeint war.

»Für Sie.« Agnes knickste vor Leonore und verschwand wieder.

»Ein Brief von meinem Bruder«, sagte Leonore erstaunt. Hoffentlich war nichts geschehen und er und ihr Vater waren wohlauf.

»Soll ich dir die Kleine so lange abnehmen?« Isabel streckte die Arme aus, und Leonore legte ihr das Kind hinein.

Sie musste den Brief dreimal lesen, um wirklich zu begreifen, was die Zeilen bedeuteten. »Das kann nicht sein!«

Offenbar hatte sie laut gesprochen, denn Isabel schaute sie besorgt an. »Schlechte Nachrichten?«

Leonore stand auf und lief hin und her. »Mein Bruder und mein Vater hatten einen schlimmen Streit. Carl will nach Amerika, er ...« Sie brach ab, weil sie nicht glauben konnte, was sie soeben gelesen hatte. *Ich sehe es als Wink des Schicksals, Nora,* hatte er geschrieben. *Es war immer mein Traum, eines Tages fortzugehen, weit weg, und nun werde ich es wagen. Etwas anderes bleibt mir auch gar nicht übrig. Danke, dass Du mir all die Jahre den Rücken gestärkt hast, ich weiß, dass ich Dich damit oftmals in die Bredouille gebracht habe.*

»Beruhige dich, Leonore. Das wird sich alles aufklären.«

Leonore war endlich stehen geblieben. Sie hatte ihrer Schwägerin viel erzählt, nicht jedoch, dass ihr Bruder ein Spieler war, der eine Menge Geld verloren hatte.

Julius kam aus dem Haus, ein freudestrahlendes Lächeln im Gesicht. »Nora, komm, du musst dir etwas anschauen! Ich habe ... Was ist mit dir?« Er blieb vor ihr stehen. »Du bist ja ganz blass.«

»Carl«, flüsterte sie. »Er will nach Amerika.« Sie war zu ihrem Platz gegangen und hatte sich wieder gesetzt.

Julius hockte sich vor sie hin und nahm ihre Hände zwischen die seinen. »Aber er kann euren Vater und den Laden doch nicht einfach alleinlassen.«

»Vater hat ihn aus dem Haus geworfen. Julius, er hat ihn enterbt!«

»Wir fahren hin.« Es klang entschlossen. »Ich gebe Agnes und Anna Bescheid, dass sie unsere Sachen packen sollen.«

»Aber ...« Sie verstummte und nickte schließlich. »Ja, du hast recht, wir sollten hinfahren.«

Dennoch blieb sie sitzen, ihre Beine waren wie aus Blei, und sie hörte das Blut in ihren Ohren rauschen.

26.

Einen Tag später in Hamburg

Leonores Vater schaute sie fassungslos an, als sie und Julius am folgenden Tag im Laden standen. »Was machst du denn hier, Nora?«

»Was ich hier mache? Nach dir sehen, Vater. Carl hat mir geschrieben.«

»Dann weißt du ja alles.« Er presste die Lippen aufeinander.

»Nicht alles. Ich weiß zum Beispiel nicht, was genau passiert ist.«

»Darf ich vielleicht erst einmal meine Enkelin sehen?«, fragte er. »Und dich und deinen Mann gebührend begrüßen?«

»Natürlich, verzeih. Greta haben wir in Lübeck gelassen. Wir wollten ihr die Reise nicht zumuten.«

»Dann bekomme ich sie also nicht zu Gesicht.« Ihm war anzumerken, dass er nicht nur enttäuscht, sondern auch verärgert war.

»Wir übernachten in meinem früheren Zimmer, wenn du einverstanden bist.«

»Dann habt ihr vor, länger zu bleiben?«

»So lange wie nötig.«

Sie standen voreinander und schauten sich ernst an.

»Du hast dich verändert«, meinte ihr Vater schließlich und wandte sich ab. Er sah müde und eingefallen aus.

Gertraude kam von oben, ein Geschirrtuch in der Hand, das sie rasch auf den Tresen legte, um Leonore umarmen zu können.

»Wie schön, dich zu sehen, mien Deern.« Sie hielt sie etwas von sich und betrachtete sie von Kopf bis Fuß. »Elegant schaust du aus. Und so erwachsen. Wo ist deine Tochter? Ich würde sie so gerne ... Oh, ich bitte um Verzeihung.« Offenbar hatte sie erst jetzt Julius bemerkt, der hinter Leonore stand. »Herr Konradi.« Sie nickte ihm zu.

»Unsere Tochter ist in Lübeck, Gertraude«, erklärte Leonore ihr.

»Wie schade! Ich war so neugierig auf die Kleine.« Sie nahm das Geschirrtuch wieder auf. »In einer Stunde gibt's Mittagessen. Es ist reichlich da.«

»Du hast Carl also hinausgeworfen«, sagte Leonore, nachdem der Tisch abgeräumt und Gertraude wieder zu sich nach Hause gegangen war. Julius hatte sich in die Stube zurückgezogen.

»Er ist ein Spieler, Nora, und er hat mich jahrelang belogen und betrogen.« Ihr Vater saß mit verschränkten Armen am Küchentisch, den Blick starr geradeaus. »Er wird schon bald wieder auf der Schwelle stehen, wirst sehen.«

»Er will nach Amerika, Vater.«

»Amerika, pah. Du glaubst doch selbst nicht, dass er den

Mut dazu hat. Er wird sich irgendwo herumtreiben und nur darauf warten, dass er wieder nach Hause kann.«

»Da wäre ich mir nicht so sicher.«

Er lachte bitter. »Aber ich.«

Sie beugte sich vor und schaute ihn durchdringend an. »Du hast ihn enterbt, und da glaubst du, er kommt zurück?«

»Du meinst, dazu ist er zu stolz?« Wieder lachte er. »Wenn deinem Bruder eines fehlt, dann Stolz.«

»Es ist sehr hart, wie du über ihn sprichst. Er ist dein Sohn, Vater.«

»Er war mein Sohn.«

»Was, wenn Carl tatsächlich zurückkommen sollte? Wirst du ihn wieder aufnehmen?«

»Das weiß ich nicht.« Es klang ungerührt, und sie befürchtete, dass er es auch genauso meinte. Ihr Vater konnte unerbittlich sein.

»Aber ... Er hat doch nur uns, Vater!«

»Du meinst, er hat nur noch mich. Du bist ja verheiratet und führst ein vornehmes Leben in Lübeck«, erwiderte er spitz und sah sie herausfordernd an. »Du wusstest es wirklich nicht?«

»Dass er ein Spieler ist? Nein.« Sie war selbst überrascht, wie leicht ihr die Lüge fiel.

Dennoch musste sie aufstehen und zum Fenster gehen, weil sie ihrem Vater plötzlich nicht mehr ins Gesicht schauen konnte. Sie lehnte die Stirn an die kühle Scheibe.

»Was wird jetzt mit dem Laden geschehen?«, fragte sie nach einer Weile leise. »Du kommst doch allein gar nicht zurecht.« Sie drehte sich zu ihm um.

»Das muss nicht deine Sorge sein. Fahr nur wieder zu deiner neuen Familie zurück.« Seine Stimme triefte vor Selbstmitleid.

Leonore wollte etwas erwidern, doch da verzog ihr Vater plötzlich das Gesicht, als habe er Schmerzen. Gleich darauf sackte er nach vorn und fiel mit dem Gesicht auf die Tischplatte.

Er kam rasch wieder zu sich, blinzelte verblüfft, rieb sich die Stirn und versicherte, dass es ihm gut gehe. »Mir war nur für einen Moment etwas blümerant, Lenchen.«

Leonore stutzte. Lenchen? »Ich bin's, Vater, Nora.«

Er blinzelte erneut und blickte sich verwirrt um. »Ja, natürlich«, murmelte er dann.

Leonore lief zur Tür und rief nach ihrem Mann. Als dieser kurz darauf aus der Stube kam, flüsterte sie: »Ruf Gertraude. Sie soll Doktor Schwan holen.«

»Was ist denn geschehen?«

»Vater war kurz besinnungslos.«

Ohne eine weitere Frage hinkte Julius zum Treppenabgang, und Leonore ging zu ihrem Vater zurück.

»Komm nicht auf die Idee, den alten Quacksalber zu holen«, brummte er.

»Der alte Quacksalber ist seit Jahren unser Arzt und ein Freund der Familie.«

»Mir geht's gut«, knurrte er und verschränkte wieder die Arme vor der Brust.

»Das würde ich gerne aus dem Mund des Doktors hören.«

Einige Zeit später brachte Leonore den Hausarzt an die Tür. »Danke, dass Sie so schnell kommen konnten.«

»Gut, dass du mich gerufen hast, Leonore. Ich hatte schon befürchtet, es könnte das Herz sein. Er braucht jetzt viel Ruhe. Ich habe ihm nahegelegt, eine Kur zu machen, aber du kennst ihn ja, er weigert sich.«

»Ich werde mit ihm reden.«

»Und dein Bruder ist also fort.« Doktor Schwan setzte seinen Hut auf. »Wie wird es mit dem Laden weitergehen? Dein Vater kommt doch allein gar nicht zurecht.«

»Ich weiß es nicht. Erst einmal will ich versuchen, ihn zu einer Kur zu überreden.«

Ihr Hausarzt nickte. »Ich sehe in zwei Tagen noch mal nach ihm.« Er verabschiedete sich, und Leonore schloss hinter ihm ab.

Sie lehnte sich mit dem Rücken an die Ladentür. Sie konnte unmöglich nach Lübeck zurück.

Der Doktor hatte ihrem Vater strenge Bettruhe verordnet, und er hatte sich murrend gefügt. Gertraude hatte ihm einen Rindfleischeintopf gebracht, während Leonore und Julius am Küchentisch saßen und darüber berieten, was nun zu tun sei.

»Du kannst ihn nicht allein lassen, sprechen wir es doch offen aus«, sagte Julius und legte die Hand auf Leonores.

Sie nickte. »Fahr nach Lübeck zurück, Julius, du musst deine Arbeiten fertigstellen. Isabel hat versprochen, sich um Greta zu kümmern. Ich möchte nicht, dass Fräulein Sandner das übernimmt.«

»Gott bewahre«, murmelte Julius. »Gut, ich werde zurückfahren.«

Leonore schluckte. Sie hatte nicht erwartet, dass er sich so rasch einverstanden erklären würde.

»Und dann werde ich alles regeln und mit Greta wiederkommen.«

Sie sah ihn ungläubig an. »Ich verstehe nicht ...«

»Glaubst du wirklich, ich lasse dich allein? Du bist meine Frau, ich möchte an deiner Seite sein.«

»Und deine Familie? Und deine Arbeit?«

»Ihr seid meine Familie, Nora, du und unsere kleine Greta. Und meine Arbeit werde ich hier machen können. Vielleicht darf ich Carls früheres Zimmer nutzen?«

»Aber deine Eltern ...«, stammelte sie.

»Werden nicht entzückt sein, ich weiß. Mein Vater wird mir androhen, mich zu enterben.« Julius zuckte mit den Schultern. »Das wäre nicht das erste Mal. Er ist nicht so hart, wie es oft den Anschein hat. Immerhin hat er nie versucht, sich gegen meine Ambition zu stellen, mich der Kunst zu widmen. Das rechne ich ihm und meiner Mutter hoch an.«

Leonore nickte. »Du möchtest also zurückkommen und hier ...« Sie schluckte und konnte mit einem Mal nicht weiterreden.

»Ich möchte, dass wir zusammen sind, Nora, und wenn das nur hier in Hamburg möglich ist, dann werde ich auch damit einverstanden sein. Vielleicht kann ich sogar versuchen, dich im Laden zu unterstützen.«

»Das würdest du tun?«

»Ich könnte es versuchen.« Er deutete auf sein Bein. »Ich

hinke zwar, aber anpacken kann ich trotzdem, du wirst sehen.«

Sie strich über seinen Handrücken. »Ich danke dir, Julius. Ich weiß gar nicht, was ich sagen soll.«

»Dein Lächeln und deine Erleichterung zu sehen, genügt mir.«

27.

Nach dem Zerwürfnis mit seinem Vater hatte Carl sofort Hamburg verlassen wollen, doch es würde erst in ein paar Tagen wieder ein Schiff nach New York auslaufen.

Also war er vorübergehend bei Mariechen untergeschlüpft und hatte am Tag darauf Mathias aufgesucht, um ihm das Geld zu geben, das er ihm noch schuldete. Wenn er nach Amerika aufbrach, wollte er alle Schulden beglichen haben.

»Ich denke darüber nach, mitzukommen«, hatte sein Freund gesagt, und er hatte gelacht.

»Du? Aber du gehörst hierher, Mathias.«

»Ach ja?« Sein Freund hatte den Kopf geschüttelt. »Nein, Carl, auch ich will dieses Leben nicht.«

Carl hatte sich verabschiedet, als würden sie sich nicht wiedersehen. Mathias würde bleiben, davon war er überzeugt.

An jenem Abend hatte Carl noch einmal beim Würfeln und Pokern gewonnen. Es war, als wollte das Schicksal sich auf seine Seite schlagen und ihn dazu ermutigen, an seinem Vorhaben festzuhalten.

Auch an den folgenden Abenden hatte er gespielt – und erneut gewonnen.

An diesem Abend hockte er in Mariechens Kammer vor dem ungemachten Bett und packte seine paar Habseligkeiten zusammen. Am nächsten Morgen würde das Schiff auslaufen, sein Schiff.

Marie stand vor ihm, die Hände hinter dem Rücken verschränkt, und sah ihm zu. »Willst du wirklich gehen?«, fragte sie ihn zum dritten Mal.

»Ja, ich will gehen, Mariechen. Ich muss. Hier gibt es nichts mehr für mich.«

»Aber es gibt doch mich«, erwiderte sie und schaute ihn mit ihren hellblauen Augen an. Den Augen, in die er so gerne und so häufig geblickt hatte.

»Ich werde dir schreiben«, versprach er und zurrte den Seesack zusammen.

Sie ging rückwärts zur Tür, hob die Hand und lächelte. Er war froh über dieses Lächeln, er hatte schon befürchtet, sie könnte es ihm schwermachen. »Wiedersehen, Carl, pass auf dich auf, ja?«

Er nickte. »Und du auf dich. Ich wünsche dir, dass du einen Mann findest, der dich heiratet.«

Sie verdrehte die Augen. »Daran glaube ich nicht mehr.«

Ich hätte dich ohnehin nicht geheiratet, dachte er und schämte sich plötzlich dafür.

Marie verschwand aus der Tür, und kurz darauf klopfte es.

»Wenn noch etwas ist, komm einfach herein«, sagte er laut, während er sich in der kärglich eingerichteten Kammer umschaute, ob er auch nichts vergessen hatte. »Es ist *dein* Zimmer, Mariechen.«

Doch nicht Marie, sondern Mathias trat ein, und Carl war so überrascht, dass er das Gleichgewicht verlor und auf seinem Hinterteil landete. »Mathias!«

»Du hast also wirklich geglaubt, dass ich hierbleibe.«

Carl nickte verdattert.

»Wann läuft das Schiff aus?«

»Morgen früh um halb acht.«

»Ich werde pünktlich sein.«

»Heißt das, du ... kommst mit?«, fragte Carl fassungslos.

»Genau das heißt es.«

»Und deine Eltern?«

»Meine Mutter heult, und mein Vater tobt. Aber sie werden sich wieder beruhigen. Ich will nach Amerika, Carl«, fügte Mathias dann mit Nachdruck hinzu.

»Hast du das Geld und die Papiere zusammen?«

Sein Freund nickte.

Carl ging zu ihm und legte ihm die Hand auf die Schulter. »Ich freue mich, alter Freund. Wir treffen uns um sieben unten am Hafen.« Seine Stimme war ganz rau.

Plötzlich hatte er das Gefühl, nicht fortgehen zu können. Er konnte seiner Heimatstadt nicht den Rücken kehren. Er war doch hier geboren, hatte so viele Jahre hier verbracht.

Ganz ruhig, sagte er sich. *Das wird allen so gehen, die vor einem so entscheidenden Schritt stehen.*

»Carl?« Mathias stand noch in der Tür.

»Ja?«

»Nora ist seit zwei Tagen hier in Hamburg. Dein Vater hatte einen Schwächeanfall.«

Er war wie erstarrt. »Geht es ihm wieder besser?«

»Ich weiß nur von meinem Vater davon, mehr konnte er auch nicht sagen.«

»Nora ist hier«, sagte Carl mehr zu sich selbst.

»Du gehst doch nicht aufs Schiff, ohne ihr ...«

»Nein.« Carl schüttelte den Kopf. »Nein, natürlich nicht.«

»Gut.« Mathias nickte. »Dann bis morgen.«

»Sei pünktlich«, murmelte Carl, der in Gedanken bereits ganz woanders war.

• • •

Er hatte grauenvoll geschlafen, im Grunde hatte er kaum ein Auge zubekommen. Schließlich war er aufgestanden, hatte seinen Seesack genommen und war durch die Straßen gelaufen. Ruhelos und ohne Ziel. Das Schiff würde in einer Stunde auslaufen.

Irgendwann fand er sich vor der Kirche St. Nikolai wieder. Seit dem Tod seiner Mutter war er nicht mehr hier gewesen.

Er öffnete die knarzende, schwere Holztür und trat ein. Die Stille, die ihn umgab, überwältigte ihn. Einen Moment blieb er wie angewurzelt stehen und hob den Kopf. Noch nie hatte er eine Kirche als so beruhigend, so wohltuend empfunden. Und noch nie hatte er sich seiner Mutter so nah gefühlt. Nora war oft hierhergekommen, sie hatte hier immer die Nähe ihrer Mutter gespürt.

Jetzt ging es ihm genauso, und ein starkes Glücksgefühl durchströmte ihn. Er musste sich an einer Sitzreihe festhalten, damit er nicht ins Taumeln geriet.

Ich verlasse Hamburg, Mutter. Er war nicht sicher, ob er es gedacht oder laut gesprochen hatte, aber er hätte schwören können, dass er ihre Stimme hörte.

Lebe dein Leben, mein Junge, so wie du es dir immer gewünscht hast.

Ich wollte das alles nicht, Mutter, wirklich nicht. Es tut mir so leid, und ich wünschte, ich könnte es wiedergutmachen.

Die Holztür knarrte, und ein Windstoß fegte durch die Reihen. Jemand war hereingekommen. Carl schien nicht der Einzige zu sein, den es nicht im warmen Bett gehalten hatte.

Im Halbdunkel konnte er nicht ausmachen, ob es ein Mann oder eine Frau war. Er ging nach vorn zum Altar und nahm eine Kerze aus der Halterung. Hinter sich hörte er Schritte und Kleiderrascheln.

»Carl?«

Er fuhr herum und sah seine Schwester nur wenige Schritte entfernt von sich stehen. »Nora!« Er lief auf sie zu und umarmte sie fest.

»Was machst du denn hier?«, flüsterte sie in seine Halsbeuge. Er hatte ganz vergessen, wie groß sie war.

»Ich verabschiede mich.« Als es heraus war, wusste er, dass das der Grund war, weswegen er in die Kirche gekommen war. Seine Schwester nickte und nahm ebenfalls eine

Kerze aus der Halterung. »Es ist gut, dass du hergekommen bist.«

Wenig später standen sie sich auf dem Kirchplatz gegenüber und schauten sich an, als wollten sie sich die Gesichtszüge des anderen gut einprägen.

»Ich hatte gehofft, dass ich dich umstimmen kann«, sagte Leonore.

Carl schüttelte den Kopf, und sie nickte traurig. »Dann wirst du also wirklich gehen.« Vermutlich musste sie es laut aussprechen, um es tatsächlich glauben zu können.

»Ich bin sehr froh, dass ich dir Adieu sagen kann, Nora.« Er räusperte sich. »Mathias wird übrigens mitkommen.«

Sie hob überrascht die Augenbrauen, dann sah es aus, als sinke sie in sich zusammen. »Es ist meine Schuld.«

»Dass er mit mir kommen will?« Carl schüttelte erneut den Kopf. »Nein, ist es nicht. Es war schon lange sein Traum.«

»Versprich mir, dass du auf dich achtgibst, Carl«, flüsterte sie. »Und wenn du noch irgendetwas brauchst ...«

»Ich habe lange gespart. Auf ein neues Leben.« Er sah, wie sehr sie sich zusammenriss, und er war erleichtert, dass sie nicht bettelte und flehte. »Pass auch du auf dich auf, Nora. Ich werde dir schreiben, sobald ich angekommen bin. Gib meiner Nichte einen Kuss von mir und erzähle ihr später von ihrem mutigen Onkel.« Er grinste, musste aber gleichzeitig schlucken.

Diese unerwartete Begegnung war mehr als die Möglichkeit, sich zu verabschieden – sie war sein ganz persönlicher Schlussstrich.

Sie umarmten sich lange und fest, bis Carl sich schließlich losmachte, seiner Schwester ein letztes Mal ins Gesicht schaute und dann langsam davonging.

Zunächst waren seine Schritte schwerfällig und plump, dann aber, je näher er dem Hafen kam, wurden sie flotter, geschmeidiger. Bis er schließlich zu laufen begann.

• • •

Leonore hatte gar nicht vorgehabt, zur Kirche zu gehen, vielmehr war sie tief in Gedanken versunken gewesen und hatte sich plötzlich auf dem Hopfenmarkt wiedergefunden.

Dass sie ihrem Bruder begegnet war, kam ihr nun wie ein Traum vor, als sie über die Reimersbrücke zurückging. Sie musste stehen bleiben und sich über die Augen wischen, aus denen immer wieder Tränen flossen.

Vor Carl hatte sie die Starke, die Gefasste gespielt, jetzt jedoch wollte sie weinen. Nur noch weinen. Wer wusste, ob und wann sie sich wiedersehen würden. Vielleicht war es das letzte Mal gewesen, dass sie voreinander gestanden hatten. Vielleicht würde sie seine Stimme nie wieder hören. Sie würde ihm nie mehr sagen müssen, dass sein Kragen kraus war und sein Hemd dringend in die Wäsche gehörte. Nie wieder würde sie kopfschüttelnd vor ihm stehen und ihn bitten, sein Haar zu glätten, weil er so unmöglich vor die Kundschaft treten konnte.

Ihre Finger suchten erneut nach dem Taschentuch. Sie

trocknete ihre Tränen, straffte die Schultern und ging weiter.

Carl würde hoffentlich sein Glück finden, allein das sollte für sie zählen.

Leonore erzählte ihrem Vater nichts von der Begegnung mit Carl, er würde sich nur aufregen, und sie hatte nicht vor, seine Gesundheit noch mehr zu strapazieren. Irgendwann würde sie es ihm sagen.

Aber sie hatte Julius alles erzählt, der sie anschließend umarmt und stumm gehalten hatte.

Am Abend stand sie in der Küche und bereitete einen Graupeneintopf zu. Seit ihrer Heirat hatte sie nicht mehr gekocht. Sie hatte nicht erwartet, dass es sie so froh stimmen würde.

Julius setzte sich mit erwartungsvoller Miene an den Tisch. »Das riecht köstlich. Isst dein Vater mit uns?«

Sie schüttelte den Kopf. »Nein, ich werde ihm das Essen bringen.« Er war immer noch nicht wieder ganz auf dem Damm.

»Ich wusste gar nicht, dass ich das alles vermissen könnte: kochen, putzen, waschen, aufräumen.«

»Ich habe dir zu viel zugemutet«, erwiderte er ernst. »Ich dachte, es würde dir leichtfallen, dich bedienen zu lassen.«

»Nein, ganz im Gegenteil. Es ist nicht nur, weil ich es nicht gewohnt bin, es behagt mir nicht.« Es war das erste Mal, dass sie dies offen aussprach.

Sie schauten einander an, und Leonore ahnte, was in

ihm vorging. Vermutlich waren es ganz ähnliche Gedanken und Empfindungen wie ihre eigenen.

»Ich kann mir auch ein ganz anderes Leben vorstellen, Nora«, sagte Julius nach einer ganzen Weile des Schweigens. »Ein Leben ohne Bedienstete, ohne jegliche Art von Annehmlichkeit.«

»Wirklich?«, fragte sie ungläubig.

Er nickte. »Wir könnten uns hier ein Haus suchen, ein bescheidenes Haus, zu mehr wird es vorerst vermutlich nicht reichen. Ich möchte meine Eltern nicht um Geld bitten. Sie würden es mir nicht vorenthalten, denke ich, aber ich möchte es nicht. Das verstehst du vielleicht nicht, aber ich …«

Leonore hatte zunächst genickt und schließlich vehement den Kopf geschüttelt. »Oh doch, Julius, das verstehe ich sehr gut. Es ginge mir genauso.«

»Ich werde nach Lübeck zurückfahren und alles vorbereiten, wenn du einverstanden bist.«

Sie war jedes Mal wieder überrascht, dass er sie in alles, was er tat und dachte, mit einbezog. Er fragte sie sogar gelegentlich um Rat und um ihre Meinung, etwas, das weder seinem Vater noch seinem Bruder eingefallen wäre.

Was war sie doch reich beschenkt, einen Mann wie Julius an der Seite zu haben.

28.

Wenige Tage später plauderte Leonore mit Joost Klein, dem Apfellieferanten.

»Was macht dein alter Herr?«, erkundigte er sich.

»Es geht ihm wieder besser. Und ich habe ihn überreden können, eine Kur zu machen.« Vieler Überredungskunst hatte es allerdings gar nicht bedurft. Ihr Vater hatte aufrecht im Bett gesessen, das Plumeau bis zum Kinn gezogen, und ihr erstaunlich geduldig zugehört. Sie hatte sich vorher eine Menge sehr überzeugender Argumente zurechtgelegt, die er dann allesamt mit einem »Na schön, du gibst ja doch keine Ruhe« überflüssig gemacht hatte. »Dann wirst du die Kur antreten?«, hatte sie überrascht gefragt, und er hatte genickt.

»Da brat mir einer einen Storch!« Joost grinste. »Wie hast du das denn hingekriegt?«

»Eigentlich war es ganz leicht.«

»Und wie geht es mit dem Laden weiter?«

»Ich werde mich darum kümmern.«

»Und dein Mann?«

»Es war sein Vorschlag, dass wir hierbleiben.«

Ein weiterer Lieferant kam herein. »Steht jemand zur Verfügung, der die Ware annehmen kann?«

»Ich könnte das übernehmen«, schlug Joost vor. »Das ist keine Arbeit für eine zarte Frau. Natürlich nur, wenn du einverstanden bist.«

»Nicht nötig, Joost, aber danke. Mein Mann ist oben auf dem Speicher und kann die Ware in Empfang nehmen.«

»Na, dann will ich mal die Pfannkuchenäpfel reinbringen.« Er trat aus der Tür und hielt sie für Benno Wedekind auf.

»Herr Wedekind, was darf's denn sein?«, begrüßte Leonore den Eintretenden.

»Leonore! Was für eine Freude, dich hier zu sehen.« Herr Wedekind schaute sich um. »Hmm … Duftseifen habt ihr wohl immer noch nicht da, was?«

»Nein, aber ich werde gleich heute eine Kiste ordern.« Bereits in der Nacht hatte sie im Geiste eine Liste von Dingen erstellt, die sie anschaffen wollte.

»Das ist fein. Da wird sich meine Frau freuen.« Er kratzte sich am Kinn. »Warte, was hat sie mir noch aufgetragen: Kaffee, eine Tüte Hartgrieß, Nähgarn, am besten weißes …«

Leonore hatte schon bald alles um sich herum vergessen. Den kränkelnden Vater, der oben in seiner Schlafkammer lag, Julius, der auf dem Speicher anstatt in seinem Atelier stand, und das Leben in Lübeck, das sie nur allzu bereitwillig zurücklassen würde.

• • •

Julius hatte die Waren angenommen und kontrolliert. Jetzt hockte er auf einer Kiste und gönnte sich ein paar Minuten Ruhe. Körperliche Arbeit war er nicht gewohnt, und er war sich selten verweichlichter vorgekommen. Er zog vor Leonores Bruder den Hut, der sich hier täglich abgeplagt hatte.

Als seine Frau ihm die Zuckerklatschen gezeigt hatte, war er in lautes Lachen ausgebrochen. »Was, bitte sehr, ist das denn? Esst ihr in Hamburg etwa mit solchen seltsamen Löffeln?«

Sie hatte ihm erklärt, wofür man Zuckerklatschen benötigte, und er hatte staunend zugehört. »Ah, ich verstehe. So rieselt der Zucker nicht aus den Säcken.« Dann hatte er auf zwei Griepen gedeutet, die auf einem der Reissäcke lagen. »So wie es mit diesen Furcht einflößenden Piratenhaken wäre.«

Steifbeinig ging er jetzt zur Luke und band den Flaschenzug fest, damit dieser sich nicht von allein in Bewegung setzen konnte. Unten auf dem Nikolaifleet trieben einige Schuten; laute Stimmen waren zu hören, dazwischen Gelächter und das Kreischen der Möwen.

So gern er seiner Frau half, musste er sich doch eingestehen, dass er froh wäre, sich auf Dauer wieder seiner Kunst widmen zu können. Vorerst jedoch würde er tun, was notwendig war. Und das, ohne zu murren.

Er schloss die Luke, wischte sich die Hände an einem Leinentuch ab und hinkte nach unten in den Laden.

Leonore stand hinter dem Tresen und bediente eine ältere Dame. »Darf es sonst noch etwas sein, Frau Adler?«

»Nein, vielen Dank, Leonore, das wäre alles.«

Sie kassierte das Geld, hielt der Kundin die Tür auf und wandte sich dann mit einem strahlenden Lächeln zu ihm um.

»Du hast auch das vermisst.« Er erwiderte ihr Lächeln.

»Und ob.« Sie schaute ihn besorgt an. »Wird es dir auch nicht zu viel, Julius?«

Selbst wenn dem so wäre, würde er verneinen. »Ich bin diese Art von Arbeit vielleicht nicht gewohnt, aber ich komme schon zurecht.« Er ließ sich auch nicht anmerken, dass ihm jeder Muskel im Leib wehtat und sein Bein heute ganz besonders schmerzte. »Gleich morgen werde ich nach Lübeck fahren, es sei denn, du brauchst mich hier.«

Sie stellte eine Flasche Rum ins Regal und rückte die Flaschen daneben zurecht. »Es wird schon gehen. Ich sehne mich nach unserer kleinen Greta. Ich kann es kaum erwarten, sie hierzuhaben.«

• • •

In der Nacht konnte Leonore nicht schlafen, sie fühlte sich hellwach und voller Tatendrang.

Beim Abendessen hatten Julius und sie Zukunftspläne gemacht. »Wir werden uns ein hübsches Haus suchen mit einem Garten, in dem Greta spielen kann«, hatte er gemeint.

»Und keine Gouvernante. Ich möchte Greta selbst erziehen.«

»Du kannst dich nicht zweiteilen, Nora. Was ist mit dem Laden?«

»Ich werde sie einfach mitnehmen. Ich selbst habe auch schon als kleines Mädchen im Laden gestanden und mir vorgestellt, wie es sein wird, wenn ich später die Kundschaft bedienen und die Regale einräumen darf. Ich kann sie beaufsichtigen *und* mich um den Laden kümmern.«

»Bist du sicher?«

»Ich schaffe das«, hatte sie zuversichtlich erwidert. »Und wenn Vater sich wieder erholt hat – und das wird er, dafür werde ich sorgen –, kümmern wir uns gemeinsam um den Laden. Aber du brauchst ein Atelier, Julius.«

»Wenn du es schaffst, dich um unsere Tochter und um den Laden zu kümmern, werde ich es auch schaffen, dir zu helfen *und* als Künstler zu arbeiten. Weißt du eigentlich, dass du der geborene Kaufmann bist? Die Kunden würden dir wohl auch Knöpfe ohne Löcher und wurmstichige Äpfel abkaufen, solange du sie dabei so hinreißend anlächelst und ihnen weismachst, dass Knöpfe ohne Löcher gerade der letzte Schrei sind.«

Diese Bemerkung hatte Leonore darauf gebracht, kleine Körbchen und Schachteln mit Sonderangeboten auf den Tresen zu stellen. Die Kunden sollten in Versuchung geführt werden und zum Beispiel kunterbunte Holzknöpfe kaufen, obwohl sie normalerweise nur graue oder weiße nahmen.

Es würde nicht leicht werden, eine gute Mutter zu sein und zugleich den Laden zu führen, aber Leonore war fest entschlossen, es hinzubekommen. Es war, als schlügen zwei Herzen in ihrer Brust: eins als Leonore Grieve, die schon als kleines Mädchen mit Leidenschaft im Laden gestanden und davon geträumt hatte, ihn eines Tages führen zu dürfen, und ein weiteres als Leonore Konradi, die eine kleine Tochter hatte, die ihre Fürsorge und Aufmerksamkeit brauchte, und einen Mann, den sie dabei unterstützen wollte, auch weiterhin als Künstler tätig sein zu können.

29.

Lübeck, zwei Tage später

Die Dienstboten hatten begonnen, Julius' Atelier auszuräumen und seine Utensilien zusammenzupacken. »Geben Sie besonders auf die Bilder acht. Sie müssen doppelt, am besten sogar dreifach eingewickelt werden«, wies Julius sie an.

Die letzte Auftragsarbeit hatte er am Tag zuvor fertiggestellt, der Kunde hatte die Skulptur vor wenigen Stunden bezahlt und abgeholt.

Julius nahm seinen Stock und ging nach unten in den Salon, wo er nicht nur auf seine Mutter, sondern auch auf seinen Vater stieß. »Setz dich zu uns, Julius.«

Er nahm im Sessel am Fenster Platz.

Sein Vater zündete sich eine Pfeife an. »Das hier ist dein Elternhaus, Julius, hier gehörst du her, nicht in einen Kolonialwarenladen. Du willst doch nicht alles für eine Frau aufgeben, die nicht weiß, wo ihr Platz ist.«

»Nora weiß, wo ihr Platz ist, Vater«, entgegnete er ruhig. »Sie hat sich hier nie wohlgefühlt. Ihr habt ja auch alles dafür getan, damit das so ist, nicht wahr? Kaum ein freundliches Wort, stattdessen verächtliche, vorwurfsvolle Blicke.

Dachtet ihr wirklich, ich würde nicht bemerken, wie unglücklich und traurig sie war?«

»Sie hat nicht hierhergepasst, Junge.«

»Aber sie passt zu *mir*, Vater. Sie kann ihren Vater und den Laden nicht im Stich lassen, und ich werde sie nicht im Stich lassen.«

Seine Mutter schluchzte – natürlich –, und er versuchte erst gar nicht, sie zu beruhigen. »Aber das kannst du uns doch nicht antun, Julius, hast du denn gar kein Herz? Und was ist mit der kleinen Greta? Soll sie etwa in einer winzigen Wohnung über einem Kolonialwarenladen groß werden?«

»Die Wohnung ist nicht winzig, Mutter«, erwiderte er. »Zwei Kinder sind in dieser Wohnung aufgewachsen. Außerdem werde ich für meine kleine Familie ein eigenes Haus suchen.«

»Ich werde dich enterben, wenn du nicht zur Vernunft kommst«, drohte sein Vater.

»Damit habe ich gerechnet. Mein Entschluss steht fest.« Julius stand auf und verließ den Salon, obwohl sein Vater polterte, er solle sofort zurückkommen und sich anhören, was er noch zu sagen habe.

Die Dienstboten waren gerade damit beschäftigt, die Kisten und Wäschekorbe in die Droschke zu schleppen, die vor dem Haus wartete. Soeben wurden seine Mal- und Zeichenutensilien nach unten getragen.

Mein bisheriges Leben in Kisten verpackt, dachte Julius, als Anna an ihm vorbeieilte.

Seine Schwägerin kam die Marmortreppe herunter. »Wirst du noch heute nach Hamburg zurückfahren, Julius?«

Er nickte.

»Würdest du Leonore einen Brief von mir mitgeben?«

»Natürlich. Sie wird sich freuen, Isabel.«

»Könnt ihr noch ein Dienstmädchen gebrauchen?« Sie war näher getreten und hatte die Stimme gesenkt. »Agnes hat mich gebeten, dich zu fragen.«

»Zurzeit kann ich mir keine Dienstboten leisten, aber sobald sich das ändert, werde ich es sie wissen lassen.«

»Dann werde ich ihr das so ausrichten.« Isabel legte die Hand auf seinen Arm. »Ich wünsche euch alles Gute, Julius.«

»Danke, Isabel, das wünsche ich euch auch.«

Isabel schüttelte nachsichtig lächelnd den Kopf, als ihr kleiner Sohn an ihnen vorbeistürmte. Fräulein Sandner folgte ihm schimpfend und mit erhitztem Gesicht.

»Ich setze mich noch ein Weilchen in den Garten«, sagte Julius. »Für Muße wird mir in Zukunft wohl die Zeit fehlen.«

Außerdem wollte er sich noch von seinem Bruder verabschieden, der einen Kundenbesuch machte.

Er war im Pavillon eingedöst und schreckte hoch, als sein Bruder in den Garten kam. »Hier bist du.« Oskar setzte sich ihm gegenüber. »Ein herrlicher Platz. Ich halte mich viel zu selten hier auf.«

»Die Arbeit geht immer vor, nicht wahr?«

»Ich möchte Vater erleben, wenn ich mich tagsüber in den Garten setzte, statt mich um die Geschäfte zu kümmern.«

Julius wollte etwas erwidern, aber Oskar winkte ab. »Ich

ahne, was du sagen willst. ›Du warst schon immer ein braver Sohn, Oskar.‹ Das wolltest du doch sagen, oder etwa nicht?«

»Etwas in der Art, ja.«

»Eure Sachen sind gepackt. Die Droschke wartet.«

Julius nickte. »Dann werde ich mich mal auf den Weg machen.«

»Fühlst du dich wohl in Hamburg?«

»Ja, und bevor du weiterfragst: Ich werde zurechtkommen, Oskar.«

»Daran zweifele ich keinen Augenblick.« Sein Bruder erhob sich, und auch Julius stand auf und nahm seinen Stock. »Gib auf dich acht, Bruderherz.«

»Und du auf dich. Und auf deine Frau und deinen Sohn.«

»Isabel ist wieder guter Hoffnung«, verriet Oskar ihm.

»Dann gratuliere ich.« Julius umarmte seinen Bruder ein wenig befangen. Es war bisher nicht oft vorgekommen, dass sie sich umarmt hatten.

Steifbeinig ging er zurück in die Villa, wo seine Eltern und seine Schwester in der Diele auf ihn warteten. Seine Mutter hatte ein zerknülltes Spitzentaschentuch in der Hand, das sie sich nun an die Augen presste. »Mein Junge.« Sie schluchzte.

Julius legte kurz den Arm um ihre Schultern. »Auf Wiedersehen, Mutter.« Er nickte seinem Vater zu und reichte ihm die Hand. »Vater.«

Seine Schwester vergoss nicht eine Träne. »Du wirst bald wieder hier sein«, meinte sie.

Julius ging nicht darauf ein. »Pass auf dich auf, kleine Schwester.«

Er ließ sich von Anna in den Gehrock helfen und nahm seinen Hut von der Garderobe.

Agnes kam aus dem Salon, einen Weidenkorb im Arm, in dem seine kleine Tochter schlummerte. Er warf einen Blick hinein und lächelte beglückt. Vielleicht würde sie bis Hamburg weiterschlafen und die Augen erst wieder öffnen, wenn ihre Mutter sie anschaute.

»Ich bringe Ihnen den Korb zur Droschke, gnädiger Herr.«

»Danke, Agnes.« Er folgte ihr langsam.

Als er durch den blühenden Vorgarten ging, hörte er die Kutschpferde schnauben und lächelte abermals. Ein neues Leben wartete auf ihn.

30.

Hamburg, Ende August 1902

Anfang des Monats hatte Leonores Vater die Kur in Timmendorf angetreten. Das war nun gut drei Wochen her.

An einem Donnerstagmorgen stand Leonore hinter dem Tresen und bediente gerade Frau Denger, eine Stammkundin, als eine Droschke vor dem Haus hielt und ihr Vater ausstieg. »Ich sehe, mein Vater ist aus der Kur zurück.«

Frau Denger drehte sich um und schaute aus der großen Glasscheibe der Tür. »Und er sieht erholt aus, nicht wahr, Fräulein Grieve? Oh, ich bitte um Verzeihung, Frau Konradi. Es ist die Macht der Gewohnheit.«

»Schon gut, Frau Denger. Was darf es sonst noch sein? Haben Sie sich unsere Sonderangebote angesehen? Da ist doch sicher etwas für Sie dabei. Wissen Sie was, Sie schauen ganz in Ruhe, und ich begrüße derweil meinen Vater und bin ihm beim Gepäck behilflich.«

Leonore lief aus der Tür und blieb neben der Droschke stehen. Eins der beiden Pferde warf den Kopf zurück und wieherte. »Du bist aber ein hübscher Bursche.« Sie strich vorsichtig über seine Mähne. Sie mochte Pferde, hatte aber großen Respekt, vielleicht sogar ein wenig Angst vor ihnen.

»Der hübsche Bursche ist eine Stute. Fräulein Grieve.« Der Kutscher lupfte seinen Zylinder und schüttelte dann den Kopf. »Frau Konradi. Ich bitte vielmals um Entschuldigung.«

»Die Macht der Gewohnheit, ich weiß, Johann.« Sie schmunzelte. Sie kannte ihn seit vielen Jahren, er hatte schon auf dem Kutschbock gesessen, als sie noch klein gewesen war.

Sie nahm die Reisetasche ihres Vaters, auch wenn dieser lautstark protestierte, dass er sehr wohl in der Lage sei, sein Gepäck selbst zu tragen. »Wie war die Reise, Vater?«

»Anstrengend. Das Ruckeln kann einen wahnsinnig machen.« Er drückte dem Kutscher einen Geldschein in die Hand und ging vor Leonore her zur Ladentür. »Bist du zurechtgekommen?«

»Natürlich, Vater.«

Frau Denger hatte Glycerinseife, Rasierseife und -klingen sowie mehr als ein Dutzend Knöpfe aus den Schachteln genommen und vor sich ausgebreitet. »Ich konnte nicht widerstehen, Frau Konradi, obwohl ich eigentlich gar keine Knöpfe und Rasierklingen brauche.«

»Aber irgendwann benötigen Sie sie.«

»Ganz richtig. Eine tüchtige, vorausschauende Tochter haben Sie, Herr Grieve. Und? Wie war die Kur?« Sie begutachtete Leonores Vater eingehend und kam ganz offensichtlich zu dem Schluss, dass er sich erholt hatte, denn sie nickte.

»Ich bin froh, wieder hier zu sein.« Er blickte sich im Laden um. »Hier hat sich ja einiges verändert.«

Leonore kassierte das Geld und legte es in die Kasse. Dann wünschte sie Frau Denger noch einen schönen Tag und wandte sich anschließend ihrem Vater zu. »Hast du dich gut erholt?«

»Wie soll man sich erholen, wenn ständig jemand hinter einem herumscharwenzelt?«

»Du hast dir aber nicht etwa einen Kurschatten angelacht?« Sie hatte einen Scherz machen wollen, bereute es aber sogleich.

»Kurschatten«, brummte er. »Tägliche Anwendungen, lange Spaziergänge und abends früh zu Bett. Wie soll man da Zeit für einen Kurschatten haben?« Doch er grinste und trat näher, um einen Blick in eins der Körbchen neben der Kasse zu werfen. Zu ihrer Überraschung schwieg er.

»Die Einnahmen haben sich an manchen Tagen fast verdoppelt«, erzählte sie ihm nicht ohne Stolz.

Er schlenderte an einem der Regale entlang. »Umgeräumt hast du auch.«

»Ich finde, die Gewürze und Öle kommen so besser zur Geltung.«

Er nickte, und sie wusste nicht, ob es eine Zustimmung war oder ob er sich ihre Worte durch den Kopf gehen ließ.

»Möchtest du dich erst einmal ausruhen, Vater?«

»Ausruhen?« Er schaute sie fassungslos an. »Ich habe beinah drei Wochen lang nichts anderes getan als auszuruhen. Ich bin ganz versessen darauf, wieder anpacken zu können.«

Sie musste lachen. Das verstand sie durchaus. Und es zeigte, dass er sich in der Tat erholt hatte.

»Danke, dass du dich um alles gekümmert hast, Nora. Und wie mir scheint, hast du das wirklich gut gemacht.«

Sie freute sich über sein unerwartetes Lob.

»Ich hatte eine Menge Zeit, nachzudenken.« Er druckste ein wenig herum und kratzte sich den Bart. »Und ich habe mir etwas überlegt, was ich später gerne mit dir besprechen würde.« Er räusperte sich. »Mit dir und deinem Mann.« Wieder ein Räuspern. »Und jetzt möchte ich ins Kontor gehen und mir die Bücher ansehen.«

Sie hatte damit gerechnet, dass er das Kassen- und auch das Rechnungsbuch sehen wollte. Beide lagen auf dem Schreibtisch bereit, und ihr Vater sank mit einem wohligen Seufzen auf seinen altvertrauten Stuhl.

»Hier sieht alles aus wie vorher. Ich hatte schon befürchtet, dass du auch noch den Schreibtisch und den Aktenschrank umstellst.«

Er schlug das Kassenbuch auf und überflog die Zahlen. »Ich sehe, die Geschäfte waren wirklich gut. Sehr gut.« Er hob den Kopf, um sie anzusehen. »Ich bin stolz auf dich.«

»Danke, Vater«, sagte sie und fragte sich, ob er während der Kur auch über sich selbst nachgedacht hatte.

Das hatte er ganz offenbar, denn nach dem Abendessen, das erstaunlich harmonisch verlaufen war, wischte er sich den Mund an der Serviette ab und sah Leonore an. »Wirst du, werdet ihr nach Lübeck zurückkehren?«

Sie schüttelte den Kopf und stellte verblüfft fest, dass ein flüchtiges Lächeln über sein Gesicht huschte. War er froh, erleichtert gar? »Ich kann dich nicht mit dem Laden alleinlassen, Vater. Wir werden bleiben. Vorübergehend wohnen wir hier und schauen uns nach einem Haus um.«

Ihr Vater schwieg einen Moment, vielleicht um sich das, was er sagen wollte, gut zurechtzulegen. »Ich glaube, es ist sinnvoll, wenn ich etwas kürzertrete.« Er warf ihr einen Blick zu, den sie nicht recht deuten konnte. »Ich möchte dir nicht noch mehr Kummer bereiten, Nora. Ich habe nicht vor, meine Gesundheit aufs Spiel zu setzen. Jetzt, wo ich weiß, dass ihr beide hierbleiben werdet ...« Er sprach vorerst nicht weiter, sondern faltete seine Serviette zusammen und wieder auseinander. »Was ich damit sagen will, ist ... Ich möchte, dass du meine Nachfolgerin wirst.«

Leonore ließ ihren Löffel auf den Teller fallen. »Vater!«

»Das wolltest du doch immer, oder etwa nicht?«

»Doch, aber ich dachte ...«

»Dass ich es nicht will, ich weiß. Wie gesagt, ich habe viel Zeit gehabt, nachzudenken.«

»Danke, Vater«, stammelte sie. Mehr brachte sie nicht heraus.

Julius suchte ihren Blick und lächelte, während ihr Vater aufstand und eine Flasche Korn aus dem Schrank holte. »Darauf sollten wir anstoßen.«

Nach ihrem Gespräch war ihr Vater in die Stube gegangen, wo seine Enkelin im Weidenkörbchen lag und schlief. Er hatte sich davorgestellt und sie minutenlang angeschaut. Und dann hatte er leise gesagt: »Ich wünschte, deine Mutter hätte das noch erlebt.«

Leonore war nicht sicher, ob er damit Gretas Geburt

meinte oder die Tatsache, dass er seine Tochter zur Nachfolgerin erklärt hatte.

31.

Hamburg, eine Woche später

Leonore litt unter der lähmenden Hitze des späten Sommers, die sich seit ein paar Wochen wie eine Glocke über die Stadt senkte. Die Ladentür hatte sie am Tag weit geöffnet, und immer, wenn kein Kunde im Laden war, ging sie vors Haus und fächelte sich Luft zu. Alle hofften auf ein Gewitter, das Abkühlung und den lang ersehnten Regen bringen würde.

Leonore verließ erneut den Laden und ging ein paar Schritte, um sich die Beine zu vertreten, die von der Hitze angeschwollen waren.

Als sie kehrtmachte und das große Schild über dem Laden sah, lächelte sie, wie immer, wenn sie es betrachtete.

Grieve & Konradi Kolonialwaren stand in dunkelgrünen, mit Gold umrandeten Buchstaben darauf.

Ich wünschte, du könntest es sehen, Carl, dachte sie in diesem Moment. Vor ein paar Tagen war ein Brief von ihm gekommen, er und Mathias waren heil in New York angekommen.

Noch während Leonore ihren Gedanken nachhing, kam ihr Vater aus dem Kontor. »Ein Wetter ist das heute«, stöhnte er und stellte sich neben sie.

Eine Droschke kam die Straße entlang und hielt vor dem Laden.

Leonore hatte Wilhelm bereits erkannt. Sie ging hin und bot ihm eine Erfrischung an, die er dankend ablehnte. »Dann vielleicht ein Eimer Wasser für die armen Pferde?«

»Da sage ich nicht nein.« Er nahm seinen Zylinder ab und stellte ihn neben sich auf den Sitz.

Leonore lief in den Laden und bat Julius, der gerade aus dem Kontor kam, um einen Eimer Wasser. Dann ging sie zurück zu Wilhelm, der ihr ein Kuvert reichte. »Eine Nachricht von Frau Schmitt für Sie, Frau Konradi.«

Ich habe Sofie schrecklich vernachlässigt, dachte Leonore schuldbewusst.

»Ich bin untröstlich.« Sie seufzte. »Sofie wird mich für eine treulose Seele halten.« Sie öffnete das Kuvert, überflog die wenigen Zeilen und lächelte. »Richten Sie ihr meine herzlichsten Grüße aus, Wilhelm, und sagen Sie ihr meinen besten Dank.«

»Das werde ich gewiss tun, Frau Konradi.«

Julius kam mit dem Wasser und stellte den Eimer vor die Pferde. Sofort begannen sie zu saufen.

»Eine Nachricht von Sofie«, erzählte Leonore ihm mit einem Strahlen.

»Und offenbar eine gute.«

»Eine sehr gute.«

Wilhelm setzte seinen Zylinder wieder auf, nickte ihnen zu und schnalzte mit der Zunge, sodass die Pferde sich gemütlich in Bewegung setzten.

»Sie weiß ein Haus für uns, Julius.«

»Das sind in der Tat gute Nachrichten.«

»Ein Haus?«, fragte ihr Vater gleichzeitig.

Sie las ihnen Sofies Zeilen vor.

Liebe Leonore,

Freunde von uns besitzen ein Sommerhaus in Borgfelde. Ein sehr hübsches kleines Haus, das sie viel zu wenig nutzen und nun in gute Hände geben wollen. Da habe ich sofort an Sie und Julius gedacht. Es hat einen zauberhaften Garten, Sie werden ihn lieben!

Es grüßt Sie herzlich
Ihre Sofie

»In Borgfelde.« Ihr Vater nickte. »Von dort aus hättest du es nicht weit bis hierher.«

»Daran habe ich auch bereits gedacht.« Sie hatte befürchtet, dass er anders reagieren würde.

»Wir könnten es uns morgen Abend anschauen«, schlug Julius vor.

Leonore nickte. »Und heute Abend machen wir einen Ausflug zum Köhlbrand. Carl und ich waren früher manchmal mit den Eltern dort.« Sie schluckte in Erinnerung an die alten Zeiten.

Ihr Vater brummte etwas und ging zurück in den Laden, und sie blickte ihm nachdenklich hinterher. Vielleicht hatte auch er gerade an früher denken müssen.

• • •

Auf dem Köhlbrand wimmelte es von Menschen, und das fröhliche Lachen, Schwatzen und Kreischen der Kinder war schon von Weitem zu hören. Als sie näher kamen, sahen sie die Kleinen im Wasser spielen und sich gegenseitig nass spritzen.

Leonore lächelte versonnen und packte den Picknickkorb aus, den sie mitgebracht hatten. »Wenn Greta laufen kann, kommen wir wieder hierher und zeigen ihr, wie viel Freude es macht, im Wasser herumzutollen.«

Sie erinnerte sich vage daran, wie sie und Carl seinerzeit fröhlich und übermütig durchs Elbwasser gerannt waren. Ihre Mutter hatte sie ermahnt, nicht auszurutschen, während ihr Vater darauf geachtet hatte, dass ihnen das Wasser höchstens bis zum Knie reichte.

Julius brach ein kleines Stück vom Brot ab und steckte es sich in den Mund. »Ich habe immer Angst vor Wasser gehabt.«

»Ich auch«, gab Leonore zu. »Mit einem Schiff nach Amerika zu fahren, kann ich mir beim besten Willen nicht vorstellen.«

»Du solltest deinem Vater sagen, wo Carl ist.«

Sie seufzte. »Ich weiß, aber ich befürchte, dass es ihn noch zu sehr aufregen wird. Ich werde es ihm sagen. Irgendwann.«

»Ob er noch immer meint, dass dein Bruder eines Tages wieder vor der Tür stehen wird?«

»Nein. Das glaube ich nicht. Hätte er mich sonst zu seiner Nachfolgerin gemacht?«

Julius streckte die Beine aus und grub seine Fersen in den noch immer warmen Sand. »Du hast recht.«

»Darf ich dich etwas fragen, Julius?«

»Natürlich, du bist meine Frau.«

Sie musste lachen. »Fehlt dir deine Familie?«

»Du und Greta, ihr seid meine Familie.« Er warf einen Blick auf seine Tochter, die in Leonores Arm lag und schlief.

»Und deine Eltern und deine Geschwister?«

»Wenn ich ehrlich bin, dann denke ich kaum an sie.«

»Vermisst du dein altes Leben gar nicht?«

»Nein.« Er lächelte. »Weil ich mich hier wohlfühle, Nora.«

»Aber du brauchst wieder ein Atelier.«

Jetzt nickte er. »Ja, die Arbeit vermisse ich schon.«

»In unserem Haus könntest du dir ein Atelier einrichten.«

Er sah sie amüsiert an. »Du hast es noch nicht einmal gesehen und bist schon dabei, die Zimmer aufzuteilen.«

Sofie hatte recht, der Garten des Hauses war zauberhaft.

Es gab zwei knorrige Apfelbäume und einen Kirschbaum, außerdem Johannis- und Stachelbeersträucher. Vor dem Haus standen Hortensien und ein Magnolienbaum, und im hinteren Garten waren ein halbes Dutzend Rosenstöcke, die nur beschnitten werden mussten. Wie wunderschön es hier im nächsten Frühjahr aussehen würde, konnte

Leonore schon jetzt erahnen. Sie und Julius standen in der Küche und schauten aus dem Fenster.

Die Räume waren gut geschnitten und strahlten eine wohlige Behaglichkeit aus, und eine hübsche, frisch lackierte weiße Treppe führte ins obere Geschoss, wo sich die Schlafzimmer befanden.

»Ich mag das Haus«, sagte Leonore leise.

»Ich auch.«

»Ein Haus ganz für uns allein.«

»Ich würde gern noch etwas mit dir besprechen, Nora.« Er schaute weiterhin aus dem Fenster. »Ich möchte, dass wir eine Haushälterin einstellen.«

»Können wir uns das denn leisten?«

»Es wird schon gehen.«

»Aber keine Gouvernante, Julius.«

Er schmunzelte. »Nein, keine Gouvernante. Ich dachte eher an eine freundliche, ältere Dame, die sich nebenher auch ein bisschen um unsere Tochter kümmern kann.«

»Du meinst, jemanden wie Fräulein Kilian.« Er hatte ihr von seiner Gouvernante erzählt, einer warmherzigen, unendlich geduldigen Frau, die Leckereien aus der Küche stibitzt hatte, um ihn zu trösten, wenn er beim Spielen hingefallen war.

Er sah sie verwundert an. »Daran erinnerst du dich noch?«

»Du hast so nett von ihr gesprochen.« Leonore lehnte den Kopf an seine Schulter. »Einverstanden. Etwas Unterstützung kann sicher nicht schaden.«

• • •

Als Leonore am folgenden Morgen in den Laden kam, saß ihr Vater bereits am Schreibtisch. »Gut geschlafen?«, fragte sie ihn.

»Wie ein Stein.«

Sie beschloss, es ihm jetzt gleich zu sagen. »Uns gefällt das Haus in Borgfelde, Vater.«

Er nickte. »Und wann werdet ihr einziehen?«

»Sobald wir alles gepackt haben. Das Haus steht bereits leer. Ich habe mir überlegt, im kommenden Frühjahr nach Lübeck zur Marzipanmanufaktur zu fahren. Julius kennt den Inhaber. Ich finde, wir sollten Marzipan anbieten. Ich hoffe, dass ich gute Konditionen für einen Liefervertrag aushandeln kann.«

»Marzipan?« Er nickte. »Ja, warum nicht? Die Kundinnen werden es mögen.«

»Als ob nur Frauen sich etwas aus Naschzeug machen.« Sie musste lachen.

»Ist das denn nicht so?« Er grinste verschmitzt.

»Danke, Vater.«

»Wofür bedankst du dich?«

»Dafür, dass du es mir leicht machst.«

»Du wirst meine Nachfolge antreten, ich wäre ein Narr, wenn ich es dir schwer machen würde.«

Wieder musste sie an ihren Bruder denken, und wieder überkam sie das schlechte Gewissen, dass sie ihrem Vater noch nicht die Wahrheit gesagt hatte. Irgendwann musste es sein.

32.

Hamburg im Dezember 1902

Am Tag nach dem ersten Advent kam Elis mit ihrem kleinen Sohn Wilhelm in den Laden. Sie war wieder schwanger und sah aus wie das blühende Leben. Interessiert ging sie zu dem Regal mit den Seifen und nahm nacheinander ein paar in die Hand, um daran zu riechen. »Früher hattet ihr nie so hübsche, herrlich duftende Seifen. Ah, und ich sehe, ihr habt auch Transparentseife. Davon nehme ich zwei Stück. Und eine Rasierseife, bitte. Ach, und natürlich eine von denen, die nach Veilchen duften.« Sie ging weiter. »Fritz braucht einen neuen Hammer. Und Nägel in verschiedenen Größen.«

Während sie die verschiedenen Dinge aufzählte, suchte Leonore alles zusammen und legte es auf den Tresen.

Elis seufzte. »Und eine Tafel Schokolade. Ich habe ständig Appetit auf etwas Süßes.«

Leonore lachte. »Das kenne ich gut.«

Ihre Freundin griff über den Tresen nach ihren Händen. »Ich bin nicht nur hier, um einzukaufen, Nora. Ich wollte mich von dir verabschieden. Wir werden nach Bremen ziehen. Fritz hat dort ein kleines Haus geerbt. Versprich mir, dass wir uns nicht aus den Augen verlieren.«

»Ich verspreche es.« Leonore hatte ein ungutes Gefühl, ein Versprechen gegeben zu haben, das sie möglicherweise nicht würde halten können. Freundschaften konnten auseinandergehen. Hieß es nicht »Aus den Augen, aus dem Sinn«?

Weil sie das Weihnachtsfest gern in ihrem neuen Haus verbringen wollten, hatten Julius und Leonore im Advent viele Stunden damit zugebracht, es wohnlich herzurichten und ihre Habseligkeiten hinüberzuschaffen.

In der ersten Nacht lag Leonore wach. Die Geräusche im Haus waren noch ungewohnt. Zuweilen hörte es sich an, als würde im Raum nebenan jemand über den Dielenboden gehen, und sie stand zweimal auf, um nachzusehen.

»Vielleicht spukt es hier«, flüsterte Julius, als sie nach dem zweiten Mal zurückkam. »Eine alte Dame mit Nachthaube und Kerze in der Hand, die ruhelos durch die Zimmer streift.«

»Julius!« Sie knuffte ihn.

Kurz darauf war er bereits wieder eingeschlafen, während Leonore weiterhin hellwach neben ihm lag. Am Tag zuvor hatten Oskar und Isabel die Geburtsanzeige ihres zweiten Sohnes geschickt.

Was wird uns das neue Jahr bringen?, fragte Leonore sich.

Sie verschränkte die Hände im Nacken.

Sie wünschte sich so sehr ein zweites Kind. Würde sie Julius einen Sohn schenken?

33.

Hamburg im Februar 1903

Am Sonntagmorgen war Leonore in aller Frühe aufgestanden und durch den Garten spaziert. Sie hatte die ersten Schneeglöckchen entdeckt und freute sich schon jetzt auf die Frühlingsblumen, die bald aus der Erde kommen würden.

Am gestrigen Tag hatte sich Gerlinde Wilhelm als zukünftige Haushälterin bei ihnen vorgestellt. Sie war unverheiratet und hatte sich viele Jahre um ihren kranken Vater gekümmert. Leonore hatte die vergnügt und tatkräftig wirkende Frau sofort ins Herz geschlossen und war zu dem Schluss gekommen, dass sie keine weiteren Anwärterinnen sehen musste. Am morgigen Tag würde Frau Wilhelm ihren Dienst antreten.

Während Leonore das Mittagessen vorbereitete, summte sie vor sich hin; ein Kinderlied, das sie ihrer Tochter vorzusingen pflegte. Sie musste an ihre Mutter denken und hielt kurz inne.

Ihre kleine Greta liebte es, wenn sie ihr vorsang, aber ihre Stimme war nicht halb so rein und hell wie die ihrer Mutter.

Julius kam herein und blickte ihr über die Schulter. »Das riecht gut. Was gibt es denn?«

Seit sie wieder selbst kochte, kam er häufig in die Küche und spähte in die Töpfe. Zu Hause in Lübeck hatte er das nicht gedurft, umso mehr Freude machte es ihm jetzt.

»Gedämpftes Rindfleisch mit Schmorbirnen.«

»Das klingt köstlich.«

»Kannst du dich noch ein bisschen gedulden?«

»Es wird mir wohl nichts anderes übrig bleiben. Nanu?« Er stutzte und ging zum Fenster. »Erwartest du einen Gast zum Essen?«

»Nein, das hätte ich dir gesagt.« Leonore legte den Deckel auf den Topf.

»Eine Droschke ist gekommen. Oh, ich sehe gerade, dein Vater steigt aus.«

»Mein Vater?«, fragte sie verwundert und stellte sich neben Julius.

Tatsächlich stand ihr Vater in seinem Sonntagsanzug an der Gartenpforte und betrachtete das Haus.

»Ich gehe und öffne ihm«, bot Julius an.

Leonore trocknete ihre Hände und band ihre Schürze ab. Ihr Vater war bisher noch nicht hier gewesen, daher freute sie sein Besuch nun umso mehr.

Wenig später stand er mit Julius in der Tür. »Ich hoffe, ich komme nicht ungelegen, Nora.«

»Aber nein, Vater. Ich freue mich, dass du da bist. Du bleibst doch hoffentlich zum Essen? Es gibt Rindfleisch mit Schmorbirnen.«

»Rindfleisch mit Schmorbirnen«, wiederholte er mit einem tiefen Seufzer. »Das habe ich eine Ewigkeit nicht mehr gegessen.«

Leonore nahm ihm Mantel und Hut ab und erkundigte sich, ob er auch seinen Stock wegstellen wolle.

»Nein, besser nicht. Ich bin heute etwas wacklig auf den Beinen.« Was sie daran erinnerte, dass sie ihn noch schonen musste. »Ein schönes Haus, Nora.«

Julius stand im Türrahmen. »Möchten Sie, dass wir Sie herumführen?«, fragte er ihren Vater.

»Das wäre schön. Zunächst mal aber möchte ich, dass du mich in Zukunft Schwiegervater nennst. Oder einfach nur Carl.«

Viele Räume hatte das kleine Haus nicht, und so waren sie mit der Führung recht schnell am Ende.

»Hast du nicht auch ein Atelier?«, fragte Leonores Vater seinen Schwiegersohn.

»Ja, würdest du es gern sehen?«, fragte Julius zurück. Er ging voran und öffnete die Tür.

Leonore folgte den beiden und dachte, wie sehr ihr Vater sich doch verändert hatte. Er war umgänglicher und besonnener geworden, und er gestattete ihr, hinsichtlich des Kolonialwarenladens selbstständig Entscheidungen zu treffen. Und er schien seinen Schwiegersohn ins Herz geschlossen zu haben.

Jetzt blieb er mitten im Raum stehen und schaute sich um. »Ich war noch nie in einem Atelier«, sagte er. »Und ich muss zugeben, dass ich nicht das Geringste von Kunst verstehe.«

»Das geht mir nicht anders, Vater.« Leonore zeigte auf ein Bild, das umgedreht an der Wand lehnte. Julius war immer noch nicht sicher, ob er es mochte oder am liebsten wieder übermalt hätte. »Dieses Bild zum Beispiel. Darf ich?«, fragte sie ihren Mann, der zögernd nickte, und sie drehte es um. »Ich mag es sehr gern, Julius dagegen ...« Sie zwinkerte ihm zu. »Ich fürchte, er würde es gern verbrennen.«

Ihr Vater war näher getreten und hatte den Kopf geneigt. Eine ganze Weile blieb er vor dem Bild stehen. Dann machte er »Hmm« und meinte schließlich, dass es ihm gefiel. »Es hat etwas Leichtes, Beschwingtes.«

Das Bild zeigte spielende Kinder auf dem Köhlbrand. In der Ferne saßen ihre Mütter und schauten aufs Wasser. Julius hielt es für melancholisch, umso verblüffter war er daher, dass sein Schwiegervater das genaue Gegenteil davon behauptete.

»Du findest es leicht und beschwingt?«, fragte er ungläubig.

Ihr Vater zuckte mit den Schultern. »Wie gesagt, ich verstehe nichts von Kunst. Aber das Bild gefällt mir.«

»Darf ich es dir schenken?«

»Ich weiß nicht, ob ich das annehmen kann.«

»Selbstverständlich kannst du, Vater«, sagte Leonore.

»Nun, dann ...« Er räusperte sich energisch. »Dann nehme ich es gerne. Vielen Dank, Julius.«

Es war das erste Mal, dass er ihn so nannte, und Leonore drehte sich rasch zur Seite. Sie war gerührt, und als sie die Fassung wiedererlangt hatte, verkündete sie fröhlich: »Dann will ich mich mal wieder um das Essen kümmern.«

34.

Hamburg im Mai 1903

Es schien ein prächtiger Frühlingstag zu werden. Julius war noch früher als üblich aufgestanden, hatte sich leise angezogen und war in den Garten hinuntergegangen.

Als kleiner Junge war er gern frühmorgens, wenn in der Villa noch alles still war, durch den Garten gestreift, hatte die frische, würzige Luft eingeatmet und sich vorgestellt, wie sein Leben wohl aussähe, wenn er erwachsen wäre.

Er hatte sich eine Familie gewünscht und ein Haus mit einem Atelier. Er hatte ein fürsorglicher Ehemann und Vater sein wollen.

Julius lächelte. All das hatte er nun. Und er las seiner Frau jeden Wunsch von den Augen ab. Sie träumte von einem Pavillon, und er wollte ihr diesen Wunsch erfüllen.

Er spazierte über das feuchte Gras und hielt Ausschau nach einem geeigneten Platz für den Pavillon. Am besten, er stünde dort, von wo aus sie den Sonnenuntergang sehen konnten.

Julius drehte sich um die eigene Achse, legte die Hand über die Augen und schaute in den Himmel hinauf.

Im Haus wurde ein Fenster geöffnet, und er drehte sich abermals um.

»Du bist früh auf.« Leonore stand am Schlafzimmerfenster und lächelte ihn an.

Bei ihrem Anblick überkam ihn ein wohliges, inzwischen vertrautes Kribbeln.

Kopfschüttelnd zeigte sie auf seine nackten Füße. »Du bist barfuß?«

»Komm herunter, und probiere es auch!«, rief er ihr zu.

»Ganz bestimmt nicht. Das Gras ist feucht.«

»Deshalb ja.«

»Kindskopf.« Aber sie lächelte.

»Hast du schon gepackt?«

»Ja, du weißt ja, das geht schnell bei mir.«

Sie verreiste nie mit viel Gepäck. »Ich habe nicht vor, mich dreimal am Tag umzuziehen«, pflegte sie zu sagen.

Heute wollte sie nach Lübeck zur Marzipanmanufaktur fahren und einen Liefervertrag aushandeln. Sie würde Greta mitnehmen und anschließend seinen Eltern einen Besuch abstatten.

Julius rechnete es ihr hoch an, dass sie über ihren Schatten sprang, damit seine Eltern ihre Enkelin sehen konnten.

Jetzt winkte Leonore ihm zu und schloss das Fenster.

Sein Blick wanderte ein Fenster weiter zu dem Zimmer, in dem er sich ein Atelier eingerichtet hatte. Es war herrlich, wieder malen und sich als Bildhauer betätigen zu können.

Julius wollte sich gerade abwenden und ins Haus zurückgehen, als die Tür aufging und Leonore herausgelaufen kam.

Und sie war barfuß.

• • •

Leonore hatte sich Johann Wulf zugegebenermaßen ein wenig anders vorgestellt. Sie hatte geglaubt, ein Mann, der ein Unternehmen führte, das eine süße Köstlichkeit herstellte, müsse ein Doppelkinn haben und einen gemütlichen Bauch vor sich hertragen. Stattdessen wurde sie von einem hageren älteren Herrn mit hohen Wangenknochen und schmalen Schultern begrüßt, der ihr freundlich die Hand schüttelte und sie in sein Büro bat.

»Bitte setzen Sie sich, Frau Konradi. Ah, ich sehe, Sie haben das Fräulein Tochter mitgebracht.« Er strich Greta übers Haar.

Während Leonore Platz nahm, zog sie ihre Handschuhe aus und setzte den Hut ab. »Ich hoffe, Sie haben nichts dagegen, wenn ich diesen verflixten Hut absetze. Die Nadeln pieken furchtbar.« Sie nahm ihre Tochter auf den Schoß. »Es stört Sie doch nicht, dass meine Tochter dabei ist?«

»Aber keineswegs, Frau Konradi. Ich habe leider keine Kinder und infolgedessen auch keine Enkelkinder, was ich sehr bedauere. Hatten Sie eine angenehme Reise?«

Sie nickte. »Es ist schön, bei so herrlichem Wetter zu reisen. Meiner kleinen Greta hat es auch gefallen.«

Sie plauderten ein wenig über Hamburg, eine Stadt, die Johann Wulf sehr schätzte und häufig besuchte, und anschließend erkundigte er sich nach Julius. »Ihr Mann ist ein talentierter Maler.« Er zeigte hinter sich. »Dieses Bild hat er mir vor zwei Jahren geschenkt, als ich die Manufaktur übernommen habe.«

Leonore hob den Kopf, um es genauer anschauen zu können. Auf dem Bild war ein Schiff zu sehen, das auf einem Fluss dümpelte. »Ich nehme an, es handelt sich um die Trave?«

Wulf nickte. »Ich mag seine Landschaftsbilder. Meine Frau schätzt ihn ebenfalls sehr. In unserem Haus hängen noch mehrere seiner Bilder.«

»Ich hoffe, dass er sich eines Tages wieder ganz seiner Berufung zuwenden kann. Er hat sie mir zuliebe hintangestellt.«

»Wie macht er sich als Kaufmann in Ihrem Laden?«

»Er kümmert sich meistens um die Lieferungen, die Kundschaft überlässt er mir.«

»Ich verstehe. Trinken Sie ein Gläschen Portwein mit mir, Frau Konradi?«

»Sehr gerne.«

Er schenkte ein und reichte ihr das Glas. »Auf Ihr Wohl.« Er trank einen Schluck und stellte das Glas ab. »Sie möchten also Marzipan für Ihren Laden einkaufen.«

Sie nickte. »Als kleines Mädchen schenkte mir eine Kundin einmal ein Stück, und sofort war es um mich geschehen.«

»Was halten Sie von einer kleinen Führung durch die Manufaktur?«

Wulf hatte Leonore herumgeführt, dabei viel erzählt und erklärt und sie schließlich einem Mann vorgestellt, der an einem glänzenden Trog stand, in dem sich die cremige Marzipanmasse befand. Es roch intensiv nach Mandeln und noch etwas anderem.

»Darf ich fragen, wonach es hier so duftet?«, fragte sie. »Und ich meine nicht die Mandeln.«

Der Mann zeigte auf eine braune Flasche. »Rosenwasser.«

»Richtig, Rosenwasser ist eine wichtige Zutat. Auch wenn es eher wie etwas klingt, in dem man baden sollte.«

»Allzu verschwenderisch sollte man nicht damit umgehen.«

»Es riecht himmlisch«, erwiderte Leonore mit einem Seufzen. Sie wies auf den Kessel zu ihrer Rechten, in der die weiße Masse gerührt wurde. »Möchten Sie nicht ständig Ihren Finger hineintauchen?«, fragte sie den Mann.

»Das vergeht, glauben Sie mir. Anfangs möchte man naschen, aber das lässt irgendwann nach.« Er nahm ein kleines Tütchen mit einem Stück Marzipan darin und reichte es Greta. »Für das junge Fräulein.«

Ihre Tochter schaute sie fragend an, und Leonore nickte.

»Manche Stücke, die aus der Produktion kommen, können nicht verkauft werden. Entweder sie sind zu klein oder zerbrochen.« Wulf deutete auf das Tütchen in Gretas Hand.

»Sind das die einzigen Mängel?«, fragte Leonore, der eine Idee kam.

Wulf nickte.

»Wäre es nicht möglich, diese Stücke zu einem besonders günstigen Preis anzubieten?«

»In Ihrem Laden, meinen Sie?« Er schmunzelte.

»Warum nicht?« Leonore nahm ihre Tochter, die zu quengeln begonnen hatte, wieder an der Hand.

»Lassen Sie uns in meinem Büro auch darüber sprechen, Frau Konradi«, schlug er vor. »Ich denke, Sie haben nun alles gesehen.«

Wulf hatte bereits einen Vertrag mit ausgesprochen guten Konditionen vorbereitet.

»Ich würde Ihnen auch das Marzipan abnehmen, das nicht in den normalen Verkauf gehen kann«, sagte Leonore, nachdem sie den Vertrag studiert hatte. »Vorausgesetzt, es handelt sich um eine überschaubare Menge. Ganze Waggonladungen werde ich natürlich kaum verkaufen können.«

Er lachte. »Ich finde Ihre Idee großartig, Frau Konradi.«

»Wirklich? Fein.« Sie setzte Greta auf dem Fußboden ab und gab ihr ihre Puppe zum Spielen, die sie vorsorglich eingepackt hatte.

»Sie verstehen es, Geschäftsfrau und Mutter zugleich zu sein«, meinte Wulf sichtlich beeindruckt, als er sah, wie vergnügt und zufrieden ihre Tochter zu spielen begann.

»Es war immer mein Wunsch, beides sein zu können.« Leonore lehnte sich zurück. »Was ist, wenn wir in einer bestimmten Zeit ungewöhnlich viel Marzipan verkaufen? Weil wir zum Beispiel besondere Werbung dafür machen?«

»Wenn Sie eine außergewöhnlich große Menge abnehmen, bekommen Sie einen besonderen Rabatt.«

»Und wenn die Ware schlecht wird, obwohl die Lagerbedingungen optimal sind? Weil möglicherweise irgendetwas in der Herstellung schiefgelaufen ist?«

»Was nicht geschehen sollte.«

»Aber es kann geschehen.«

»Dann dürfen Sie sie selbstverständlich zurückgeben und bekommen sie zu den verhandelten Konditionen ersetzt.«

»Wir bleiben also nicht auf der Ware sitzen?«

Wulf sah sie verblüfft an. »Natürlich nicht.«

»Nun, so natürlich ist das nicht«, erwiderte sie. »Ich erinnere mich an eine Lieferung Reis, in der sich ein scheußlicher Käfer samt Nachkommen eingenistet hatte.«

»Und?«, fragte er interessiert.

»Mein Vater musste sämtliche Reissäcke vernichten, weil man nicht wissen konnte, ob in einem der anderen Säcke ebenfalls Käfer waren.«

»Wir lassen unsere Kunden nicht auf solchen Schäden sitzen, Frau Konradi.« Wulf nahm den Vertrag, fügte etwas hinzu und reichte ihn ihr. »Lesen Sie sich alles in Ruhe durch, und wenn Sie einverstanden sind, unterzeichnen Sie.«

»Ich bin einverstanden.«

Er hob überrascht die Augenbrauen. »Sie haben bereits alles gelesen?«

»Ich kann auch lesen und sprechen gleichzeitig.«

Er lachte und gab ihr einen Stift. »Für das Bruchmarzipan, so nennen wir es, lasse ich einen gesonderten Vertrag aufsetzen. Ich freue mich auf die Zusammenarbeit, Frau Konradi.«

»Ich freue mich auch.« Leonore setzte ihre Unterschrift unter den Vertrag, steckte Gretas Püppchen in ihre Handtasche zurück und stand auf. »Komm, mein Schatz. Jetzt besuchen wir deine Großeltern.«

»Richten Sie den Konradis meine besten Grüße aus«, bat Wulf, und sie nickte.

Wenn sie doch nur schon wieder im Zug nach Hamburg gesessen hätten. Es graute ihr vor der Begegnung mit den Schwiegereltern.

»Vielen Dank für alles, Herr Wulf.«

»Ich danke Ihnen, Frau Konradi.« Er lächelte, als auch Greta ihm die Hand gab. »Ein entzückendes Kind und so gut erzogen.« Er begleitete sie zur Tür. »Grüßen Sie Ihren Mann recht herzlich, Frau Konradi.«

Als Leonore die Tür hinter sich geschlossen hatte, blieb sie kurz stehen und schloss die Augen. Sie hatte zum ersten Mal im Leben einen Vertrag ausgehandelt – sie war stolz auf sich.

Während sie das Gebäude verließen, überlegte Leonore, dass sie auch Gebäck mit Marzipan anbieten könnte.

»Wir könnten kleine Kuchen und Marzipantörtchen backen. Was meinst du, Schatz?«, fragte sie ihre Tochter.

Ihre Kundinnen würden es lieben, davon war sie überzeugt. Und deren Männer ebenfalls.

35.

Als die Droschke wenig später vor der Villa der Konradis hielt, blieb Leonore noch einen Augenblick sitzen.

Greta betrachtete neugierig das Haus mit den beiden kleinen Türmchen auf dem Dach.

»Du bist hier geboren, mein Liebling«, erzählte Leonore ihr. »Wollen wir jetzt aussteigen und deine Großeltern begrüßen?«

Der Kutscher reichte Leonore die Hand, und sie stieg mit Greta auf dem Arm aus. Sie gab dem Mann das Geld und richtete mit einer Hand Kleid und Hut.

Ach, es war überflüssig, für ihre Schwiegereltern wäre sie auch dann nicht richtig, wenn sie in edelster Seide kommen würde. Sie öffnete die Pforte und trat ein.

Greta schaute sich mit großen Augen um, zeigte hierhin und dorthin. Eine Amsel hüpfte über den Kiesweg, und das Mädchen jauchzte.

Normalerweise hätte Leonore ihr die Zeit gelassen, sich den Vogel genauer anzuschauen. Sie hätte ihr erklärt, dass es sich wahrscheinlich um eine Mutter handelte, die auf der Suche nach Würmern für ihre Kinder war, und Greta hätte staunend zugehört. Sie liebte Geschichten über Tiere, auch wenn sie vermutlich noch nicht die Hälfte davon verstand.

Langsam gingen sie auf die breite Eingangstür zu, und Leonore holte tief Luft, bevor sie den Türklopfer aus Messing betätigte.

Gleich darauf öffnete Anna die Tür und knickste. »Gnädige Frau.« Sie trat beiseite.

»Ich weiß, ich hätte meinen Besuch ankündigen sollen«, fühlte Leonore sich bemüßigt zu erklären. Gleichzeitig ärgerte sie sich über sich selbst. Anna war es herzlich egal, ob sie ihren Besuch angekündigt hatte oder nicht. Ob sie jemals lernen würde, wie man mit Dienstboten umzugehen hatte?

Vielleicht möchte ich es ja gar nicht lernen, dachte sie trotzig.

Anna nahm ihnen Mantel und Hut ab und bat sie in den Salon.

»Ich gebe der gnädigen Frau Bescheid, dass Sie da sind.«

Leonore ging mit ihrer Tochter auf dem Arm zum Fenster und schaute in den Garten hinaus. Die Pfingstrosen blühten herrlich. »Sieh nur, Greta, sind das nicht hübsche Blumen?«

Ihre Tochter nickte eifrig, und sie lächelte.

»Leonore!«

Sie drehte sich überrascht um, als sie Isabels Stimme hinter sich hörte. »Isabel. Wie schön, dich zu sehen.« Bevor sie darüber nachdenken konnte, hatte sie ihre Schwägerin umarmt.

Rasch ließ sie sie wieder los.

»Hattest du deinen Besuch angekündigt, und man hat nur vergessen, mir Bescheid zu sagen?«, fragte Isabel und streckte die Arme aus, um Greta auf den Arm zu nehmen, doch das Mädchen schüttelte den Kopf und schmiegte sich an seine Mutter. »Sie kennt mich nicht mehr.«

»Ich war in der Marzipanmanufaktur, um einen Vertrag auszuhandeln«, erzählte Leonore ihr. »Und ich dachte, es wäre schön, wenn Greta ihre Großeltern kennenlernte.« Sie verbesserte sich hastig. »Ich meine, wenn sie sie wiedersähe.«

»Ich freue mich, dass ihr gekommen seid, Leonore. Es ist trist hier ohne euch.«

Trist. Leonore musste schlucken. Ihre Schwägerin tat ihr leid.

»Wie geht es dir, Isabel? Und was machen eure Söhne?«

»Mir und unseren Söhnen geht es gut, danke. Friedrich ist ein Wildfang und Johannes ein kleiner Sonnenschein. Er weint nie und scheint immer zufrieden zu sein.«

Leonore lächelte. »Wie Greta.« Sie hatte ihre Tochter auf den Fußboden gesetzt und ihr ihr Püppchen in den Schoß gelegt.

»Ein bildhübsches kleines Mädchen.«

»Ob Anna vergessen hat zu berichten, dass ich hier bin?«

»Nein, sicher nicht. Unsere Schwiegermutter wird sich Zeit lassen. Wollen wir uns nicht setzen?«

Sie nahmen nebeneinander in zwei Sesseln Platz, die vor dem Fenster standen.

»Wie geht es Julius?«, erkundigte Isabel sich.

»Sehr gut. Er hilft mir im Laden, wo er kann.«

»Und seine Kunst?«

»Er hat sie hintangestellt, vorübergehend. In unserem

Haus hat er sich endlich wieder ein Atelier einrichten können. Wolltet ihr euch nicht auch ein eigenes Haus suchen?«

Ein verschmitztes Lächeln huschte über Isabels Gesicht. »Wir werden im kommenden Monat eins beziehen.«

»Das freut mich aber.«

»Es ist weit genug von der Villa entfernt«, fügte Isabel mit einem Zwinkern hinzu.

Die Tür ging auf, und Veronika kam herein, den Kopf erhoben, mit hochmütigem Gesichtsausdruck, wie Leonore sie kannte.

»Guten Tag. Wir sind nicht auf Ihren Besuch vorbereitet.«

»Tut mir leid«, begann Leonore und überlegte, noch etwas hinzuzufügen. Doch dann sagte sie sich, dass es überflüssig war. Und warum, verflixt noch eins, entschuldigte sie sich dafür, dass sie ihren Schwiegereltern die Enkelin brachte? War sie noch bei Trost? »Ich dachte, Ihre Eltern würden sich freuen, wenn sie ihr Enkelkind sähen. Wenn es aber zu viele Umstände macht, werde ich selbstverständlich gleich wieder gehen.« Sie stand auf und wollte Greta hochheben.

»Setzen Sie sich wieder«, hörte sie Veronikas herrische Stimme.

Genug ist genug, dachte Leonore. Veronika Konradi sollte nicht glauben, dass sie länger als Prellbock zur Verfügung stand. Aufrecht blieb sie stehen und hielt Veronikas Blick stand. »Denken Sie wirklich, dass Sie mir Befehle erteilen können, Fräulein Konradi?«

Veronika schnappte nach Luft, und Leonore sah, dass Isabel sich rasch zur Seite drehte. »Was erlauben Sie sich?«

»Ich erlaube mir, jetzt zu gehen.«

In diesem Moment kam Mathilda herein. Wie eine Königin rauschte sie in den Salon. »Was höre ich da gerade? Unsere Schwiegertochter möchte schon wieder gehen?«

»Sie ist so unverschämt zu mir gewesen, Mutter!«, schimpfte Veronika.

»Und du, Nika?«, fragte ihre Mutter mit zur Seite geneigtem Kopf. »Warst du freundlich zu ihr?«

»Nein, das war sie ganz und gar nicht.« Leonore ging zu ihrer Schwiegermutter. »Frau Konradi.« Sie reichte ihr die Hand.

Mathilda nahm sie und lächelte. »Ich freue mich, dass Sie gekommen sind, Leonore.« Ihr Blick huschte zu ihrer Enkelin.

Ein trauriger, sehnsüchtiger Blick.

»Ich war in Lübeck, um Marzipan einzukaufen, und dachte, Sie würden sich vielleicht freuen, Ihre Enkelin zu sehen.« Leonore sah Veronika an. »Aber ich fürchte, nicht jeder freut sich über mein Kommen.«

»Ich bitte Sie, Leonore, setzen Sie sich doch wieder.« Mathilda ging zu Greta, die noch immer mit ihrer Puppe spielte. »Was für ein entzückendes Kind.« Sie beugte sich zu ihrer Enkelin hinunter. »Sieh, wer hier ist, mein Liebling. Deine Großmutter.«

Greta hob den Kopf und schaute sie an.

Mathilda streckte die Hand nach ihr aus, doch Greta zog

einen Schmollmund und begann zu schluchzen. »Aber nicht doch, ich bin doch deine Großmutter.«

Leonore ging zu ihrer Tochter und nahm sie auf den Arm. »Nicht weinen, Schatz. Möchtest du nicht Guten Tag sagen?«

Greta drehte den Kopf weg, und Mathildas ausgestreckte Hand verharrte in der Luft. »Sie hat so viel Ähnlichkeit mit Julius«, flüsterte sie. Dann sah sie Leonore an. »Würdest du mir die Freude machen und zum Abendessen bleiben, Leonore?«

Georg Konradi hatte seine Enkelin angeschaut, flüchtig das Gesicht zu einem verkrampften Lächeln verzogen und sich anschließend wieder in sein Kontor begeben. Veronika hatte Leonore während des Essens keines Blickes gewürdigt. Nun, damit würde sie leben können.

Nach dem Essen waren sie und Isabel mit ihren Kindern in den Garten gegangen, wo Isabels älterer Sohn Friedrich ausgelassen herumtollte.

»Wollen wir uns in den Pavillon setzen?«, fragte Isabel, und Leonore nickte.

»Wo ist Fräulein Sandner?«, fragte sie ihre Schwägerin.

»Sie ist an der Influenza erkrankt.«

»Die Arme.«

»Veronika wird sich bald verloben«, erzählte Isabel ihr.

»Der Arme.«

Jetzt lachte ihre Schwägerin. »Ja, ich dachte etwas ganz Ähnliches, wenn ich ehrlich bin.«

»Wer ist es denn?«

»Der Sohn eines Geschäftspartners unseres Schwiegervaters.«

Leonore nickte. Das war zu erwarten gewesen. »Und Veronika? Ist sie glücklich über die Wahl?«

»Wenn nicht, lässt sie sich jedenfalls nichts anmerken.«

»Vielleicht tut ihr die Ehe gut«, meinte Leonore und lächelte, als Greta sich an ihrem Bein hochzog und versuchte, Isabels Sohn zu folgen, der an ihr vorbeigestürmt war.

»Wartet, Ritter Lanzelot!«, rief Leonore ihm nach.

Der Junge blieb stehen, das Holzschwert in seiner Hand. »Ich bin König Artus!«

»Oh, ich bitte vielmals um Verzeihung. Diese holde Maid möchte sich Euch gern anschließen.«

Er winkte herablassend mit der Hand. Der Junge schien sich bereits einiges abgeschaut zu haben.

Leonore lief mit ihrer Tochter auf dem Arm hinter ihm her. Greta quiekte vor Vergnügen, und Friedrich stieß ein triumphierendes Lachen aus, weil er schneller war. Leonore ließ ihm gerade so viel Vorsprung, dass sie ihn beim Laufen knapp an der Schulter berühren konnte.

Beide Kinder kreischten vor Lachen, während Leonore mittendrin bereits ganz außer Atem war.

Aus dem Augenwinkel sah sie, dass jemand in den Garten gekommen war: ihre Schwiegermutter.

Mathilda stand wie angewurzelt da und starrte sie an. Langsam kam sie näher und setzte sich schließlich zu Isabel.

Leonore ging zu den beiden hinüber, die kleine Greta auf der Hüfte, die noch immer jauchzte.

»Ein hinreißendes kleines Mädchen«, sagte Mathilda erneut.

»Sie macht uns viel Freude. Möchtest du zu deiner Großmutter auf den Schoß, Schatz?«

Als die Kleine eifrig nickte, streckte Mathilda die Arme nach ihr aus. »Ich wünschte, wir könnten sie häufiger sehen.« Sie strich dem Mädchen übers Haar. »Darf ich dich um etwas bitten, Leonore?«, fragte sie, nachdem sie eine Weile geschwiegen und ihre kleine Enkelin betrachtet hatte. »Wirst du dafür Sorge tragen, dass ich Greta aufwachsen sehen kann?«

Es war eine sehr direkte, unerwartete Frage. Eine Frage, die eine Antwort verdiente. »Das werde ich, Frau Konradi.«

»Mathilda.«

»Mathilda.«

Die beiden Frauen sahen sich in die Augen, und für einen Moment erkannte Leonore die Frau, die Mathilda einmal gewesen war und vielleicht sogar gern wieder sein würde, und sei es auch nur hin und wieder.

»Danke, Leonore.«

36.

Leonore und ihre Tochter übernachteten in einem der Gästezimmer. Beide schliefen ungewöhnlich lange, und als Leonore aufwachte, hörte sie eine Amsel im Baum singen. Sie musste an ihre erste Nacht hier in der Villa denken. Auch damals war sie vom Gesang einer Amsel erwacht. Sie setzte sich auf und betrachtete ihre Tochter, die noch immer schlief, den Daumen im Mund. Leise stand sie auf, machte sich frisch und zog sich an.

Sie bürstete ihr Haar, rollte es ein und steckte es zu einem Knoten zusammen.

Es klopfte, und auf ihr »Herein« trat Anna ein. »Guten Morgen, gnädige Frau. Brauchen Sie Hilfe beim Ankleiden oder Frisieren?«

»Das ist nicht nötig, danke, Anna.«

»Die gnädige Frau lässt fragen, wann Sie zu frühstücken gedenken?«

»Jetzt.« Leonore lächelte.

»Sehr wohl.« Anna knickste und verließ das Zimmer wieder.

Leonore weckte ihre Tochter, zog sie an und kämmte ihr

seidiges, lockiges Haar. Es hatte die gleiche Farbe wie das von Julius.

Anschließend schlug Leonore das Plumeau zurück und klopfte die Kissen auf, eine Arbeit, die normalerweise das Dienstmädchen verrichtete. Danach öffnete sie ein Fenster und atmete die kühle, frische Morgenluft ein. Ihr Magen knurrte, und sie musste lachen, als Greta sie verwundert anblickte.

»Komm, Schatz, ich glaube, es ist Zeit fürs Frühstück.«

Am Vormittag brachte Anna ihr Gepäck. »Die Droschke wartet, gnädige Frau.«

»Danke, Anna.«

Leonore klopfte an die Tür zum Kontor und trat ein. »Ich möchte mich verabschieden.«

Ihr Schwiegervater stand auf und reichte ihr die Hand. »Auf Wiedersehen. Meine besten Grüße an meinen Sohn.« Er setzte sich und widmete sich wieder seiner Arbeit.

Julius' Bruder, der an einem anderen Schreibtisch schräg gegenübersaß, hatte sich ebenfalls erhoben und schenkte ihr ein freundliches Lächeln.

Sie fragte sich, warum er hier zusammen mit seinem Vater in einem Raum saß und arbeitete. Die Villa verfügte über genügend Zimmer. Ob sein Vater ihn im Auge haben wollte?

»Es war schön, dich wiederzusehen, Oskar. Julius lässt dich herzlich grüßen.«

»Ganz meinerseits. Und bitte grüß Julius von mir.«

»Das werde ich tun.« Sie verließ das Kontor und ging

nach unten, wo Mathilda und Isabel in der Diele warteten. Veronika war nirgendwo zu sehen.

Leonore streckte die Hand aus. »Auf Wiedersehen, Mathilda.«

Ihre Schwiegermutter nahm ihre Hand und hielt sie einen Moment fest. »Besuch uns bald wieder.«

Leonore nickte und umarmte Isabel. »Auf Wiedersehen, liebe Schwägerin.«

»Ich bin für dich da, Leonore, solltest du mich brauchen«, raunte Isabel ihr ins Ohr.

Die beiden gaben sich frei, Leonore nahm ihre Tochter an die Hand und verließ mit ihr das Haus.

Als die Tür hinter ihnen zufiel, war Leonore unendlich erleichtert, auch wenn sie die traurigen Augen ihrer Schwiegermutter nicht so bald würde vergessen können.

Leonore war im Abteil eingenickt und träumte von Julius, der mit ihrem Vater stritt. Es ging um Marzipan. Sie hatte versucht zu vermitteln, so wie sie es früher immer zwischen Vater und Bruder getan hatte. Dennoch war der Streit schließlich eskaliert, und die beiden hatten begonnen, die Ladenregale auszuräumen und mit Seifen, Knöpfen und Garnrollen um sich zu werfen. Sie hatte dazwischengehen wollen, dann jedoch eine Flasche Portwein an den Kopf bekommen und war zu Boden gegangen.

Von einem dumpfen Schmerz hinter der Stirn schreckte sie hoch und schaute verwirrt aus dem Fenster. Bahnte sich Kopfweh an, oder lag es noch an der Flasche aus ihrem Traum? Das wäre höchst interessant.

Portwein! Sie könnten auch Portwein anbieten und vielleicht Sherry. Rum gab es bereits, aber sie wusste, dass Frauen gern süßlichere Spirituosen tranken.

»Und Schokolade«, sagte sie laut zu sich selbst. Schokolade aus den ostafrikanischen Kolonien.

»Schokolade?« Die ältere Dame, die ihr gegenübersaß, sah sie fragend an.

»Verzeihung. Ich habe nur laut gedacht.«

»Und von Schokolade geträumt. Aber wissen Sie was …« Die Frau öffnete ihre Handtasche und nahm eine kleine Schachtel heraus. »Kosten Sie hiervon.«

Leonore streckte die Hand danach aus, ohne zu wissen, worum es sich handelte. Essbar schien es in jedem Fall zu sein. »Was ist das?«

»Englische Biskuits.«

Leonore nahm eins der hellen, runden Küchlein, roch daran und brach es in der Mitte durch. Sie probierte eine Hälfte und gab Greta die andere. Der Geschmack war eine kleine Offenbarung. »Ein Biskuit, sagten Sie? Köstlich! Es ist nicht hart und mürbe wie ein Plätzchen, sondern weich und luftig. Oder was meinst du, Greta?«.

»Man isst sie in England bevorzugt zu Tee. Sie werden aufgeschnitten und mit Marmelade bestrichen. Damit kann ich gerade leider nicht dienen, aber ich hoffe, Sie mögen sie auch so.« Die alte Dame schmunzelte und deutete auf das kleine Mädchen. »Ihr scheint es jedenfalls zu schmecken.«

»Sie sind herrlich. Ich habe noch nie etwas Ähnliches gegessen«, sagte Leonore. »Woher haben Sie die Biskuits?«

»Ich backe sie selbst.«

Leonore beugte sich vor, jetzt hellwach. »Verraten Sie mir das Rezept?«

Die Frau schüttelte bedauernd den Kopf. »Mein Mann ist Engländer. Es ist ein altes Familienrezept, und er möchte nicht, dass ich es weitergebe.«

»Wie schade.« Leonore lehnte sich wieder zurück. »Ich führe einen Kolonialwarenladen in Hamburg und habe mir gerade vorgestellt, wie es wäre, diese köstlichen Küchlein anzubieten.«

Die Frau ihr gegenüber musterte sie einen Moment, dann streckte sie die Hand aus. »Wenn ich mich vorstellen darf: Irmgard Mackintosh.«

»Leonore Konradi.«

»Lassen Sie uns einen Handel abschließen, Frau Konradi. Ich hätte da eine Idee …«

37.

Hamburg im Dezember 1903

Am ersten Adventswochenende spazierten Leonore und Julius mit Greta die Katharinenstraße entlang. Sie wollten Leonores Vater mit einem Besuch überraschen. Es hatte zu schneien begonnen, und Greta versuchte, die Flocken mit der Zunge aufzufangen. Leonore war mit sich und der Welt zufrieden. Seitdem sie das Ladensortiment nach und nach erweitert hatte, hatten sie etliche Stammkunden dazugewonnen. Frau Mackintosh backte zweimal im Monat Biskuits und andere englische Mürbeplätzchen für sie. Die Kundschaft liebte das luftige, zarte Gebäck. Erst gestern wieder hatte Frau Degenhardt danach gefragt, aber es war bereits ausverkauft gewesen. Die Kundin hatte stattdessen Marzipan genommen. Auch das Bruchmarzipan stieß auf Anklang. Leonore hatte es in Körben neben die Kasse gestellt, und viele griffen danach. Auf mehrfachen Wunsch hin hatte sie auch Kokosöl und Kokosseife bestellt. Als die Sachen angekommen waren, hatte der intensive Kokosduft alle anderen Gerüche im Laden überlagert. Sogar in der Wohnung hatte es danach gerochen.

Inzwischen waren Leonore, Julius und ihre Tochter, die

noch immer Schneeflocken auffing, in der Deichstraße angekommen. Schon von Weitem sah Leonore ihren Vater vor dem Laden stehen und einen Plausch mit Gertraude halten.

Greta lief los, um ihren Großvater zu begrüßen, und Leonore sah, dass er freudig lächelte, als seine Enkelin auf ihn zukam.

»Nora. Julius«, sagte er, als sie schließlich vor ihm standen. »Das ist eine nette Überraschung.«

Leonore begrüßte auch ihre Nachbarin, währenddessen hüpfte Greta umher und jauchzte entzückt, als eine dicke Schneeflocke auf ihrer Nasenspitze landete.

Während sie noch so standen und plauderten, kam ein Mann die Straße entlang, die Hände in den Jackentaschen, den Kragen hochgeschlagen und einen Hut tief ins Gesicht gezogen. Von der Statur und Größe erinnerte er an Carl, und Leonore hielt überrascht den Atem an. Dann aber erkannte sie, dass es nicht ihr Bruder war.

Ihr Vater stand wie versteinert da und starrte den Mann an. Er war kreidebleich geworden. »Carl …«, flüsterte er mit heiserer Stimme.

Leonore legte die Hand auf seinen Arm. »Vater, das ist nicht Carl.«

»Aber ich sehe doch, was ich sehe. Dort drüben ist mein Sohn.«

Der Mann, der irrtümlich für Carl gehalten wurde, war stehen geblieben und augenscheinlich verwirrt.

Ihr Vater machte Anstalten, zu ihm zu gehen, allein die Tatsache, dass es mittlerweile rutschig war auf dem Kopfsteinpflaster, hielt ihn davon ab.

Leonore stützte ihn, während Julius sanft mit ihm sprach. »Das ist nicht dein Sohn, Carl.«

Greta hatte zu weinen begonnen, und Leonore ging zu ihr, um sie auf den Arm zu nehmen. In diesem Moment machte ihr Vater sich rüde los, und Julius, der sich nicht mehr länger auf seinen Stock stützen konnte, verlor das Gleichgewicht und fiel hin. Greta schluchzte laut auf, und Gertraude ging mit ihr ins Haus.

Der Mann, der Carl so ähnlich sah, eilte weiter, nicht ohne sich nach wenigen Metern noch einmal zu ihnen umzudrehen. »Carl …« Ihr Vater hatte die Hand gehoben, als wollte er ihn aufhalten.

Leonore half Julius auf und gab ihm seinen Stock. »Hast du dir wehgetan?«

Er schüttelte den Kopf. »Kümmere dich um deinen Vater. Und, Nora«, er senkte die Stimme, »sag ihm endlich die Wahrheit.«

Ihr Magen zog sich zusammen. »Ja, du hast recht. Es muss sein.«

Sie ging zu ihrem Vater, der noch immer schneeweiß im Gesicht war. »Lass uns ins Haus gehen, Vater.«

»Aber der Mann, Nora … Er sah genauso aus wie Carl …«

»Carl wird nicht zurückkommen«, sagte sie leise und führte ihn ins Haus.

»Nein?« Er sah sie verwirrt und verwundert an.

»Nein. Carl ist in Amerika.«

Ihr Vater hielt sich mit einer Hand am Tresen fest. »Aber … das kann nicht sein.«

»Er ist in New York, Vater.«

»Das verstehe ich nicht.«

»Lass uns nach oben in die Wohnung gehen, dann erzähle ich dir alles.«

Die Augen ihres Vaters hatten geschimmert, als sie ihm alles erzählt hatte. Stumm hatte er zugehört, die Füße auf einem Hocker, eine Decke über den Beinen.

Julius war zwischenzeitig hereingekommen und hatte Leonore zugeraunt, dass er Greta von Gertraude abgeholt habe und mit ihr heimfahren werde. »Du möchtest doch bestimmt bei deinem Vater bleiben«, hatte er hinzugefügt, und sie hatte genickt. Sie konnte ihren Vater jetzt nicht allein lassen.

Sie setzte sich neben seinen Sessel und lehnte den Kopf an sein Bein. Die Pendeluhr tickte leise, draußen bellte ein Hund. Wind war aufgekommen, der am Fensterladen rüttelte. Leonore wurde daran erinnert, wie ihr Bruder ihn damals repariert hatte.

Ob es wohl noch schneite? Für einen Moment dachte sie, es könne unmöglich dieselbe Welt sein wie kurz zuvor.

Sie schloss die Augen und öffnete sie wieder, als ihr Vater »Nora?« flüsterte.

»Ich bin hier, Vater.«

»Geht es ihm gut?«

»Ja, es geht ihm gut.« Sie musste weinen. »Ich wollte es dir schon viel früher sagen, aber ich hatte Angst, dass es dich zu sehr aufwühlen würde. Ich war zu besorgt, Vater.«

Er strich ihr sacht übers Haar, und sie fühlte sich wieder

wie das kleine Mädchen von damals. »Ich möchte ihm so gerne verzeihen«, sagte er.

Sie hob den Kopf, um ihn anzusehen.

»Aber ich kann es einfach nicht.«

III. TEIL

1904–1906

38.

Hamburg im März 1904

Praktisch über Nacht schien es Frühling zu geworden zu sein. Der Winter war so schnell vergangen, dass Leonore sich fragte, wo die Zeit geblieben war. Aber sie war froh darüber, die dunkle und kalte Jahreszeit hinter sich gelassen zu haben.

Am Sonntagabend waren sie und Julius bei Sofie Schmitt zu einem Musikabend eingeladen. Diesmal würde es kein Klavierkonzert, sondern ein Cellokonzert geben. Leonore liebte das Cellospiel und die ganz besondere Innigkeit und beinah sinnliche Zärtlichkeit, mit dem ein Cellist sein Instrument zum Klingen brachte. Sie freute sich seit Wochen auf diesen Abend.

In festlicher Kleidung verließen sie und Julius das Haus, stiegen in eine Droschke und fuhren nach Blankenese.

Julius war wortkarg und in sich gekehrt und schaute nachdenklich aus dem Fenster.

»Geht es dir gut?«, fragte sie ihn.

Er drehte den Kopf und sah sie an, als bemerke er erst jetzt, dass sie ihm gegenübersaß. »Ja. Es ist nur ...« Er holte tief Luft und machte eine abwehrende Handbewegung. »Es ist mein Bein, das mir Kummer bereitet. Es wird am Wetter liegen.«

»Vielleicht solltest du zu einem Arzt gehen, Julius.«

»Und was sollte der deiner Meinung nach sagen, was ich nicht schon längst wüsste?«

»Ich meinte ja nur ...«

»Mach dir um mich keine Sorgen. Und jetzt lächele wieder, ja?«

• • •

Sofie trug ein hinreißend schönes Kleid, ein Traum aus dunkelblauer Spitze.

Die meisten Gäste waren bereits anwesend; die Frauen hielten sich im Salon auf, während die Männer in der Bibliothek Platz genommen hatten, rauchten und fachsimpelten.

Sofie brachte Leonore ein Glas Sherry. »Ich bin so froh, dass Sie wieder in Hamburg sind, meine Liebe. Ich habe unsere gemeinsamen Nachmittage vermisst.«

Leonore nahm das Glas freudig entgegen. »Ich überlege, ob wir nicht auch Sherry und Portwein im Laden anbieten sollten.«

»Das ist doch keine Frage!«, erklärte Sofie gespielt empört und lachte über Leonores Gesicht.

»Sie müssen unbedingt in die Deichstraße kommen und sich den Laden anschauen, Sofie. Ich habe noch so viel vor«, erwiderte Leonore enthusiastisch. »Wir bieten jetzt englisches Gebäck an.« Sie erzählte kurz von ihrer Begegnung mit Irmgard Mackintosh. »Sie backt seit einer Weile für uns.

Ich hatte sie nach dem Rezept für die Biskuits gefragt, aber es unterliegt strengster Geheimhaltung. Also hat sie vorgeschlagen, uns selbst mit diesen kleinen Köstlichkeiten zu versorgen.«

»Sie sind eine tüchtige Geschäftsfrau, Leonore. Wir sollten uns wieder häufiger sehen, finden Sie nicht auch? Ich weiß, Sie haben immer viel zu tun. Ich dagegen komme vor Langeweile um.« Sofie betrachtete Leonore aufmerksam. »Sie haben sich verändert. Von der damals etwas schüchternen, unsicheren jungen Frau ist nicht mehr viel übrig. Das ist übrigens ein sehr hübsches Kleid. Wo haben Sie es nähen lassen?«

»Ich habe es fertig gekauft. Nur der Saum musste noch etwas ausgelassen werden, ich bin einfach zu groß für eine Frau. Ich könnte es mir nicht leisten, meine Kleider nähen zu lassen.«

»Aber natürlich könnten Sie.« Sofie schnalzte mit der Zunge. »Es ist ein Irrglaube, dass maßgeschneiderte Kleider so viel teurer sind.«

Leonore ging nicht weiter darauf ein, weil sie das Thema nicht sonderlich interessierte.

Sofie führte sie zu einem kleinen Tisch. »Ich muss mich für einen Moment setzen. Und? Worüber parlieren wir? Mode interessiert Sie nicht, über das Wetter mag ich nicht reden.« Sie legte den Finger unter die Nase und tat so, als müsse sie gründlich nachdenken. Dann wies sie auf Leonores Armband. »Es ist traumhaft schön. Und es kommt mir bekannt vor.«

»Wir reden also über Geschmeide.« Leonore schmunzelte. Es war schön, sich einmal wieder unbeschwert unterhalten zu können. Das hatte ihr gefehlt, Sofie hatte ihr gefehlt, das merkte sie sehr deutlich. »Mein Vater hat es mir zur Hochzeit geschenkt.«

»Richtig, ich erinnere mich! Es hat Ihrer Mutter gehört.«

Leonore nickte.

»Sie fehlt Ihnen«, konstatierte Sofie.

»Sie wird mir immer fehlen. Sie hat eine große Lücke hinterlassen.«

»Sie würde sehr stolz auf Sie sein, Leonore.«

Die beiden schwiegen eine Weile, bis Sofie mit einer Frage das Thema wechselte. »Sie wissen nicht zufällig ein Dienstmädchen für mich?«

»Sind Sie nicht mehr zufrieden mit Clara?«

»Oh doch, durchaus, aber sie möchte heiraten und wird mit ihrem Zukünftigen nach Berlin übersiedeln.«

Leonore überlegte kurz, dann lächelte sie. »Ich wüsste tatsächlich jemanden, Sofie. Agnes. Sie ist bei den Konradis in Anstellung, vielleicht erinnern Sie sich?«

»Sie meinen das zierliche Ding mit dem kupferroten Haar?« Sofie sprach leiser weiter. »Ich kann den Konradis doch ihr Dienstmädchen nicht abspenstig machen.«

»Machen Sie sich darüber keine Gedanken, liebe Sofie.« Leonore erzählte ihr, dass Agnes sich als Dienstmädchen in ihrem Haushalt angeboten hatte. »Ich glaube, sie ist unglücklich bei den Konradis. Veronika scheint sie sehr zu piesacken.«

»Wie sie das gesamte Personal piesackt«, erwiderte Sofie. »Es ist ein Trauerspiel mit dieser Person.«

»Sie wird bald heiraten«, verriet Leonore ihr mit einem Augenzwinkern.

»Dem Himmel sei Dank! Hoffentlich bringt ihr Zukünftiger ihr bei, wie man sich zu benehmen hat. Wenn ihrer Mutter das schon nicht gelungen ist.«

»Na, na, Sofie.« Leonore schnalzte mit der Zunge, musste aber zugeben, dass sie nicht ganz unrecht hatte. Veronika war ein verzogenes, unverschämtes junges Ding, der Mathilda viel zu viel hatte durchgehen lassen. »Dann lasse ich Agnes eine Nachricht zukommen, dass sie sich bei Ihnen vorstellen soll?«

»Das wäre wunderbar. Ich danke Ihnen.«

Schließlich kam Sofie auf einen Zeitungsartikel zu sprechen, und Leonore horchte auf. »Ein Kolonialhaus?«

»In Berlin.« Sofie nickte. »Das Haus hat eine große Kuppel auf dem Dach, und neben dem Eingang stehen Statuen von Elefanten und afrikanischen Kriegern. Als ich gelesen habe, was es dort zu kaufen gibt, wollte ich es erst nicht glauben.«

»Was zum Beispiel?«

»Löwenkrallen und …« Sofie wurde jäh durch die laute Stimme ihres Mannes unterbrochen.

»Verehrte Freunde! Der Künstler würde gerne beginnen.«

»Wir vertagen es auf später«, raunte sie Leonore ins Ohr. »Ich wusste nicht, ob ich mich gruseln oder fasziniert sein soll.«

»Sie machen mich wirklich neugierig, Sofie«, flüsterte Leonore.

Zwei Frauen nickten ihr freundlich zu, und sie überlegte, woher sie sie kannte.

Julius kam aus der Bibliothek. Er sah blass und erschöpft aus. »Was ist mit dir?«, fragte sie ihn leise.

»Mir wird jedes Mal übel vom Zigarren- und Zigarettenrauch. Vielleicht sollte ich selbst anfangen zu rauchen.«

»Untersteh dich.«

Sofie nahm neben ihrem Ehemann Platz, Leonore und Julius saßen in der zweiten Reihe, direkt hinter ihnen.

»Immer, wenn ich in diesem Haus durch die Räume gehe und deine Bilder sehe, überkommt mich der Stolz. Du bist so talentiert, Julius.«

»Danke sehr.« Er küsste ihre Hand.

Der Cellist verbeugte sich, strich sein schütteres Haar zurück und setzte sich wieder, als der Applaus verklang.

»Ich werde dir trotzdem auch weiterhin im Laden helfen«, flüsterte Julius.

»Solange du die Kunst nicht vernachlässigst«, flüsterte sie zurück.

Er drückte ihre Hand und legte den Finger auf die Lippen, als der Cellist zu spielen begann. Und wie immer, wenn Leonore ein Cello hörte, versank sie innerhalb kürzester Zeit in der Musik.

Nachdem der Künstler drei Zugaben gegeben und sich unter tosendem Applaus verabschiedet hatte, stand er mit Sofies Mann Albert, Julius und zwei anderen Männern zusammen, die Leonore nicht kannte. Sie unterhielten sich über einen Amerikaner namens Henry Ford, der eine Automobilfabrik gegründet hatte. Leonore, die ganz in der Nähe mit Sofie plauderte, hörte Albert gerade sagen: »Unser Kaiser hält das Automobil für eine vorübergehende Erscheinung. Er glaubt an das Pferd.«

Brüllendes Gelächter ertönte, und Sofie drehte den Kopf.

»Worüber lachen sie so?«

»Über die Aussage unseres Kaisers, dass er das Automobil für eine vorübergehende Erscheinung hält.«

»Ach, tatsächlich?« Sofie schmunzelte kopfschüttelnd. »Ich wollte Ihnen noch vom Kolonialhaus erzählen. Sie haben dort auch Löwenkrallen und ausgestopfte Kakadus. Und Papageien.«

»Lebende?«

»Ausgestopfte. Und stellen Sie sich nur vor, Leonore, sie beschäftigen Eingeborene, darunter auch Kinder. Sie sollen hier erzogen werden, weil man offenbar der Meinung ist, dass sie in ihrer Heimat keine anständige Erziehung genießen. Der Inhaber hat angeblich sogar einen Negerjungen aufgenommen.«

»Wieso auch nicht?«

»Leonore.« Sofie klang entrüstet. »Könnten Sie sich etwa vorstellen, ein Negerkind zu adoptieren? Sie sind doch so ganz anders als wir.«

»Ja, ihre Haut ist dunkler.«

»Mit ihrer Hautfarbe hat das nun wirklich nichts zu tun.«

»Ich weiß ehrlich gesagt viel zu wenig über sie und ihre Kultur.«

»Kultur.« Sofie schnaubte. »So kann man es auch nennen.«

»Dann scheinen Sie mehr zu wissen als ich.«

»Nein, ich … Lassen Sie uns über etwas anderes sprechen, ja? Am Ende geraten wir noch aneinander, und das möchte ich nun wirklich nicht.«

»Ich auch nicht, Sofie.« Leonore legte die Hand auf Sofies Unterarm. »Wo Sie mir doch so lieb und teuer sind.«

In diesem Moment hatte sie bereits den Entschluss gefasst, irgendwann nach Berlin zu fahren, um sich das Kolonialhaus anzusehen. Und sich eine eigene Meinung zu bilden.

39.

Hamburg im Juli 1904

An diesem Vormittag ließ die Kundschaft auf sich warten, was vermutlich an der Schwüle lag, die wie eine Dunstwolke über Hamburg lag. Nur Benno Wedekind hatte wie üblich bereits vor der Tür gestanden, als Leonore aufgeschlossen hatte.

Jetzt nahm sie ein Blatt Papier und fächelte sich Luft zu.

Ihr Vater hatte erschreckend blass ausgesehen, und sie hatte darauf bestanden, dass er sich ein Weilchen hinlegte. Julius war im Kontor und kümmerte sich um die Bestellungen.

Als es auf Mittag zuging, schloss Leonore die Ladentür. Sie blieb noch einen Moment stehen und blickte in den Himmel. Er war strahlend blau, und die Luft flimmerte. Nein, das sah ganz und gar nicht nach einem Gewitter aus.

Sie ging zu ihrem Mann und blieb in der Tür stehen, als sie sah, dass er zurückgelehnt am Schreibtisch saß und die Augen geschlossen hatte. Greta hatte sich unter dem Tisch zusammengerollt und war ganz offenbar beim Spielen eingeschlafen.

Leonore trat leise näher, hob sie hoch und trug sie die

Treppe hinauf in die Wohnung. Hier war es deutlich angenehmer. Sie brachte ihre Tochter in ihr früheres Zimmer und legte sie dort aufs Bett. Greta war nicht einmal aufgewacht.

Leonore schob die Tür zur Stube auf. Ihr Vater saß im Sessel am Fenster, die Füße auf dem Hocker. Auch er schien zu schlafen.

Als sie wieder nach unten kam, hatte Julius die Augen geöffnet und wischte sich den Schweiß von der Stirn. »Ich glaube, ich bin kurz eingenickt.«

»Genau wie Greta. Ich habe sie nach oben gebracht.«

Er machte ein betretenes Gesicht. »Ich bin ein schlechter Vater. Ich schlafe, während ich meine Tochter beaufsichtigen müsste.«

Leonore lachte kopfschüttelnd. »Das ist Unsinn, Julius. Ihr habt beide geschlafen. Du ruhst dich noch ein bisschen aus, und ich gehe auf den Speicher und öffne die Luke. Es wird grauenhaft stickig dort oben sein.«

Er wollte protestieren, doch sie verließ mit einem Lächeln das Kontor und lief die Treppen zum Speicher hinauf.

Als sie die Tür öffnete, kam ihr ein Schwall feuchtwarmer Luft entgegen. Hinzu kam ein übler, beißender Geruch, den sie nicht einordnen konnte. Sie lief zur Luke, um sie zu öffnen. Begierig atmete sie die Luft von draußen ein, auch wenn die kaum angenehmer war. Riesige Mücken- und Fliegenschwärme schwirrten auf dem Fleet, und die Männer in den Schuten waren ununterbrochen dabei, sie zu verscheuchen.

Hinter Leonore raschelte es, und sie drehte sich um. Sie musste sich die Nase zuhalten, so furchtbar stank es hier.

Was mochte das sein?

Sie ging durch den Raum und schaute in die Ecken. Schließlich schob sie einen Reissack beiseite und runzelte die Stirn. Kleine, schwarze, Reiskörnern ähnelnde Kügelchen lagen dort. Leonore ging weiter, den Blick auf den Boden gerichtet, und fand weitere Kügelchen neben den Apfelkisten und einem Sack mit Kaffeebohnen. Dann wieder ein Rascheln, und sie wusste es: Mäuse!

Mit wenigen großen Schritten war sie an der Tür und schrie gellend nach ihrem Mann. Dann stieg sie auf eine umgedrehte Kiste, den Rock mit beiden Händen gerafft und blickte sich ängstlich um.

Wer als Erster bei ihr eintraf, war ihr Vater. »Was in drei Teufels Namen ist passiert, Nora?«

»Mäuse!« Sie stand an die Wand gedrückt da.

»Mäuse?« Er stöhnte auf. »Das hat uns gerade noch gefehlt. Hast du Kötel gefunden?« Er rümpfte die Nase. »Jetzt riech' ich's auch. Verflucht noch mal!«

Auch Julius kam die Treppe herauf. »Mäuse? Habe ich das gerade richtig verstanden?«

Ihr Vater hatte sich bereits aufgemacht, in die Ecken zu spähen und ein paar Kisten beiseitezuräumen.

»Und jetzt?«, fragte Julius, während Leonore noch immer bewegungslos dastand und auf ihre Füße starrte.

»Stellen wir Fallen auf. In jede Ecke eine, und zwischen den Säcken verteilen wir auch welche.«

Leonore traute sich nicht, zur Tür zu gehen, obwohl das der Weg in die Sicherheit war. Aber was, wenn ihr eine der Mäuse über die Füße huschte? Allein bei dem Gedanken schüttelte sie sich. Sie fürchtete sich vor Mäusen, seit einmal eine in ihrem Stiefel gesteckt hatte, als sie hineinschlüpfen wollte. Die Maus hatte gequiekt, und sie hatte den Stiefel fallen lassen und vor Schreck das ganze Haus zusammengeschrien. Damals musste sie elf oder zwölf gewesen sein. Vor Ratten hatte sie noch mehr Angst. Die Tiere waren hinterhältig und listig. Einmal hatte Carl eine unbeabsichtigt in die Ecke gedrängt, und sie hatte sich auf die Hinterbeine gestellt und wie eine Katze gefaucht. Carl hatte sie erschlagen wollen, doch sie war ihm entwischt.

»Ich kann ... Ich muss ...«, stammelte Leonore.

»Geh nur nach unten«, sagte Julius. »Wir machen das schon.«

»Aber ich ...« Sie schluckte, nahm all ihren Mut zusammen und rannte zur Tür.

»Besorg ein paar Fallen!«, rief ihr Vater ihr nach. »Wenn sie die Säcke angefressen haben, dann gute Nacht«, hörte sie ihn noch murmeln.

Leonore holte eine Kiste Mäusefallen aus dem kleinen Lager neben dem Kontor und brachte sie auf zittrigen Beinen zum Speicher. Sie klopfte nur an die Tür und stellte sie davor.

Keine zehn Pferde hätten sie dazu gebracht, noch einmal einen Fuß auf den Speicher zu setzen, solange dort Mäuse herumwuselten.

Greta war von ihrem Schrei aufgewacht, saß aufrecht im Bett und rieb sich die Augen. Leonore nahm sie auf den Arm und ging mit ihr nach unten ins Kontor. Sie schaute sogar hier in alle Ecken, unter den Schreibtisch und in den Aktenschrank.

Auf ihrem ganzen Körper kribbelte und krabbelte es.

Beim Abendessen saßen sie zusammen in der Küche und beratschlagten, was zu tun sei. »Ich hoffe, dass wir die Viecher erwischen werden«, meinte ihr Vater und stocherte in seinem Essen.

Leonore bekam gar nichts hinunter, während Julius mit Appetit aß. »Was ist mit den Waren? Dem Reis, den Kaffeebohnen?«

»Ein Sack Haferflocken war angeknabbert«, erzählte ihr Vater. »Mäuse mögen Haferflocken, das weiß ich wohl. Die anderen Säcke sind unbeschädigt.«

»Das heißt, wir können die Sachen verkaufen?«

Er zuckte mit den Schultern. »Ich denke schon. Morgen werde ich noch einmal nachsehen und alles überprüfen. Julius?«

Ihr Mann blickte auf und nickte. »Das sollten wir tun, ja.«

»Danke für deine Hilfe«, sagte ihr Vater. »Du hast beherzt mit angepackt.«

»Mein Vater hat ganz früh zwei Katzen angeschafft«, erzählte Julius. »Mäuse in einem Stofflager kann sich kein Tuchkaufmann leisten.«

»Das verstehe ich. Und die Katzen halten das Lager sauber?«

»Und ob. Sie schlagen sogar Ratten in die Flucht, wie mein Bruder berichtete.«

»Sind die Katzen den ganzen Tag im Lager?«

Julius nickte. »Sie dösen die meiste Zeit, trotzdem würde sich keine Maus an ihnen vorbeiwagen. Nachts werden sie nach draußen gelassen.«

»Und sie laufen nicht davon?«

»Nein, warum sollten sie? Sie haben es gut bei uns, es gibt genug zu fressen, und es ist warm und trocken.«

Ihr Vater machte »Hmm« und aß nachdenklich weiter.

»Wir sollten uns auch eine Katze anschaffen«, schlug Leonore vor und schob ihren vollen Teller beiseite.

»Ja«, meinte ihr Vater. »Darüber sollten wir wirklich nachdenken.«

40.

Hamburg im August 1904

Sofie war am Morgen schon früh durchs Haus gewandert. Sie hatte schlecht geschlafen, was vor allem an der unerträglichen Hitze lag. Ihr Mann war bereits im Kontor.

Sie ging zu ihm und fragte, ob er Zeit und Muße für eine Tasse Tee habe, doch er verneinte. »Nicht jetzt, meine Liebe. Ich muss gleich eine wichtige Lieferung annehmen.«

»Kann das nicht Theodor übernehmen?«

Albert hatte den jungen Mann vor ein paar Monaten eingestellt. Vielleicht würde er sich sogar als Nachfolger eignen, wie ihr Mann hoffnungsvoll gemeint hatte.

»Theodor ist anderweitig beschäftigt. Wenn du dich so furchtbar langweilst, lass dich doch in die Deichstraße zu Leonore fahren«, schlug er vor.

»Das klingt nach einer guten Idee.« Sie gab ihm einen Kuss auf die Stirn. »Danke, mein Lieber. Ich habe ihr schon lange versprochen, sie im Laden zu besuchen.«

Ihr Mann zeigte nach draußen. »Hoffentlich bekommen wir bald ein Gewitter. Es ist kaum auszuhalten.«

Sofie verließ das Kontor, nun bester Laune. Sie würde in

den Garten gehen und einen Strauß Levkojen für Leonore pflücken.

Am Nachmittag ließ sie sich von Wilhelm in die Deichstraße bringen, und als er ihr beim Aussteigen behilflich war, zuckte ein erster Blitz über den Himmel.

»Bitte holen Sie mich in zwei Stunden wieder ab, Wilhelm«, bat sie ihn und hob den Kopf. Über ihr braute sich ein Unwetter zusammen.

»Sehr wohl, gnädige Frau. Ich wünsche einen angenehmen Aufenthalt.« Er saß wieder auf.

Sofie blieb vor dem schmalen, hohen Haus stehen und betrachtete es. Es strahlte eine gewisse Strenge aus, das gefiel ihr. *Das Haus hat Charakter*, dachte sie und betrat den Laden. Ihr Kommen wurde von einer hellen Glocke angekündigt.

Leonore stand hinter dem Tresen und bediente eine ältere Dame. »Darf es sonst noch etwas sein, Frau Danzer?«

»Nein danke, Frau Konradi.«

Während Leonore das Geld entgegennahm und in die hübsche Ladenkasse legte, nickte sie Sofie zu und lächelte.

Nachdem die Kundin gegangen war, begrüßten sich die beiden.

»Sofie, das ist eine nette Überraschung!«

»Ich war neugierig auf Ihren Laden, meine Liebe.« Sofie überreichte ihr den Blumenstrauß. »Diese Blumen habe ich eigenhändig gepflückt.« Was sie mit großer Freude erfüllt hatte.

»Soll ich Ihnen den Laden zeigen?«

»Ich stehe ja bereits mittendrin und bin sehr beeindruckt.« Sofie blickte sich anerkennend um. »Ich würde wirklich gern alles sehen.«

»Kommen Sie, Sofie. Und anschließend gehen wir hinauf auf den Speicher. Als Kind war ich dort ganz besonders gern. Man kann aufs Nikolaifleet schauen, die Schuten beobachten und kommt sich unbesiegbar vor.« Leonore lachte. »Nun vielleicht nicht unbesiegbar, aber … erhaben.«

Sie zeigte Sofie als Erstes die Ware, die sie in letzter Zeit angeschafft hatte. »Und hier, meine liebe Sofie …« Sie deutete nach rechts. »Finden Sie eine süße Köstlichkeit aus Lübeck.«

»Marzipan.« Sofie seufzte. »Ich könnte es von früh bis spät essen. Geraten Sie nicht allzu häufig in Versuchung, Leonore?«

»Nein. Mir bereitet wohl eher der Verkauf als der Verzehr Genuss.«

Sofie wies zum Tresen, wo die Schächtelchen und Körbchen standen. »Und was hat es damit auf sich?« Sie war näher getreten, um sich die Dinge anzuschauen, die sich darin befanden.

»Das sind unsere Sonderangebote. Sie stehen so, dass die Kundschaft sie nicht übersehen kann.«

Sofie schritt an den Regalen entlang. Beinah bedauerte sie, dass sie sich bislang nicht um den Einkauf hatte kümmern müssen. Sicher konnte es durchaus Freude machen, wenn man morgens loszog, um für das Mittagessen einzukaufen oder die Vorratskammer aufzufüllen. Es roch nach

Kaffeebohnen, Tabak und Gewürzen, eine Mischung, die ihr sehr gefiel.

»Wollen wir nun meinen Vater begrüßen?«, fragte Leonore, und sie nickte.

Mit ihrem Sonnenschirm, den sie als Gehstock benutzte, folgte sie Leonore.

Carl Grieve saß an seinem dunklen, wuchtigen Schreibtisch, zwei aufgeschlagene Bücher vor sich, und schrieb konzentriert. Als sie hereinkamen, blickte er auf und erhob sich rasch. »Ich sehe, wir haben einen Gast. Frau Schmitt.« Er reichte ihr die Hand.

»Herr Grieve. Es freut mich, Sie wiederzusehen.«

Er trug ein blütenweißes, gestärktes Hemd und darüber eine Weste, an der die Kette einer Taschenuhr zu sehen war. Sein dunkles, noch dichtes Haar sowie sein längerer Schnauz- und Kinnbart waren an einigen Stellen bereits ergraut, was Sofie erst jetzt auffiel.

»Ich habe Sofie den Laden gezeigt«, erzählte Leonore ihm. »Jetzt möchte ich mit ihr auf den Speicher gehen. Möchtest du uns begleiten?«

Er schien sich über die Einladung zu freuen und nahm sein Jackett von der Stuhllehne. Er eilte voran, um Sofie die Tür aufzuhalten, und hielt den Blick gesenkt, als sie an ihm vorbeiging.

Ein Mann mit tadellosen Manieren, dachte sie bei sich. *Und ein Mann, der viel zu früh seine Frau verloren hat.*

»Würden Sie die Luke öffnen, ich würde schrecklich gerne einen Blick nach draußen werfen«, bat Sofie ihn kurz darauf, als sie auf dem Speicher standen. Es war furchtbar stickig hier oben, hinzu kam ein überwältigender Geruch nach Sackleinen.

In diesem Augenblick empfand Sofie große Bewunderung für die Menschen, die sich tagtäglich plagten, damit andere zu essen und zu trinken hatten. Sie war selbst ganz überrascht, normalerweise machte sie sich keine Gedanken über solche Dinge. Sie empfand sogar Ehrfurcht und Dankbarkeit.

»Sofie? Was ist mit Ihnen?«, fragte Leonore besorgt. »Sie sind ganz blass.«

»Nichts, nichts, meine Liebe. Es ist nur das Wetter.« Erst jetzt entdeckte sie eine grau gestreifte Katze, die in einer Kiste döste und träge aufblickte. »Eine Katze«, sagte sie verblüfft.

»Sie hält uns die Mäuse vom Leib.« Leonore erzählte ihr von dem Mäuseüberfall vor ein paar Wochen.

»Sind hier etwa noch welche?« Erschrocken blickte sie sich um.

»Das ist sehr unwahrscheinlich«, meinte Carl Grieve. »Wir mussten die ganzen Haferflocken vernichten, obwohl sie nur einen der Säcke angeknabbert hatten. Niemand konnte sagen, ob sie sich nicht doch an den anderen Säcken zu schaffen gemacht hatten. Wir wollten nicht riskieren, schlechte Ware zu verkaufen.«

»Es hat Tage gedauert, bis wir alle Mäuse gefangen hatten.« Leonore schüttelte sich. »Auch die komplette Apfellieferung war angeknabbert.«

Sofie hockte sich hin, um die Katze zu streicheln, die behaglich schnurrte. »Mach brav deine Arbeit, hörst du?«

Julius kam herein. »Sofie, das ist aber nett!«

»Julius. Wie schön, Sie zu sehen.« Nachdem die beiden sich begrüßt hatten, ging Sofie zur Luke und beugte sich ein wenig vor, um aufs Wasser schauen zu können. »Ist schon einmal jemand hier hinausgeplumpst?«

»Beinah«, antwortete Leonores Vater und warf seiner Tochter einen Blick zu. »Als kleines Mädchen wäre Nora um ein Haar aus der Luke gefallen. Ich konnte sie gerade noch packen und festhalten.«

»Du?« Leonore sah ganz überrascht aus. »Ich dachte, Carl hätte mich festgehalten.«

Er schüttelte den Kopf. »Du warst hinter mir hergeschlichen. Es war purer Zufall, dass ich auf dem Speicher war. Carl hatte etwas vergessen, und ich bin hoch, um es zu holen. Und plötzlich standst du hinter mir.«

Sofie legte die Hand auf Leonores Arm. »Und nun stehen Sie gottlob heil und unversehrt hier bei mir, meine Liebe.«

Leonore hatte ihr auch die Wohnung gezeigt, und Sofie hatte sich im Stillen gefragt, wie man derart schlicht und beengt leben konnte. Dabei war sie doch in ganz ähnlichen Wohnverhältnissen groß geworden.

»Was halten Sie von einer Tasse Kaffee?«, fragte Leonore anschließend, und sie stimmte bereitwillig zu.

Die kleine Greta kam angehüpft und bettelte um einen Biskuit. Ihr Großvater setzte sie auf einen Stuhl, während Leonore sich um das Kaffeewasser kümmerte.

»Sofie hat mir neulich von einem Kolonialhaus in Berlin erzählt, Vater«, sagte sie, als sie alle am Tisch saßen. »Ich würde gerne hinfahren und es mir anschauen.«

»Ich habe in der Zeitung etwas darüber gelesen.« Sofie berichtete kurz davon. »Sie könnten gemeinsam mit Julius fahren, Leonore. Sehen Sie es als verspätete Hochzeitsreise.«

»Wir können meinen Vater nicht allein lassen.« In Leonores Stimme klang Bedauern.

»Natürlich könnt ihr«, entgegnete ihr Vater.

»Ich finde den Gedanken auch sehr reizvoll.« Julius gab seiner Tochter einen Biskuit.

»Und Greta?«, fragte Leonore.

»Ich werde mich um sie kümmern«, sagte ihr Vater. »Oder traust du mir das nicht zu?«

»Das würdest du tun?« Mit einem Mal strahlte sie. »Eine verspätete Hochzeitsreise, wie herrlich!«

• • •

Als Sofie am späten Abend schlafen ging, schwirrten so viele Gedanken in ihrem Kopf herum, dass sie keine Ruhe finden konnte. Albert lag neben ihr und schnarchte leise.

Sie verglich ihr Leben mit Leonores und kam zu dem Schluss, dass es ihr nie an etwas gefehlt hatte und sie sich glücklich schätzen konnte. Sie hatte eine behütete Kindheit genießen dürfen und den Mann heiraten können, den sie liebte und der ihr jeden Wunsch von den Augen ablas. Nur eines war sie nicht: eine Mutter. Wäre sie eine gute geworden?

Es war ganz und gar müßig, sich diese Frage zu stellen, doch es beschäftigte sie seit Langem. Und seit sie Leonore kannte, erwischte sie sich immer wieder dabei, wie sie sich vorstellte, eine Tochter wie Leonore zu haben.

»Warum schläfst du denn nicht?«, murmelte Albert plötzlich schlaftrunken und gähnte.

»Mir geht so viel im Kopf herum. Habe ich so laut gedacht, dass ich dich aufgeweckt habe?«

Er lachte. »Nein, keine Sorge. Ich bin wohl von dem Gewitter aufgewacht.«

Sofie runzelte erstaunt die Stirn. Erst jetzt nahm sie das Grollen und Blitzen wahr. Wenig später war ein Rauschen zu hören. Es regnete. Endlich.

Sie drehte sich auf die Seite und streckte die Hand nach ihrem Mann aus. Seine Schulter zu berühren, während er friedlich schlief – und er war sofort wieder eingeschlafen –, beruhigte sie noch immer.

41.

Berlin im Oktober 1904

Leonore und Julius waren vor dem imposanten Haus stehen geblieben und legten den Kopf in den Nacken, um sich die Kuppel auf dem Dach anzusehen. Leonore wusste nicht, ob sie beeindruckt oder verwirrt sein sollte. Sofie hatte ihr zwar einiges über das Kolonialhaus erzählt, doch nun selbst davorzustehen und es mit eigenen Augen zu sehen, war etwas ganz anderes. Der Eingang wurde von zwei Statuen mit Löwenkopf umrahmt, auf dem Dach standen Statuen in Form berittener afrikanischer Krieger.

»Eindrucksvoll«, meinte Julius.

Leonore konnte nichts sagen, sie wollte all das erst einmal auf sich wirken lassen.

Er ging zur Tür und hielt sie für sie auf.

Es roch seltsam, als sie eintraten, Leonore wusste nicht sofort, wonach; ein süßlich-herber Geruch, wie er hin und wieder auch daheim auf dem Speicher wahrzunehmen war.

Es war, als hätten sie eine neue Welt betreten. Fremdartig und exotisch, neugierig machend und ein bisschen verstörend zugleich. Der Raum, in dem sie sich befanden, war riesig.

Es gab unzählige Regale verschiedener Größe und niedrige Tischchen, auf denen eigenartige Skulpturen standen, die sie glotzäugig anstarrten. Auf einem Tisch stand eine geschnitzte Elefantenfamilie.

Als Leonore näher trat, sah sie, dass es sich bei der Schnitzerei nicht um Holz handelte, sondern um Elfenbein. Häufig hatte sie dieses Material noch nicht in den Händen gehabt, ihr gefiel der Gedanke nicht, dass es die Stoßzähne von echten Elefanten waren.

Neben den Elefanten gab es eine große Porzellanschale mit drei Straußeneiern darin. Sie wollte eins berühren, als sie eine Stimme hinter sich hörte. »Aus einem dieser Eier kann man ein Rührei braten, das eine ganze Familie satt macht.« Ein großer, dürrer Mann mit stechenden Augen unter zusammengewachsenen Brauen sah sie an. »Ich habe es selbst ausprobiert.« Er lachte dröhnend. »Vielmehr nicht ich selbst, sondern meine Hausangestellte.« Er verbeugte sich vor ihnen. »Darf ich mich vorstellen: Hans Kreft, ich bin der Inhaber dieses Hauses.«

»Wir würden uns gern ein bisschen umsehen«, sagte Julius.

»Aber natürlich. Bitte sehr.« Der Mann machte eine ausladende Handbewegung. »Sie kommen nicht aus Berlin?«

»Nein, wir sind aus Hamburg.«

»Hamburg, ah.« Er neigte den Kopf. »Ich war erst ein einziges Mal dort, eine schöne Stadt, wirklich, eine sehr schöne Stadt.« Er verschränkte die Hände ineinander und war so schnell zwischen den Regalen verschwunden, wie er gekommen war.

Sie schlenderten weiter, und Julius deutete nach rechts. »Sieh nur, das scheinen die Krallen eines Tigers zu sein.«

»Genauer gesagt, eines Löwen«, erklärte Kreft und trat wieder hervor.

Julius hatte überrascht die Augenbrauen gehoben und ging langsam weiter.

Leonore folgte ihm, während sie sich alles ganz genau anschaute. Sie blieb schließlich vor einer Fotografie stehen, die eingerahmt an der Wand hing. Darauf waren mehrere schwarzhäutige Jungen zu sehen, alle in feinen Anzügen. Scheu blickten sie in die Kamera, als wüssten sie nicht, wie ihnen geschah.

»Drei von ihnen sind die Söhne angesehener Eingeborener.« Kreft war abermals aufgetaucht, er war wie ein Schatten, der überall und nirgendwo lauerte, um hervorzuspringen, wenn er es für angebracht hielt.

Leonore war zusammengezuckt. Sie fragte sich, ob die Jungen wohl für ihn arbeiteten.

»Eine größere Auswahl an Waren aus unseren deutschen Kolonien werden Sie nirgendwo finden, meine Herrschaften. Wir sind nicht umsonst Hoflieferant seiner Majestät des Kaisers.« Er machte eine bedeutungsvolle Pause. »Sehen Sie hier: Das sind Kiautschou-Zigaretten, und hier ...« Er war zwei Schritte weitergegangen. »Zigarren aus Kamerun und Neuguinea.« Er zeigte auf die gegenüberliegende Seite. »Und hier drüben finden Sie eine große Anzahl Salat- und Speiseöle. Übrigens schwört der Kaiser auf das Erdnussöl.«

Leonore wollte etwas erwidern, wusste aber nicht, was. Dass sie beeindruckt war? Dass sie auch ein Öl benutzen wollte, das dem Kaiser schmeckte? Die Wahrheit war, dass ihr der Kaiser von Herzen egal war. Sie interessierte sich nur dafür, ob ihre Kundschaft das Öl mögen würde.

Kreft schaute sie an, und das Lächeln, das über sein markantes Gesicht huschte, wirkte gekünstelt und hochmütig. »Möchten Sie eine Kokosnussmakrone kosten, werte Frau …?«

»Konradi.« Sie nickte. »Sehr gerne. Ich habe noch nie eine gegessen.«

Er griff in eine Schale und legte ihr eine kleine Gebäckkugel in die Hand. Sie roch daran und brach ein Stück ab. Es schmeckte süß und saftig, ganz anders, als sie erwartet hatte. »Wir könnten einige davon kaufen, was meinst du?«, fragte sie ihren Mann, nachdem auch er gekostet hatte.

»In einer Schachtel sind sechs Makronen.« Kreft hatte eine Packung aus dem Regal genommen.

»Danke, aber wir würden gern eine größere Menge einkaufen. Für unseren Kolonialwarenladen«, erklärte Julius ihm.

»Ah, verstehe, verstehe.« Der Mann legte die Stirn in Falten, was ihn noch finsterer aussehen ließ, und kratzte sich an der Nasenspitze. »Ich mache Ihnen einen guten Preis. Wie viel möchten Sie mitnehmen?«

»Für den Anfang vielleicht zehn, fünfzehn Schachteln. Was meinst du, Nora?«

Da sie zustimmend nickte, verschwand Kreft wieder und kehrte zurück, als sie bereits weitergegangen waren und ein paar gruselig aussehende Holzmasken auf einem Tisch betrachteten. Daneben lagen zwei längliche Stäbe.

»Das sind Speere der Massai-Krieger.« Kreft gesellte sich wieder zu ihnen. »Ich kann heute nur mit zwölf Schachteln dienen. Aber ich bestelle noch diese Woche. Wie wäre es mit feinen Pralinen?«

»Nein, vielen Dank. Wir verkaufen Marzipan«, sagte Leonore, obwohl er Julius angesehen hatte.

»Vielleicht möchten sich die Herrschaften dann noch etwas umsehen?« Er deutete eine Verbeugung an und war erneut verschwunden.

»Man könnte glatt meinen, er würde sich irgendwo hinter den Regalen verstecken und nur auf sein Stichwort warten«, raunte Julius kopfschüttelnd, und Leonore musste ein Lachen unterdrücken.

Langsam spazierten sie weiter.

»Sieh mal«, flüsterte sie nach einer Weile und zeigte nach links. »Dort drüben. Das müssen die ausgestopften Vögel sein, von denen Sofie mir erzählt hatte.«

Sie wagte es nicht, einen in die Hand zu nehmen. Es war, als würde der weiße Vogel mit der drollig aussehenden Federhaube jeden Moment einen schrillen Ruf ausstoßen und davonfliegen. Auf einem kleinen Schild zu seinen Füßen stand: *Kakadu.*

»Also ich möchte so etwas nicht bei uns im Laden haben«, erklärte sie entschieden.

Sie hatte gehofft, Inspiration und neue Ideen für ihren Laden zu bekommen, doch was sie hier sah, schreckte sie eher ab.

»Wie wäre es mit einem Fläschchen Kola-Likör?« Kreft

stand plötzlich mit einer dunklen Flasche neben ihnen. Wo war er denn nun wieder hergekommen?

Leonore hatte noch nie von Kola-Likör gehört. »Ich glaube, wir belassen es bei Portwein und Sherry.«

»Wie Sie meinen, ganz wie Sie meinen.« Er drehte sich um die eigene Achse, den Zeigefinger am Nasenflügel. »Dann vielleicht Vanille?« Er ging zu einem Regal an der gegenüberliegenden Wand und breitete die Arme aus. »Bitte schauen Sie sich in Ruhe um.«

• • •

Am Abend lag Leonore lange wach in ihrem Hotelzimmer, noch immer aufgedreht von dem, was sie im Kolonialhaus gesehen hatte.

»Du schläfst ja gar nicht.« Julius drehte sich auf die Seite, um sie im Halbdunkeln ansehen zu können.

»Ich muss die Eindrücke erst noch verarbeiten. Und ich habe noch immer den herrlichen Duft von Vanille in der Nase. In unserem Laden wird es weder Tierkrallen noch ausgestopfte Vögel geben.« Sie gähnte. »Und auch keine Fotos von schwarzen Kindern, die man in Anzüge steckt«, fügte sie hinzu. »Was meinst du, ob sie sich hier wohlfühlen?«

»Fernab von ihrer Heimat? In einem Land, das so ganz anders ist als ihres?« Julius gähnte ebenfalls. »Nein, das glaube ich nicht.«

»Aber er wird sie doch nicht gezwungen haben, oder?«

»Ich glaube, darüber möchte ich nicht nachdenken. Lass

uns jetzt schlafen, sonst fallen wir morgen über unsere eigenen Füße.«

42.

Hamburg im Mai 1905

Die Kokosmakronen, die sie im Kolonialhaus gekauft hatten, waren so gut bei der Kundschaft angekommen, dass sie, seit sie vergangenen Herbst in Berlin gewesen waren, schon dreimal nachbestellt hatten. Leonore hatte mit Kreft einen annehmbaren Vertrag ausgehandelt, was sich als äußerst schwierig erwiesen hatte. Anfangs hatte er darauf bestanden, mit Julius zu verhandeln. Er hatte gemeint, er sei es nicht gewohnt, mit einer Frau über geschäftliche Dinge zu sprechen. Doch Leonore hatte nicht klein beigegeben, und so hatte Kreft schließlich nach langen und zähen Verhandlungen einen Liefervertrag aufgesetzt.

Kurz nach ihrer Berlinreise war Leonore dann endlich sicher gewesen, wieder guter Hoffnung zu sein. Vielleicht würde sie Julius diesmal einen Sohn schenken, auch wenn er beteuerte, sich über eine zweite Tochter genauso zu freuen.

Diese zweite Schwangerschaft hatte sich von Anfang an sehr von der ersten unterschieden. Leonore war ständig müde und erschöpft gewesen und musste häufig sehen, dass sie nicht im Stehen einschlief, wenn keine Kundschaft im Laden war. Julius drängte sie immer wieder zur Ruhe und achtete peinlich darauf, dass sie Pausen machte und sich nicht zu viel zumutete. Den Geburtstermin hatte die Hebamme für Juni ausgerechnet.

An einem Tag Ende Mai, an dem es überall nach Frühling duftete, saß Leonore im Kontor, eine Hand auf ihrem runden Bauch. Das Kind war unruhig, und diese Unruhe übertrug sich auf sie. Oder waren das etwa schon Wehen?

Julius kam herein und schaute sie sorgenvoll an. »Was ist mit dir?«

»Ich brauche nur ein bisschen Ruhe«, versicherte sie. »Mir geht es gut, wirklich.«

»Fahr heim, Nora, ich bitte dich. Wir schließen ohnehin bald. Den Rest schaffen dein Vater und ich allein.«

»Ich weiß nicht ...«

Er schnalzte mit der Zunge, und sie seufzte. »Na schön, du hast recht. Ich fahre heim und lege mich ein bisschen hin.«

Er nickte zufrieden und nahm sein Jackett vom Stuhl.

»Was hast du vor?«

»Ich werde mich davon überzeugen, dass du wohlbehalten in der Straßenbahn landest und nicht auf die Idee kommst, zu Fuß zu gehen. Oder möchtest du lieber mit der Droschke fahren?«

»Nein, nein.« Sie schüttelte schwach den Kopf.

Zu Hause legte Leonore sich gleich ins Bett. Ihre Tochter brachte ihr ihr Lieblingspüppchen und deckte sie fürsorglich zu.

Leonore strich ihr übers weiche Haar. Wie ähnlich sie

Julius sah. »Mir wird es gleich viel besser gehen. Du wärst eine wunderbare Krankenschwester.« *Oder warum nicht Ärztin*, dachte sie dann und lächelte in sich hinein.

Im Flur war die Stimme von Frau Wilhelm zu hören. »Wo steckt das Kind nur wieder?« Sie trat ins Zimmer, das Gesicht rot angelaufen. »Bist du hier, Gre … – oh, ich bitte um Verzeihung, Frau Konradi, ich wusste nicht …«

»Schon gut, Frau Wilhelm. Ich habe mich einfach ins Haus geschlichen, ohne Ihnen Bescheid zu geben.«

»Ist Ihnen nicht wohl?«, fragte sie Leonore jetzt besorgt.

»Ich brauche nur ein wenig Ruhe. Zuerst dachte ich, es könnten die Wehen sein, aber das hat sich Gott sei Dank als falsch erwiesen.«

»Sind Sie sicher?«

Leonore nickte. »Die Hebamme meint, das Kind sei recht groß und würde sich schon bald senken. Offenbar hat es das nun getan.«

»Ob es wohl auch so ein kleiner Wirbelwind werden wird?«

»Warten wir es ab.«

»Kann ich etwas für Sie tun?«

»Ja, sorgen Sie bitte dafür, dass ich ein wenig schlafen kann.« Leonore deutete auf Greta, die auf Zehenspitzen am Fenster stand, die Ellbogen aufgestützt, und in den Garten schaute.

»Natürlich, Frau Konradi.« Frau Wilhelm nickte. »Ach, das hätte ich ja beinahe vergessen.« Sie zog einen Brief aus ihrer Schürze. »Der ist heute für Sie gekommen.«

Leonore nahm den Brief entgegen, und als sie Carls

Handschrift erkannte, klopfte ihr Herz vor Freude. »Von meinem Bruder.«

Frau Wilhelm streckte die Hand nach Greta aus. »Komm, wir sehen mal, ob noch ein paar von den Keksen da sind.«

Die beiden verließen das Zimmer, und Leonore war froh, dass nun etwas Ruhe einkehren würde.

Wie so oft zu dieser Jahreszeit saßen sie und Julius am Abend im Garten und lauschten dem leisen Wind, der aufgekommen war. Es duftete nach Kirschblüten, bestimmt würden sie dieses Jahr eine gute Ernte haben.

Julius hatte Leonore eine Decke um die Schultern gelegt, obwohl ihr nicht kalt war. »Woran denkst du?«, fragte er sie.

»Daran, dass bald vier Kinderfüßchen durch den Garten tapsen werden. Vielleicht werden wir einen Sohn bekommen«, sagte sie versonnen und hob das Gesicht in die Abendsonne. »Heute ist ein Brief von Carl gekommen.«

»Wie geht es ihm?«

Sie trug den Brief bei sich, faltete ihn auseinander und las ihn Julius vor.

Meine liebe Nora,

wir sind tatsächlich in New York geblieben, während es viele Auswanderer aufs Land gezogen hat. Mir gefällt es hier, und auch Mathias mag nicht woanders hingehen. Wir haben beide eine gut bezahlte Arbeit in einer Schreinerei gefunden. Der Inhaber ist Deutscher und kommt aus Schwaben. Oft verstän-

digen wir uns mit Händen und Füßen, mir kommt sein Schwäbisch manchmal schwieriger vor als das Englisch, das hier gesprochen wird.

Mir geht es gut, Nora, sei ganz unbesorgt.

Wie geht es Euch? Erzähl mir von meiner Nichte, ja? Und grüß mir Deinen Mann.

Ungeduldig auf Deine Antwort wartend,
Dein Bruder Carl

»Es freut mich, dass er ein neues Leben beginnen konnte«, sagte Julius. »Das geht nicht allen so. Viele kehren nach einiger Zeit wieder zurück, weil sie enttäuscht und ernüchtert sind.«

Leonore nickte. Etwas ganz Ähnliches war ihr auch gerade durch den Kopf gegangen. »Wenn Vater ihm doch nur verzeihen könnte.«

»Vielleicht kann er es irgendwann.«

»Ja«, sagte sie leise. »Das hoffe ich.«

43.

In der darauffolgenden Woche hatte Julius allein zum Laden fahren müssen. Leonore war im Bett geblieben, sie war sicher, dass das Kind kommen würde. Während er sich angezogen hatte, war sie im Geiste den Tag durchgegangen.

»Denk an die Kartoffellieferung, und sieh bitte nach, ob sie wieder keimen. Lass sie zurückgehen, wenn dem so ist, egal, was Benno dir erzählt. Und die Kohlstädts bekommen eine Kiste Linsen und eine Kiste Senf. Warte, was noch ...?«

Er hatte sich zu ihr aufs Bett gesetzt und den Kopf geschüttelt. »Wie willst du dich ausruhen, wenn du in Gedanken im Laden bist?«

»Aber ...«, hatte sie begonnen und schließlich genickt. »Du hast ja recht. Achte bitte auf Vater, ja? Er soll zu Mittag eine Kleinigkeit essen, auch wenn er behauptet, keinen Hunger zu haben.«

»Sehr wohl, gnädige Frau.«

Sie hatte lachen müssen. »Und auf dich gib bitte auch acht, hörst du?«

Seitdem lag sie im Bett und achtete auf jedes kleine Ziepen in ihrem Bauch. Da war wieder etwas! Sie verzog das Gesicht, als das Ziepen sich in einen heftigen Schmerz verwandelte.

»Frau Wilhelm!«, rief sie laut, und es dauerte nicht lange, bis die Haushälterin in der Tür stand.

»Frau Konradi?«

»Lassen Sie Margarethe kommen. Ich glaube, das Kind ...«

Frau Wilhelm schloss die Tür so schnell, dass sie einen Teil ihres Rockes darin einklemmte und sie wieder öffnen musste.

Leonore schnappte nach Luft, als eine weitere Schmerzwelle anrollte. Das Kind kam, es gab keinen Zweifel mehr.

Einige Zeit später lief Frau Wilhelm aufgeregt am Fenster auf und ab. »Wo bleibt sie denn nur? Wenn sie doch nur endlich da wäre!«

»Sie machen mich nervös, Frau Wilhelm.« Leonore stöhnte unterdrückt auf. Sie selbst war nervös genug, weil die Hebamme sich so lange Zeit ließ. »Waren Sie schon einmal bei einer Geburt dabei?«

Die Haushälterin wurde kreidebleich. »Nein.« Sie öffnete das Fenster und fächelte sich Luft zu. »Oder soll ich es lieber wieder schließen? Ist Ihnen zu kalt?«

Leonore schüttelte matt den Kopf.

»Da! Die Hebamme, Frau Konradi!« Frau Wilhelm lief zur Tür.

Kurz darauf standen die beiden Frauen vor Leonore am Bett.

Margarethe, eine ältere Frau, die bereits so viele Kinder

auf die Welt geholt hatte, dass sie sie nicht mehr zählen konnte, wie sie meinte, setzte sich zur ihr auf die Bettkante. »Es ist ja nicht das Erste, Frau Konradi.« Sie tätschelte Leonores Hand und strahlte so viel Ruhe und Gelassenheit aus, dass Leonore tief durchatmete.

Frau Wilhelm war das genaue Gegenteil. Sie lief wie ein aufgescheuchtes Huhn zum Fenster und wieder zurück.

»Sie machen mir die arme Frau Konradi ja ganz wuschig«, meinte Margarethe. »Setzen Sie Wasser auf und holen Sie mir frische Leinentücher.«

»Sofort.« Die Haushälterin eilte zur Tür. Wahrscheinlich war sie dankbar, dass sie das Zimmer verlassen konnte.

»Wie oft kommen die Wehen?«, fragte die Hebamme Leonore mit leiser Stimme, die so beruhigend und wohltuend klang, dass sie erst jetzt spürte, wie angespannt sie bisher gewesen war.

»Alle drei Minuten.«

Margarethe nickte. »Dann wollen wir mal sehen …«

Keine Stunde später hatte Leonore ihre zweite Tochter im Arm gehalten. Margarethe hatte das Kind untersucht, für gesund und kräftig befunden, und schließlich das Haus wieder verlassen.

Leonore hatte ihre kleine Tochter kaum gebührend bewundern können, weil sie eingeschlafen war und erst wieder aufwachte, als sie Julius' aufgeregte Stimme im Garten hörte. Sie blinzelte verblüfft. Wie lange hatte sie geschlafen?

Frau Wilhelm kam leise herein. »Sind Sie wach, Frau Konradi?«, flüsterte sie.

Leonore versuchte, sich aufzusetzen, ließ es aber gleich wieder bleiben. »Wie lange habe ich geschlafen?«

»Mehrere Stunden. Es ist Abend.«

»Grundgütiger!« Leonore wollte sich erneut aufrichten und einen Blick in die Wiege werfen, die neben dem Bett stand, sie spürte jedoch jeden Knochen, jeden Muskel in ihrem Leib und verzog das Gesicht. »Ist mein Mann gerade gekommen, oder habe ich das geträumt?«

Frau Wilhelm schmunzelte. »Er ist im Garten, Frau Konradi. Ich glaube, er pflückt ein paar Blumen.«

Leonore wollte lachen, traute sich aber nicht. »Wie geht es meiner kleinen Tochter?«

»Sie schläft wie ein kleiner Engel.« Die Haushälterin schaute in die Wiege. »Ein hinreißendes Kind, Frau Konradi. Kohlrabenschwarzes Haar und dunkelblaue Augen.«

»Margarethe sagt, alle Kinder haben bei der Geburt blaue Augen.«

»Wirklich? Das wusste ich nicht.«

»Helfen Sie mir, mich aufzusetzen?«

»Natürlich.« Frau Wilhelm stopfte ihr zwei dicke Kissen in den Rücken, und Leonore tat so, als würde sie sich nicht gerade fühlen, als sei eine Droschke über sie hinweggerumpelt. »Wie soll die Kleine denn heißen, Frau Konradi?«

»Ada Leonore Johanna.«

»Ada. Ein ungewöhnlicher Name.«

»Julius' Großmutter mütterlicherseits hieß so. Er kann sich kaum noch an sie erinnern, nur dass sie ungewöhnlich groß war und immer vergnügt gewesen sein soll.«

»Nun, ungewöhnlich groß sind Sie auch, Frau Konradi.«

»Johanna war der Name seiner geliebten Kinderfrau«, sprach Leonore weiter.

Frau Wilhelm zog ihr Taschentuch hervor und tupfte sich die Augen ab. »Und er benennt seine zweite Tochter nach ihr. Also, ich finde das ganz reizend.«

Es klopfte, und Julius kam herein. »Darf ich?«

Leonore winkte ihn zu sich. »Komm, und sieh dir deine kleine Tochter an.«

»Geht es dir auch gut?« Er nahm ihre Hand und drückte sie.

»Mir geht es wunderbar, Julius.«

Er sah nicht aus, als sei er sehr überzeugt. »Ich nehme an, du übertreibst gerade ein wenig.« Er betrachtete seine neugeborene Tochter mit einem breiten Lächeln. »Greta möchte unbedingt ihre kleine Schwester sehen«, meinte er dann.

»Bring sie ruhig her.«

Er ging hinaus, und ihr fiel auf, dass er heute stärker hinkte. Vielleicht war er besonders rasch gegangen, um bei ihr zu sein.

Kurze Zeit später stand er mit Greta in der Tür. Ihre große Tochter kam zu ihr gerannt und wollte sich auf das Bett werfen, Leonore konnte sie gerade noch davon abhalten. Mit großen Augen stellte sie sich neben die Wiege, den Mund halb geöffnet.

»Ich möchte etwas mit dir besprechen, Julius.«

»Nur zu, Liebes«, sagte er, während er die kleine Ada mit einem verzückten Lächeln betrachtete.

»Ich würde Sofie gerne fragen, ob sie die Patenschaft für Ada übernehmen möchte.«

Julius blickte auf, die Stirn gerunzelt. Er schien überrascht zu sein. »Sofie?«

»Ich weiß, du findest, deine Schwester sollte Patin werden, nachdem Isabel und Oskar Gretas Paten sind.«

»Nein, das finde ich nicht«, entgegnete er zu ihrer großen Verwunderung.

»Aber das ist doch so üblich, Julius.«

»Üblich.« Er schmunzelte. »Haben wir uns nicht schon oft genug über Konventionen hinweggesetzt, Nora?« Die kleine Ada begann zu wimmern, und er strich ihr sacht mit dem Finger über die Wange. »Ich möchte nicht, dass Veronika die Patin unserer Tochter wird. Frag ruhig Sofie. Ich gehe davon aus, dass sie keine Sekunde zögern wird.«

44.

Hamburg im Juli 1905

Eines Abends hatte sich Leonore in den Pavillon, den Julius für sie hatte bauen und aufstellen lassen, gesetzt, um einen Brief an ihren Bruder zu verfassen.

All meine Träume haben sich erfüllt, Carl. Ich habe Julius getroffen und ihm zwei Töchter geschenkt. Wir wohnen in einem hübschen Haus, und ich führe den Kolonialwarenladen. Sich mehr zu wünschen, wäre vermessen.

Sie hielt inne. Hatte sie wirklich keine Wünsche mehr? Ihr würde etwas fehlen, wenn dem so wäre. Sie brauchte dieses freudige Kribbeln, dieses leise Gefühl von Ungeduld, unbedingt etwas erreichen zu wollen.

Aber Du hast Träume, Carl, und ich glaube fest daran, dass Du sie verwirklichen kannst. Träume erfüllen sich nicht von allein, man muss etwas dafür tun. Aber wem sage ich das, Du warst so ungeheuer mutig und bist auf ein Schiff gegangen, das Dich in ein fremdes Land gebracht hat. Ich hätte mich das nicht getraut. Du darfst stolz auf Dich sein, lieber Bruder.

Erneut hielt sie inne. Natürlich hatte sie einen Traum! Sie träumte davon, dass Carl und ihr Vater sich versöhnten.

Sie strich über das Papier und schrieb weiter.

Darf ich Dich um etwas bitten? Denk darüber nach, ob Du Vater nicht schreiben möchtest. Es ist mein großer Wunsch, dass Ihr Euch wieder aussöhnt. Ich glaube, es ist auch Deiner, nicht wahr? Er kann nicht über seinen Schatten springen, aber Du kannst es, Carl. Ich weiß es.

Es grüßt Dich herzlich
Deine Schwester Nora

P. S. Bitte überbringe auch Mathias meine besten Grüße!

Sie faltete den Brief, ohne ihn erneut zu lesen, und steckte ihn in den Umschlag.

• • •

Am darauffolgenden Sonntag fuhr Leonore mit Ada im Arm mit der Droschke nach Blankenese. Es war ein Überraschungsbesuch, und sie war schrecklich gespannt auf Sofies Gesicht.

Sie stieg aus und blieb vor der Villa stehen, die vom gleißenden Licht der Nachmittagssonne angestrahlt wurde. Im Garten blühten Rosen in verschiedenen Farben, und es duftete nach den ersten Kirschen. Zwei Stare, die eine Kirsche stibitzt hatten, hockten auf dem Rasen und zupften an dem Leckerbissen.

Leonore bedeckte das Gesicht ihrer schlafenden Tochter mit einem Leinentuch, um es vor der Sonne zu schützen, und ging zur Eingangstür.

Nachdem sie den Türklopfer bedient hatte, dauerte es nicht lange, bis Schritte zu hören waren. Wenig später öffnete Agnes die Tür und lächelte erfreut, als sie Leonore erkannte. »Gnädige Frau.« Sie knickste.

»Agnes! Wie schön, Sie hier zu sehen. Haben Sie sich gut eingelebt?«

Das Dienstmädchen nickte. »Die gnädige Frau ist sehr gut zu mir.«

»Das überrascht mich nicht.« Leonore wusste, dass Veronika getobt hatte, als Agnes um ihre Papiere gebeten hatte. Sie hatte dem armen Mädchen ein Arbeitszeugnis samt Empfehlung verweigern wollen, doch Mathilda hatte ihr beides schließlich ausgestellt. »Würden Sie mir einen Gefallen tun, Agnes?«

»Aber natürlich, gnädige Frau.«

»Sagen Sie Frau Schmitt, dass Besuch gekommen ist, aber verraten Sie nicht, wer es ist. Ich möchte sie überraschen.«

Das Dienstmädchen nickte. »Selbstverständlich.« Sie nahm Leonore den Hut ab, bewunderte die kleine Ada, die noch immer selig schlief, und bat Leonore in den kleinen Salon, um dort zu warten.

Leonore stellte sich mit ihrer Tochter ans Fenster und

blickte hinaus in den herrlich blühenden, akkurat gepflegten Garten. *Ob mein eigener jemals so hübsch aussehen wird?*

Es war ganz still, die Vögel hatten sich offenbar in die Bäume und Sträucher zurückgezogen, um der Hitze zu entgehen.

Die Tür ging auf, und Sofie kam herein. Ihr Kleidersaum raschelte auf dem glänzenden Parkettboden. »Leonore! Warum um Himmels willen haben Sie sich nicht angekündigt? Was für eine Freude, Sie zu sehen!« Sie eilte auf Leonore zu und schloss sie in die Arme. Dann machte sie sich wieder los und bat darum, die kleine Ada halten zu dürfen. »Nun sehen Sie sich dieses bezaubernde Geschöpf an.« Sie drückte ihr Gesicht in die Decke, in die das Kind gewickelt war. »Sie ist hinreißend, Leonore, ganz und gar hinreißend. Ich danke Ihnen so sehr, dass Sie gekommen sind.« Sie wollte sich gar nicht wieder beruhigen. »Aber ich bitte Sie, setzen Sie sich doch, meine Liebe.«

Leonore nahm in einem der Sessel Platz und sah zu, wie Sofie mit dem Kind hin und her ging, wobei sie es fest an ihre Brust gedrückt hielt. Leonore hatte sie noch nie so erlebt. Sofie neigte zu Übertreibungen und überschwänglichen Gesten, doch dieses Verhalten war selbst für ihre Verhältnisse ungewöhnlich.

»Sie trinken doch bestimmt einen Tee mit mir.« Sofie setzte sich ihr gegenüber, das Kind noch immer im Arm, und läutete das kleine Silberglöckchen, das auf dem Tisch stand.

Kurz darauf stand Agnes in der Tür. »Gnädige Frau.«

»Seien Sie so gut, und bringen Sie meiner Freundin und mir Tee und Gebäck, Agnes.«

»Sehr wohl, gnädige Frau.« Agnes schloss die Tür.

»Ich bin ganz beglückt, dass Sie gekommen sind. Was für eine wundervolle Überraschung.« Sofie gab Ada einen sanften Kuss und betrachtete sie eingehend. »Sie hat die gleichen mandelförmigen Augen wie Sie, Leonore.«

»Finden Sie?«

Sofie nickte. »Und nun sehen Sie sich dieses entzückende kleine Näschen an.«

Leonore musste laut lachen. »Wenn Sie sich nur hören könnten, liebe Sofie. Meine Tochter hat Sie ja ganz durcheinandergebracht.«

Sofie blickte auf. Ihre Augen schimmerten. »Das ist wahr, ich gebe es zu.« Weinte sie? Doch sie hatte sich schnell wieder im Griff. »Wie geht es Ihnen, liebe Freundin?«

»Mir geht es sehr gut. Seit ein paar Tagen stehe ich wieder im Laden, während Greta im Kontor spielt und Ada in einem Korb neben mir schläft. Sie sind zwei liebe kleine Engel.«

»Und Sie unverkennbar eine stolze Mutter.« Sofie küsste die kleine Ada wieder. »Wie schaffen Sie es nur, Geschäftsfrau und Mutter zugleich zu sein?«

»Indem ich es einfach versuche«, antwortete Leonore.

Agnes trat ein und brachte Tee und süße Plätzchen. Sie stellte das Tablett auf den Tisch, schenkte ihnen ein und verließ den Salon wieder.

»Sie fühlt sich wohl bei Ihnen«, sagte Leonore, nachdem Agnes gegangen war.

»Sagt sie das? Nun, ich bin sehr froh, dass sie da ist. Und das habe ich Ihnen zu verdanken, liebe Leonore.«

Leonore rührte in ihrem Tee. »Sie haben viele Monate den Postillon d'Amour für Julius und mich gespielt, und ich bin froh, dass ich endlich auch einmal etwas für Sie tun konnte.«

Sofie schaute sie fassungslos an. Hatte sie etwas Falsches gesagt? »Sie finden, Sie haben endlich einmal etwas für mich getan? Ich bitte Sie, meine Liebe! Sie scheinen nicht zu ahnen, was Sie in all der Zeit, die wir uns jetzt kennen, für mich getan haben.«

Sie tranken ihren Tee und knabberten Plätzchen, während Ada friedlich schlummerte. Albert kam herein, um Guten Tag zu sagen, und wurde von seiner Frau genötigt, das Kind gebührend zu betrachten und zu bewundern. Mit einem amüsierten Schmunzeln verabschiedete er sich wieder.

»Ich hätte ihm so gern Kinder geschenkt«, sagte Sofie leise und blickte dann verdutzt auf, als könne sie selbst nicht glauben, was sie soeben gesagt hatte.

Leonore stellte ihre Teetasse auf den Tisch und strich über ihr Kleid. Sie wusste nicht recht, wie sie anfangen sollte. »Ich würde Sie gern etwas fragen, Sofie.«

»Nur zu, meine Liebe.« Sofie wiegte das Kind hin und her.

»Möchten Sie die Patenschaft für unsere kleine Ada übernehmen?«

»Oh, Leonore ...« Sofie hielt sich die Hand vor den Mund.

»Ich möchte Sie keineswegs überfahren, Sofie.«

»Oh, Leonore …«, sagte sie wieder. »Mit dem größten Vergnügen! Ich sage nur zu gern Ja.« Sie räusperte sich. »Wenn Sie wüssten, was Sie mir für eine Freude …« Wieder musste sie sich räuspern. »Du machst mir eine ungeheure Freude, liebe Nora. Ich darf dich doch so nennen?«

Leonore nickte.

Sofie schien noch etwas sagen zu wollen und schaute wie gebannt auf das Kind in ihrem Arm. Und dann brach sie in Tränen aus.

45.

Hamburg im November 1905

»So wird das nichts, Nora.« Julius legte den Pinsel hin. »Du musst stillhalten.« Mit einem Kopfschütteln betrachtete er Leonore, die auf einem Stuhl vor ihm saß.

»Mir sind die Beine eingeschlafen.« Vorsichtig veränderte sie ihre Sitzhaltung.

Als er sie gebeten hatte, ihm Modell zu sitzen, hatte sie bereitwillig zugesagt. Ein Fehler, wie sie im Nachhinein wusste. Sie war einfach zu ungeduldig, um stundenlang still zu sitzen.

Julius betrachtete das Porträt, das er vor ein paar Tagen begonnen hatte. Es sollte sie so zeigen, wie er sie sah: heiter und unternehmungslustig, voller Energie und Ideen.

Er schnalzte mit der Zunge und schüttelte erneut den Kopf. »Du schaust so ernst.«

»Ich kann unmöglich stundenlang lächeln. Wie stellst du dir das vor? Mir tut schon jetzt der Mund weh.« Sie wollte aufstehen.

»Untersteh dich.«

Sie blieb sitzen.

»Wenigstens noch für ein paar Minuten.« Er schenkte

ihr ein aufmunterndes Lächeln. »Das Bild könnte im Kontor hängen, was meinst du?«

Anstatt einer Antwort seufzte sie nur. Greta hatte sie angebettelt, am Nachmittag mit ihr und dem Puppenhaus zu spielen, das Julius ihr gebaut hatte. Ein wunderschönes Haus aus Kiefernholz, an dem er viele Wochen gesägt, gehämmert und geleimt hatte. Es gab drei Zimmer mit winzigen Möbeln, die er ebenfalls selbst gebaut hatte. Wenn Ada größer war, würden sie und Greta gemeinsam damit spielen können.

Wieder seufzte Leonore laut.

»Warum seufzt du denn so?«, fragte Julius, während er das Porträt weiter betrachtete. Er war nicht zufrieden, das war deutlich zu sehen.

»Ich dachte gerade daran, dass ich Greta versprochen hatte, mit dem Puppenhaus zu spielen. Und ich wollte Tannenzweige schneiden gehen.«

Julius runzelte die Stirn. »Du möchtest alles tun, außer mir Modell zu sitzen.«

»Es tut mir leid«, sagte sie kläglich. »Ich wusste nicht, wie anstrengend das ist. Darf ich es sehen?«

»Nein.«

»Aber warum denn nicht, Julius? Vielleicht fällt mir das Stillsitzen leichter, wenn ich das Bild gesehen habe.«

»Gut, dass du dein Geld nicht mit Modellsitzen verdienen musst.«

»Das wäre schrecklich«, gab sie unumwunden zu.

»Dein Haar ist mir sehr gut gelungen.«

»Ach bitte, lass es mich anschauen, Julius.«

»Nein, ich zeige es dir erst, wenn es fertig ist.«

»Aber das dauert ja noch ewig!«

Er lachte. »Ja, weil du nicht still sitzt.«

»Ich bemühe mich ja, wirklich. Aber es fällt mir so furchtbar schwer.« Leonore lauschte. »Ich glaube, Ada ist aufgewacht.«

»Dann wird Frau Wilhelm sie gehört haben.«

»Aber vielleicht ist sie im Garten.«

Er bewegte den Kopf in Richtung Fenster. »Und was macht sie deiner Meinung nach dort? Im Pavillon sitzen und die Sonne genießen?«

Leonore verzog das Gesicht. Draußen wehte ein ungemütlicher Wind, und es nieselte seit dem Morgen. Schließlich seufzte sie wieder, diesmal ergeben, setzte sich aufrecht hin, nahm das Kinn hoch, so wie Julius es ihr gesagt hatte, und zwang sich zu einem breiten Lächeln.

»Was ist denn nun geschehen?«, fragte er verblüfft.

»Ich habe mich entschlossen, folgsam zu sein.«

Er grinste, sagte aber nichts. Stattdessen nahm er Pinsel und Palette wieder auf und machte sich ans Werk.

Dieses Mal hatte Leonore es tatsächlich geschafft und eine geschlagene Stunde still dagesessen. Nur ihr Blick war ab und an durchs Zimmer gehuscht.

Nun kam Greta hereingestürmt, offenbar war sie Frau Wilhelm wieder einmal entwischt. Die Haushälterin folgte ihr auf dem Fuß und blieb erschrocken in der Tür stehen. »Ich bitte um Verzeihung, ich wollte Sie nicht stören.«

»Sie stören nicht.« Julius legte den Pinsel beiseite, warf

einen langen Blick auf das Bild und schließlich auf seine Frau. Dann nickte er, und ein zufriedenes Lächeln huschte über sein Gesicht. »Für heute wollen wir es gut sein lassen, Nora.«

»Dann darf ich jetzt spielen gehen?«, fragte Leonore, und er und Frau Wilhelm begannen lauthals zu lachen.

Erst jetzt begriff sie, was sie gerade gefragt hatte, und stimmte mit ein. Und seltsamerweise fühlte sie sich in diesem Moment wie die kleine Nora von damals.

46.

Hamburg im Dezember 1905

Wenige Tage vor Weihnachten erledigte Leonore ihre letzten Besorgungen und Geschenkeinkäufe.

Als sie in den Laden zurückkam, stand ihr Vater hinter dem Tresen und bediente einen Kunden. Aus dem Kontor erklang leises Weinen.

Leonore lief hin. Julius hatte die kleine Ada auf dem Arm und wanderte mit ihr durchs Zimmer. »Schsch, meine Kleine, ist ja gut. Gleich kommt deine Mutter.«

»Was hat sie denn?«

»Gut, dass du da bist, Nora. Ich weiß nicht, was sie so quält.«

Leonore wollte die Kleine gerade nehmen, als ihr Vater hereinkam. »Was hat sie denn?«, fragte auch er.

»Wenn wir das wüssten.«

»Gib sie mir«, bat er.

Verblüfft sah Leonore zu, wie er sich das kleine Mädchen auf den ausgestreckten Unterarm legte, sodass die kleinen Beinchen an beiden Seiten herunterbaumelten. So ging er mit ihr auf und ab und strich ihr dabei beruhigend über den Rücken. Und sie verstummte.

Julius und Leonore schauten einander an.

»Wenn deine Mutter so tief schlief, dass sie dein Weinen nicht hörte, bin ich aufgestanden und habe dich so durch die Wohnung getragen«, sagte ihr Vater, mit dem Rücken zu ihr. »Meistens wurdest du schon bald ganz still und bist wieder eingeschlafen.«

Sie wusste nicht, was sie sagen sollte.

Ihr Vater legte ihre kleine Tochter vorsichtig in den Korb zurück. Mit einem zufriedenen Schmunzeln setzte er sich an seinen Schreibtisch. »Wollt ihr noch lange dort herumstehen, oder wollen wir uns wieder an die Arbeit machen?«

Beim Abendessen erzählte Leonore ihrem Mann von der Idee, kleine Küchlein zu backen und im Laden anzubieten. Der Gedanke war ihr beim Einkaufen gekommen.

»Das klingt sehr gut«, meinte Julius. »Aber auch nach viel Arbeit. Vergiss nicht, du hast nur zwei Hände.«

»Das vergesse ich nicht, keine Sorge. Es ist zunächst ja nur ein Versuch. Und vielleicht kann Frau Wilhelm mir helfen. Sie backt leidenschaftlich gern, wie sie mir verraten hat.«

»Frag sie nur.«

Eine Weile aßen sie schweigend, dann sagte er: »Ich bin noch immer ganz überrascht von deinem Vater, Nora.«

»Ja, ich auch«, gab sie zu. »Ich wusste nicht einmal, dass er mich auf den Arm genommen hat, als ich klein war. Ich glaube, ich habe ihm in vielem Unrecht getan.«

»Weil du es nicht besser wusstest.«

»Ich habe beschlossen, ihn auf Carl anzusprechen. Vielleicht steche ich in ein Wespennest, aber es muss sein. Möglicherweise braucht er nur einen kleinen Schubs. Ich würde es mir so wünschen.«

Am Abend darauf nahm Leonore all ihren Mut zusammen und ging zu ihrem Vater, der im Kontor am Schreibtisch saß und gedankenverloren aus dem Fenster schaute.

Ihre Töchter waren bereits mit Julius nach Hause gefahren, wo Frau Wilhelm auf sie wartete. Die Haushälterin hatte versprochen, Verkleiden mit Greta zu spielen, und Julius würde sich in der Zeit in sein Atelier zurückziehen.

»Vater?«

Er fuhr zusammen und schaute sie an. »Nora.«

Sie setzte sich auf den Stuhl und zupfte nervös an ihrem Rock.

»Bedrückt dich etwas?«

»Nein, nein. Doch. Es ... ist wegen Carl.«

»Ist ihm etwas passiert?« Er war ganz blass geworden.

»Nein, es geht ihm gut. Es ist nur ... Ich habe ihm geschrieben, dass ich mir eine Versöhnung zwischen euch wünsche.« Sie sah ihn an und versuchte, in seinem Gesicht zu lesen. »Ich weiß, dass es ihm auf der Seele liegt, Vater.«

Er lehnte sich zurück und schaute wieder aus dem Fenster. »Ich habe lange darüber nachgedacht, Nora. Es liegt auch mir auf der Seele.«

»Warum schreibst du ihm nicht?«

»Er würde meinen Brief doch gar nicht lesen.«

»Das glaube ich nicht«, widersprach sie.

»Ich habe so viele Fehler gemacht.«

»Wir alle machen Fehler, gräm dich deswegen nicht. Es geht doch letztlich nur darum, dass man sich seine Fehler eingesteht, oder etwa nicht?«

Er machte »Hmm«, und sie fragte ihn: »Möchtest du meinen Rat?«

»Warum sollte eine Tochter ihrem alten Vater keinen Rat geben? Nur zu, Nora.«

»Schreib ihm.«

»Du meinst, ich sollte nicht darauf warten, dass er den ersten Schritt macht.« Er nickte. »Ich glaube, du hast recht.«

Beinah wäre sie aufgesprungen. »Wirklich?«

»Ich bin sein Vater, ich sollte das tun.« Er schien mehr zu sich selbst gesprochen zu haben.

»Das ist ... wunderbar, Vater! Dann kannst du ihm verzeihen?«

Seine Antwort ließ einige Zeit auf sich warten, bis er schließlich nickte. »Ja. Ja, ich glaube, ich kann ihm verzeihen.«

47.

Hamburg im April 1906

Anfang des Jahres hatte Leonore gemeinsam mit Frau Wilhelm begonnen, Marzipan-Cremetörtchen zu backen. Sie war der Meinung, dass sie die Törtchen nicht ständig im Sortiment haben sollten, damit sie die Kunden immer mal wieder überraschen konnten. Schließlich waren sie übereingekommen, die Törtchen an besonderen Feier- und Festtagen anzubieten. Im Frühjahr wollte sie außerdem kleine Stachelbeer-, und im Sommer Kirsch-, und Johannisbeertörtchen backen.

Frau Wilhelm war hellauf begeistert, dass ihre Backkunst gefragt war, und stürzte sich mit Feuereifer in ihre neue Aufgabe.

An diesem Morgen lag eine zarte Schneeschicht über den ersten Krokussen. Über Nacht hatte es noch einmal geschneit, und Greta war jauchzend aus dem Haus gestürmt, in der frohen Erwartung, einen Schneemann bauen zu können. Ganz enttäuscht war sie wieder hereingekommen, und Julius hatte sie getröstet und gesagt, dass der Schnee kaum für eine kleine Schneemaus reiche.

Leonore fuhr mit einem Korb voller Marzipantörtchen in den Laden. Das Osterfest stand kurz bevor.

Sie brachte ihre Töchter ins Kontor und zog ihnen Mantel und Stiefelchen aus. Anschließend wischte sie den Tresen und die Kasse, säuberte die Scheibe in der Ladentür und schloss auf.

Herr Wedekind wartete bereits vor der Tür. »Moin, Leonore.« Er betrat den Laden und rieb sich die Hände. »Wonach riecht es denn hier?«, fragte er und blickte sich um.

»Nach Frühling?« Sie lächelte.

Er zeigte nach draußen. »Wenn das da draußen Frühlingswetter sein soll …«

»Das kennen wir doch bereits, Herr Wedekind. Der Winter bäumt sich ein letztes Mal auf, bevor der Frühling das jährliche Spiel gewinnt.« Sie hob verblüfft die Augenbrauen über ihre plötzliche poetische Anwandlung.

Wedekind grinste belustigt. »Das hast du schön gesagt, Leonore.«

Als sie begann, die Törtchen in das niedrige Regal neben der Kasse zu räumen, sagte er: »Zwei musst du gar nicht erst wegräumen, die nehme ich gleich mit. Wie geht's euren Töchtern?«

»Wunderbar. Sie sind hinten im Kontor.«

»Ich hab meiner Frau erzählt, dass du hier im Laden stehst und außerdem zwei Mädchen großziehst.« Er zog seinen Einkaufszettel aus der Manteltasche und runzelte die Stirn. »Nicht zu glauben, da kann ich meine eigene Schrift nicht mehr lesen.«

»Geben Sie mir den Zettel«, bat sie.

Während sie seine Einkäufe zusammensuchte, hörte sie, wie noch jemand in den Laden kam. Sie überlegte, ihren Vater zu rufen, ließ es dann aber bleiben. Ein wenig Geduld brachten die Kunden allemal auf.

Als sie die Sachen auf den Tresen stellte, sah sie, dass es Irmgard Mackintosh war, die den Laden betreten hatte. »Guten Morgen, Frau Mackintosh. Heute ist doch erst Montag.«

Die alte Dame nickte, und Leonore fiel auf, dass sie dunkle Schatten unter den Augen hatte. Ob sie krank war? Leonore bot ihr den Platz neben der Waage an. Vor einiger Zeit hatte sie dort einen Stuhl hingestellt, damit sich die älteren Kunden ausruhen konnten, wenn es nötig war.

Herr Wedekind bezahlte, lupfte seinen Hut und brummelte etwas wie »So ein verflixtes Schietwetter aber auch« vor sich hin, als er aus der Tür ging.

»Dieser Platz ist herrlich, Frau Konradi«, meinte Frau Mackintosh. »Eine wundervolle Idee. Man fühlt sich wirklich wohl in Ihrem Laden.«

»Bleiben Sie ruhig sitzen.« Leonore ging zu ihr. »Sind Sie wohlauf?«

»Mein Mann ist gestorben.«

Leonore nahm ihre Hände und drückte sie. »Mein aufrichtiges Beileid. Es tut mir sehr leid.«

Die alte Dame hielt ihren Stock mit beiden Händen umklammert. »Ich möchte Ihnen etwas geben, Frau Konradi.« Sie öffnete ihre Handtasche und holte einen Briefumschlag heraus. Den reichte sie Leonore. »Das ist für Sie.«

Leonore drehte den Umschlag zögernd in der Hand, sie war nicht sicher, ob sie gleich hineinschauen sollte.

»Sehen Sie ruhig nach.«

Sie öffnete den Umschlag und zog einen handgeschriebenen Zettel heraus. Darauf fand sie die Rezepte der englischen Biskuits und Mürbeplätzchen.

Für einen langen Moment war sie sprachlos.

»Es gibt niemanden, dem ich die Rezepte lieber anvertrauen würde als Ihnen, Frau Konradi. Mein Mann war derselben Meinung. Ich musste ihm sogar versprechen, dass Sie sie bekommen.«

»Ich weiß gar nicht, was ich sagen soll.«

»Würden Sie mir einen Gefallen tun?«

»Jeden«, sagte Leonore impulsiv.

»Hüten Sie sie wie Ihren Augapfel, und sorgen Sie dafür, dass sie in guten, verantwortungsvollen Händen bleiben.«

»Verlassen Sie sich darauf. Die Rezepte werden in meiner Familie bleiben. Ich werde sie an meine Töchter weitergeben.« Leonore hatte den Zettel sorgsam gefaltet und in den Umschlag zurückgesteckt. »Danke, vielen Dank.«

»Gern geschehen. Verzweifeln Sie nicht, wenn die Biskuits anfangs nicht so gelingen wollen. Es braucht ein bisschen Übung.« Frau Mackintosh seufzte. »Ich werde Ende des Monats zu meinem Sohn nach Augsburg ziehen. Er möchte ein Auge auf mich haben, jetzt, wo mein Edward nicht mehr ist.«

Leonore nickte. »Ich bestehe darauf, dass Sie weiterhin Ihr Salär erhalten.«

»Das kann ich unmöglich annehmen.«

»Doch, das können Sie.«

»Sie können ja richtig energisch sein, Frau Konradi.« Die alte Dame schmunzelte belustigt. »Na schön, ich bin einverstanden.«

• • •

In der darauffolgenden Woche stand Leonore gemeinsam mit Gerlinde Wilhelm vor dem Ofen in ihrer Küche, beide hatten die Blusenärmel bis zum Oberarm aufgekrempelt. Die Küchlein waren ineinandergelaufen, und so recht aufgehen wollten sie auch nicht.

»Frau Mackintosh hat mich vorgewarnt. Vielleicht liegt es am Herd?«

»Oder wir haben etwas falsch gemacht.« Die Haushälterin warf einen Blick auf das Rezept, das auf dem Tisch lag, und murmelte die Zutaten vor sich hin. »Mehl, Zucker, Butter … Haben wir das Salz vergessen? Ich habe mich ohnehin schon gefragt, wieso um alles in der Welt Salz in den Teig kommt.«

»Ein Teelöffel.« Leonore nickte.

»Vielleicht war die Buttermilch zu kalt?«

»Oder ich habe den Teig zu stark gerührt.« Leonore tippte auf den Zettel. »Hier steht, die Zutaten dürfen nur leicht verrührt werden.«

Frau Wilhelm machte »Hmm« und schüttelte den Kopf.

»Wir versuchen es einfach noch einmal.«

Auch die nächsten Küchlein wurden nicht besser. Waren die

ersten ineinandergelaufen, wurden diese braun und steinhart.

»Es muss doch mit dem Deibel zugehen, dass wir diese verflixten Dinger nicht hinbekommen«, schimpfte die Haushälterin.

»Ärgern Sie sich nicht, Frau Wilhelm. Aller guten Dinge sind drei.«

»Aber wir haben nicht mehr genug Butter.«

»Dann verschieben wir es auf morgen.«

Als Leonore am nächsten Morgen in die Küche kam, war Frau Wilhelm bereits da und hatte den Mädchen Frühstück gemacht.

»Heureka, Frau Konradi!«, wurde sie begrüßt. »Es liegt an der Backzeit, die Biskuits dürfen nicht so lange im Ofen bleiben. Sie müssen noch ganz weich sein, wenn man sie herausnimmt. Und die Falttechnik …« Sie machte eine bedeutungsvolle Pause.

»Was ist damit?«

»Man muss den Teig mindestens dreimal zu einem Rechteck falten, das ist der Trick. Und zwischendrin muss er gehen.« Frau Wilhelm zeigte auf einen Teller, auf dem köstlich aussehende, kugelrunde, luftige Küchlein lagen.

»Sie sehen aus wie die von Frau Mackintosh«, stellte Leonore verblüfft fest.

»Ich konnte heute Nacht nicht schlafen und hab mich noch mal drangemacht.«

»Ohne Rezept?«

Gerlinde Wilhelm errötete und senkte den Blick. »Verzeihung, Frau Konradi, ich hab's mitgenommen.« Sie zeigte auf das Küchenbüfett. »Es liegt wieder in der Schublade, keine Sorge. Sie sind mir doch hoffentlich nicht böse? Ich wollte es unbedingt noch mal ausprobieren.«

»Sie haben heute Nacht gebacken?«, fragte Leonore ungläubig.

»Sie sind nicht böse auf mich?«

»Wieso sollte ich? Die Hauptsache ist, das Rezept ist wieder da.« Leonore schenkte sich Kaffee ein. »Oder sind Sie etwa eine Spionin, Frau Wilhelm?«

Die Haushälterin lachte. »Nein, keine Sorge. Es war nur mein Ehrgeiz, der mich angestachelt hat.«

»Sie behaupten also, Backen hilft gegen Schlaflosigkeit? Dann sollte ich es vielleicht auch mal probieren.« Leonore nahm einen der Biskuits, brach ein Stück ab und steckte es sich in den Mund. Es sah nicht nur aus wie eins von Frau Mackintosh, es schmeckte auch so.

»Ich habe mir noch etwas überlegt. Aus dem anderen Teig könnten wir kleine Küchlein backen und mit Äpfeln und Birnen belegen.«

»Das klingt wunderbar.«

»Wollen wir es gleich heute versuchen?«

»Ich gebe meinem Mann Bescheid, dass ich später in den Laden komme.«

»Ach, da ist noch etwas, Frau Konradi.« Ihre Haushälterin zeigte auf die Zeitung, die auf dem Küchenbüfett lag. »Ich habe einen interessanten Artikel über ein Delikatessenhaus in München gelesen.«

Leonore nahm die Zeitung, schlug sie auf und setzte

sich. Sie überflog den kurzen Artikel und las ihn dann ein weiteres Mal genauer. »Das klingt in der Tat interessant. Eine Frau, die ein großes Delikatessenhaus führt.«

»Sie führen auch einen Laden, Frau Konradi. Darauf dürfen Sie stolz sein.«

»Ich glaube, ich werde nach München fahren und mir den Delikatessenladen anschauen.«

»Heute?«

Leonore musste lachen. »Nein, nicht heute, Frau Wilhelm. Ich neige zwar zu impulsiven Entscheidungen, aber so etwas will doch gut vorbereitet sein.« Sie lächelte. »Und ich weiß auch schon, wen ich fragen werde, ob sie mich begleiten möchte.«

48.

Hamburg im Juli 1906

Während Leonore an diesem Morgen den Tresen säuberte, dachte sie daran, wie ungeheuer viel in den letzten Jahren geschehen war. Ihr Leben hatte sich verändert. Ihr Vater hatte sie zur Nachfolgerin bestimmt, und sie konnte endlich das tun, wovon sie viele Jahre geträumt hatte. Sie hatte einen Mann geheiratet, der sie liebte, und zwei entzückende kleine Mädchen, denen sie hoffentlich eine gute, liebevolle Mutter war. Wer weiß, vielleicht würde eine ihrer Töchter später den Laden weiterführen wollen.

Ihr Vater kam nach vorn. »Wo sind meine Enkelinnen?«

»Frau Wilhelm ist heute den ganzen Tag da, sie kümmert sich um die beiden.«

»Du siehst müde aus.«

Womit er vermutlich recht hatte. Sie war erschöpft und müde, gleichzeitig aber voller Tatendrang.

»Bist du sicher, dass du die weite Reise nach München auf dich nehmen willst?«

Sie nickte. »Sofie freut sich sehr darauf.« Wie ihre Freundin gestrahlt hatte, als sie sie gefragte hatte, ob sie sie begleiten wollte. »Und ich bin furchtbar gespannt auf das Delikatessenhaus. Und auf die Frau, die ihn führt. Ich erhoffe mir viele neue Eindrücke und Ideen für unseren Laden.«

»Wirst du jemals zu bremsen sein, Nora?«

»Nein, wahrscheinlich nicht.« Sie hakte ihn unter. »Komm, lass uns ins Kontor gehen. Hast du gefrühstückt?«

Er schnalzte mit der Zunge. »Glaubst du wirklich, Gertraude lässt mich ohne Frühstück nach unten?«

»Sie hat mir das Versprechen gegeben, sich um dich zu kümmern.« Leonore hielt ihm die Tür zum Kontor auf und ging zum Fenster, um einen Flügel zu öffnen.

»Post für Herrn Grieve!« Sie hörten eine laute Stimme. »Ist jemand da? Die Tür stand offen.«

»Ich gehe schon.« Kurz darauf kam ihr Vater zurück, einen Brief in der Hand und ein breites Lächeln im Gesicht. »Ein Brief von Carl.« Seine Stimme klang ungläubig und ein wenig rau. Als er sich setzte und das Kuvert öffnete, zitterte seine Hand.

Leonore hatte still dagestanden und ihm zugesehen. Sie wagte kaum, sich zu bewegen. Was hatte ihr Bruder geschrieben?

Nach einer Weile ließ ihr Vater den Brief sinken und schloss die Augen.

Ihr Magen zog sich zusammen. »Und?«

Er las ihr vor.

Lieber Vater,

ich danke Dir für Deinen Brief. Ich wollte zuerst gar nicht glauben, dass Du mir wirklich geschrieben hast. Nora hat mir kein Sterbenswort verraten, aber ich glaube, das sollte wohl so sein, nicht wahr? Ich bin so froh, Vater, und ja, ich verzeihe Dir.

Danke, dass Du auch mir verzeihst. Wer weiß, vielleicht steigt Ihr eines Tages auf ein Schiff und besucht mich hier in New York. Ich würde mich freuen. Es geht mir gut, Vater, Du musst Dir keine Sorgen um mich machen.

Ich wünsche Dir alles Gute, bleib gesund, das ist das Wichtigste. Und grüß mir Nora, Julius und meine Nichten. Es ist gut, dass Du sie hast.

Dein Sohn Carl

Leonore stieß ein leises, zutiefst erleichtertes Zischen aus. Gott sei Dank!

Sie stand auf und legte den Arm um die Schultern ihres Vaters.

»Er hat mir verziehen. Und ich dachte schon …« Er verstummte und suchte ihren Blick. »Danke, Nora. Für deinen Rat und dafür …« Er musste sich räuspern. »Dafür, dass du mich alten Dickschädel all die Jahre ertragen hast.«

Leonore war so perplex, dass sie nichts sagen konnte.

»Ich bin ein sturer, alter Esel. Ich kann von Glück sprechen, eine so kluge Tochter wie dich zu haben.«

Noch nie hatte er so etwas zu ihr gesagt, und noch nie hatte sie ihn so zufrieden, so glücklich gesehen.

49.

München im August 1906

Leonore und Sofie hatten die Zugfahrt genießen können, auch wenn beide froh waren, als der Zug in den Bahnhof einfuhr. Das stundenlange Stillsitzen und schreckliche Rumpeln hatte ihnen zu schaffen gemacht. Leonore hatte sich ein Buch mitgenommen, das sie eigentlich lesen wollte, doch ihr war schon nach wenigen Minuten übel geworden. Also hatte sie es zurück in ihre Reisetasche gelegt und aus dem Fenster geschaut. Und vor sich hingeträumt.

Dann und wann hatten sie und Sofie geplaudert und sich gegenseitig auf etwas aufmerksam gemacht, was sie entdeckt hatten. Den Fleck auf der Rückseite der Uniform des Schaffners zum Beispiel oder das entzückende Kind, das zwei Plätze weiter eng an seine Mutter geschmiegt dasaß, den Daumen im Mund, und schlief. »Ich danke dem Herrgott, dass er uns zueinandergeführt hat, Leonore«, hatte Sofie irgendwann gesagt, die Augen geschlossen. »Ich fühle mich beschenkt, deine Freundin zu sein, und ich werde die beste Patentante sein, die diese Welt je gesehen hat.«

Nun nahm Leonore ihre Reisetasche, überprüfte mit einem schnellen Blick ihre Kleidung und richtete ihr Haar.

Auch für Sofie war es der erste Besuch in München. Leonore war ihr beim Aussteigen behilflich, und als sie auf dem Bahnsteig standen, schauten sie sich um.

Leonore runzelte die Stirn. Es war so laut, als stünde man mitten in einem Hornissenschwarm. Sie bekam Kopfweh und rieb sich sacht die Stirn.

»Was ist mit dir?«

»Nichts, nur leichtes Kopfweh. Komm, ich glaube, wir müssen dort entlang.« Leonore zeigte nach rechts.

In diesem Moment trat ein Schaffner zu ihnen. »Wohin wollen S' denn, meine Damen?«

»Wir möchten zum Delikatessenhaus von Frau Mooshammer.«

Er kratzte sich am Kopf. »Ah, die Frau Mooshammer. Am besten fahren S' mit der Bahn zum Marienplatz, von da aus ist's nicht mehr weit.« Er zeigte nach rechts. »Dort entlang, bittschön. Es sind nur ein paar Schritte.«

»Vielen Dank.«

Menschen schoben sich an ihnen vorbei, ein junger Mann hätte Sofie beinah umgelaufen, und ein älterer Herr führte so laut Selbstgespräche, dass Leonore ihm irritiert hinterherschaute.

Sie nahmen die Straßenbahn zum Marienplatz und blickten sich dort abermals suchend um.

»Am besten, wir fragen jemanden«, meinte Leonore und erkundigte sich bei einer jungen Frau, die an ihnen vorbeieilen wollte.

»Ah, zu Frau Mooshammer wollen S'.« Die Frau zeigte

nach rechts. »Es sind nur ein paar Schritte. Grüß Gott, die Damen.«

Leonore lächelte, als sie weitergingen, nicht nur wegen der »paar Schritte«. Dietlinde Mooshammer war ganz offenbar eine bekannte Frau in München.

»Worüber schmunzelst du so?«

»Jeder scheint Frau Mooshammer zu kennen.«

»Das wundert mich nicht. Die Frau führt ein großes Delikatessengeschäft. Ist das nicht herrlich aufregend, Nora? Wenn mir nur nicht die Füße so entsetzlich wehtun würden. Wir hätten vielleicht doch eine Droschke nehmen sollen.«

»Es sind doch nur ein paar Schritte, Sofie.« Leonore kicherte.

Ihre Freundin lächelte amüsiert. »Ich habe dich noch nie so kichern hören.«

»Ich bin etwas nervös, daran wird es liegen.«

Endlich standen sie vor einem mehrstöckigen Haus mit einem riesigen Schaufenster. Leonore seufzte. Von so einem Schaufenster träumte sie!

»Ist das nicht himmlisch?« Sofie knuffte sie in den Arm. »Sieh dir die Auslage an. Was ist das?« Sie zeigte auf eine Reihe kleiner Gläser und trat noch etwas näher an das Schaufenster heran.

»Wo ist deine Lorgnette?«

»In meiner Reisetasche.«

Leonore versuchte, das Etikett auf den Gläsern zu entziffern, und gab schließlich auf. »Lass uns hineingehen, Sofie.«

»Ich bete, dass Frau Mooshammer einen gemütlichen Stuhl für mich hat«, raunte ihre Freundin, als sie ihr die Tür aufhielt.

Leonore schaute sich mit großen Augen um. So viele Eindrücke strömten gerade auf sie ein, dass ihr ganz schwindelig wurde.

Eine kleine, rundliche Frau in dunkelblauem Kleid und weißer Rüschenbluse kam zu ihnen. »Grüß Sie Gott, die Damen.«

»Grüß Gott. Sind Sie Frau Mooshammer?«

»Die bin ich. Was kann ich für Sie tun?«

»Wir kommen aus Hamburg. Mein Name ist Leonore Konradi, und das ist meine Freundin Sofie Schmitt. Ich habe einen Zeitungsartikel über Sie und Ihr Delikatessenhaus gelesen.« Leonore musste Luft holen, weil sie so schnell geredet hatte.

»Ich führe einen Kolonialwarenladen«, fügte sie dann hinzu.

Die Frau nickte. »Und da kommen S' her, um sich a bisserl umzuschauen, hab ich recht, Frau Konradi?«

»So ist es.«

»Ob Sie wohl einen Stuhl für mich hätten?«, fragte Sofie mit einem herzzerreißenden Seufzen. »Ich glaube, ich kann keinen Schritt mehr laufen.«

»Natürlich, natürlich. Warten S'.« Frau Mooshammer eilte davon, und kurz darauf kam ein junger Mann mit einem hübschen, in der Tat gemütlich aussehenden Lehnstuhl.

»Danke sehr.« Sofie sank darauf nieder, und Leonore musste sich ein Lachen verkneifen.

Dietlinde Mooshammer war ebenfalls zurück. »Darf ich Ihnen etwas zu trinken anbieten? Und vielleicht eine Kleinigkeit zu essen? Was halten S' von Fleischpflanzerln? Wir haben ganz frische do. Oder vielleicht gebratener Leberkas?«

»Wenn Sie mir erklären würden, was Fleischpflanzen und Leberkas sind?«, bat Leonore.

Frau Mooshammer lachte schallend. »Ja mei, darauf hätt' ich selbst kemma kenna.«

Leonore verstand nicht ein Wort, und ihrer Freundin schien es nicht anders zu gehen.

»Wissen S' was, die Damen? Der Fredi macht Ihnen zwei Teller zurecht, wenn S' einverstanden sind.«

Leonore nickte. »Das ist sehr nett von Ihnen. Vielen Dank.«

Als die beiden verschwunden waren, flüsterte Sofie: »Wer weiß, was wir gleich zu essen bekommen, Nora.«

»Vielleicht gebratene Blätter einer Pflanze. Sagte sie nicht etwas von ›Fleischpflanzen‹?«

Der junge Mann kam und brachte auch Leonore einen Stuhl, den sie dankbar annahm. Sie setzte sich und streckte vorsichtig die Beine aus. Ihre Füße brannten.

»Ich esse keine Innereien«, erklärte Sofie bestimmt. »Albert isst für sein Leben gern Leber, aber ich mache mir nichts daraus.«

Leonore hatte da bereits beschlossen, alles zu probieren, was auf dem Teller sein würde.

Die »Fleischpflanzen« entpuppten sich als »Fleischpflanzerl«, was nichts anderes war als gebratenes Hackfleisch, und der »Leberkas« war eine beinah quadratische Scheibe, die aus Wurstbrät bestand und weder mit Käse noch mit Innereien etwas gemein hatte. Von beidem war Leonore angenehm überrascht.

Zum Essen hatte Dietlinde Mooshammer sie in ihr geräumiges Kontor gebeten, wo ein Tisch mit vier Stühlen stand.

Nach dem Essen saßen sie bei einer Tasse Kaffee zusammen und plauderten.

»Hier sitz' i gern mit den Vertretern, wissen S'«, erzählte Frau Mooshammer. »Und entscheid', wos i anbieten möcht'.«

Leonore hatte sich mittlerweile ein klein wenig an den eigentümlichen Dialekt gewöhnt, während man Sofie anmerkte, dass sie gar nicht daran dachte, sich darauf einzustellen. »Ich habe noch nie so aromatischen Kaffee getrunken, Frau Mooshammer.« Leonore stellte ihre leere Tasse zurück. »Würden Sie mich ein bisschen herumführen? Möchtest du hier sitzen bleiben und dich ausruhen, Sofie?«

Ihre Freundin war so rasch aufgestanden, dass sie schmunzeln musste. »Wo denkst du hin, meine Liebe? Ich bin doch nicht nach München gekommen, um mich auszuruhen.«

»Sieh dir all die verschiedenen Senfsorten an«, sagte Sofie kurz darauf, als sie vor einem Regal standen und die Gläschen darin betrachteten. »Süßer Senf …« Sie hatte ihre Lorgnette aus der Tasche geholt und ein Glas in die Hand genommen, um das Etikett zu studieren. »Hast du jemals von süßem Senf gehört?«

»Man isst ihn zur Weißwurscht«, erklärte Frau Mooshammer.

»Und was ist das nun wieder?« Sofie seufzte verhalten.

»Weißwurst«, sagte die Ladeninhaberin in tadellosem Hochdeutsch. »Sie wird aus feinstem Kalbfleisch gemacht.« Sie wies nach rechts, wo zwei hohe Vitrinen standen. »Möchten S' unseren Kas probieren?«

Leonore war bereits näher getreten. Sie hatte noch nie so viele Käselaibe gesehen. Es gab große, sehr kleine, kugelrunde und viereckige, ganze und angeschnittene, Käse mit und ohne Löcher und sogar mit Gewürzen. Ganz unten in der Vitrine standen kleine Töpfchen aus Keramik, die mit verschiedenen Cremes gefüllt waren.

»Das sind Aufstriche und Cremes mit Kas.« Frau Mooshammer öffnete die Vitrine und nahm ein Töpfchen mit einer weißlichen Creme heraus, die mit Schnittlauch und Radieschen bestreut war. »Das ist unser hausgemachter Obazda.«

»Obazda«, wiederholte Leonore. »Darf ich kosten?«

»Den müssen S' unbedingt probieren.« Dietlinde Mooshammer reichte erst ihr und dann Sofie einen kleinen Löffel.

Die Creme war würzig und deftig und ganz nach Leonores Geschmack. Sofie dagegen verzog ein wenig das Gesicht und rang sich ein schiefes Lächeln ab.

»Dazu isst man eine Brezn.« Frau Mooshammer schmunzelte. »Ein Laugengebäck«, fügte sie hinzu. Sie zeigte auf einen kleinen Holzständer, an dem Gebäck in Brezelform hing, das mit grobem Salz bestreut war.

»Und Sie machen diese Cremes selbst?«

»Na, freili.«

»Wie lange hält sich dieser Obazda zum Beispiel?«

»Gut gekühlt drei bis vier Tage.«

»Würden Sie mir das Rezept verraten?«

»Ich schreib's Ihnen auf, wenn's recht ist.«

»Das wäre fein.« Leonore hakte Sofie unter, und sie schlenderten weiter. Für Leonore war es wie im Paradies, durch diesen großen Laden zu gehen und zu staunen. Es gab sogar eine Ecke, in der nur Obst und Gemüse angeboten wurden. Alles lag verführerisch aufgereiht in kleinen Körben da.

»Bei uns gibt es nur ein paar wenige Dinge wie Kartoffeln, Möhren und Kohl, Äpfel und Birnen«, sagte sie mehr zu sich selbst, während sie langsam weiterging. Und dann hatte sie das entdeckt, was sie unbedingt hatte sehen wollen: eine Banane.

»Haben S' schon mal eine gegessen?«

Leonore verneinte.

»Dann müssen S' unbedingt eine probieren.«

Leonore schälte die Frucht sorgsam und brach sie in der Mitte durch. Eine Hälfte reichte sie Sofie. Nach dem ersten Bissen hob sie die Augenbrauen. »Süß. Köstlich. In der Zeitung stand, dass Sie eine der Ersten sind, die Bananen anbieten.«

Dietlinde Mooshammer nickte.

Es roch nach so vielen verschiedenen Dingen, dass Leonore die einzelnen Düfte kaum noch unterscheiden konnte. Mal war es ein süßlicher Geruch, dann wieder deftig. Hier roch es nach frischem Obst und dort nach aromatischem Kaffee. »Wie viele Mitarbeiter haben Sie?«, erkundigte Leonore sich.

»Momentan san mir zu sechst. Vor Weihnachten arbeiten mir meistens zu acht oder sogar zehnt.«

»Wir sind nur zu dritt: mein Vater, mein Mann und ich. Gegen Ihr Geschäft kommt mir unser kleiner Kolonialwarenladen verstaubt und altmodisch vor. Ich hätte auch gern ein großes Schaufenster, eine breitere Tür, neue Regale, wo alles seinen Platz hat, viele Gewürze, Südfrüchte, Konfitüren …« Leonore musste Luft holen. »Ach, es gibt so vieles, was ich gern anschaffen würde. Ich möchte *Grieve & Konradi* zu etwas ganz Neuem machen.«

Sofie legte die Hand auf ihren Arm, als wolle sie sie beruhigen. »Niemand hält dich davon ab.«

»Vielleicht wären S' an einer Zusammenarbeit interessiert, Frau Konradi?« Dietlinde Mooshammer führte sie zurück ins Kontor. »Erzählen S' von Ihrem Laden«, bat sie dort, nachdem sie sich gesetzt hatten.

»Ich hätt' Interesse an Ihren Biskuits«, meinte Frau Mooshammer später, nachdem Leonore berichtet hatte.

»Und ich bin an Ihren Senfsorten interessiert. Und an den Konfitüren. Und an den Weißwürsten«, zählte Leonore auf.

»Dann ist es abgemacht, Frau Konradi?«

»Ja, es ist abgemacht.«

Am Abend aßen Leonore und Sofie in dem Gasthof, in dem sie sich ein Zimmer genommen hatten. Anschließend gingen sie erschöpft, aber selig zu Bett. Am nächsten Morgen wollten sie sich noch ein wenig die Stadt anschauen und dann zeitig nach Hamburg zurückfahren.

Leonore konnte nicht gleich einschlafen, zu viel schwirrte ihr im Kopf herum. Sie wollte damit beginnen, aus dem Kolonialwarenladen *Grieve & Konradi* das zu machen, wovon sie träumte: einen Delikatessenladen mit lauter neuen Köstlichkeiten, die die Hamburger unbedingt kennenlernen sollten. Am liebsten würde sie gleich anfangen, sie konnte sich kaum bremsen.

Als sie endlich zur Ruhe kam und eingeschlafen war, träumte sie von ihrer Freundin Sofie, die in einer dunkelblauen Tracht mit weißer Rüschenbluse vor ihr stand und mit angewidertem Gesichtsausdruck Senf kostete.

50.

Leonore hatte schlecht geschlafen und war zweimal aufgestanden und unruhig durchs Zimmer gewandert.

Sie hätte nicht erklären können, was mit ihr war. Plötzlich machte sie sich Sorgen um ihre Familie daheim, dabei war doch sehr wahrscheinlich alles in bester Ordnung. Warum nur war sie so aufgewühlt?

Im Zug nickte sie ein und wachte erst auf, als die Bremsen des Zugs quietschten. Hatte sie tatsächlich die ganze Strecke hindurch geschlafen?

Sofie warf ihr einen amüsierten Blick zu. »Gut geschlafen, meine Liebe?«

»Ja, es tut mir leid, Sofie. Hast du dich sehr gelangweilt?«

»Ich? Aber nein. Ich habe aus dem Fenster geschaut und nachgedacht.« Sofie zeigte hinaus. »Wir sind da. Endlich!«

Sie nahmen ihr Gepäck und stiegen aus.

Sofie hakte Leonore unter. »Ich bin ungeheuer gespannt auf unseren neuen Hauptbahnhof.«

Der Bahnhof sollte Ende des Jahres eingeweiht werden. Ganz Hamburg wartete gespannt und in freudiger Erwartung darauf.

Als sie aus dem Bahnhofsgebäude traten, stellten sie fest, dass es in Strömen regnete. Beide spannten ihren Schirm auf und schimpften leise. Zwei Männer kamen ihnen entgegen, und Leonore schnappte Wortfetzen wie »überschwemmt« und »Katastrophe« auf. Sie bekam eine Gänsehaut, und ihr Magen zog sich schmerzhaft zusammen. »Sofie?«

»Ja, meine Liebe?«

»Ich habe ein ungutes Gefühl.«

»Aber warum denn nur?«

»Ich kann es nicht näher benennen. Es ist wie gesagt nur ein Gefühl.« Sie spürte eine Art Beklemmung aufsteigen, die sie nicht abschütteln konnte.

Sofie zeigte nach vorn. »Dort ist eine Droschke. Gib acht, dass du auf dem nassen Pflaster nicht ausgleitest.«

Sie stiegen in die Droschke und richteten Kleidung und Hüte.

Sofie legte die Hand auf Leonores Arm. »Du bist blass, Nora. Was macht dir solche Sorgen?«

»Wenn ich das nur wüsste.« Leonores Stimme klang heiser, als habe sie lange nicht gesprochen. »Ich habe heute Nacht immerzu an meine Familie denken müssen.«

»Sie werden alle wohlauf sein, sei ganz unbesorgt.« Sofie schnalzte mit der Zunge. »Aber was rede ich? Man kann sich gegen ein ungutes Gefühl nicht wehren.«

Die Droschke fuhr an, und beide hielten ihren Hut fest.

»Herrje, es regnet und regnet.« Sofie schaute betrübt aus dem Fenster.

Leonore starrte auf ihre Hände, die sie im Schoß gefaltet hatte. War ihre Familie wirklich wohlauf? Ging es allen gut?

Die Droschke holperte durch die Straßen. Das Pflaster glänzte vor Nässe, es schien über eine längere Zeit ununterbrochen geregnet zu haben. Wieder musste Leonore an die Worte »Überschwemmung« und »Katastrophe« denken, die sie vorhin aufgeschnappt hatte. Sie setzte sich kerzengerade auf. Irgendetwas war geschehen, das spürte sie deutlich. Sie wusste es plötzlich.

Als sie kurz vor der Deichstraße waren, wurde die Droschke immer langsamer, bis sie ganz stehen blieb.

Der Kutscher sprang vom Bock und öffnete die Tür. »Tut mir leid, gnädige Frau, aber ich kann nicht weiterfahren.« Er bot Leonore die Hand, damit sie aussteigen konnte.

»Wollen Sie damit sagen, dass Sie Frau Konradi nicht bis vor die Tür fahren können?«, fragte Sofie empört.

»Ich fürchte, genau das heißt es, gnädige Frau.« Er räusperte sich. »Tut mir sehr leid. Es wäre für die Pferde zu gefährlich.«

»Und für Frau Konradi etwa nicht?«

»Schon gut, Sofie«, besänftigte Leonore ihre Freundin. »Er hat recht, für die Pferde wäre es zu gefährlich. Sie könnten ausrutschen und sich ein Bein brechen. Ich gehe das letzte Stück zu Fuß. Mir wird schon nichts geschehen. Außer dass ich nasse Füße bekommen werde.« Sie war ausgestiegen und presste die Hand vor den Mund. »Um Himmels willen!«

Sofie beugte sich aus dem kleinen Fenster. »Allmächtiger!«

»Alles ist überschwemmt!«, stieß Leonore fassungslos aus. Ihr Herz schlug bis zum Hals.

»Wenn Sie sich links halten, sollte es gehen«, meinte der Kutscher. »Achten Sie auf kleine Löcher und Unebenheiten, in denen sich das Wasser gesammelt hat.«

»Danke«, murmelte sie. »Ich bin hier aufgewachsen, ich kenne jeden Stein.« Sie wollte noch etwas hinzufügen, doch die Worte blieben ihr im Hals stecken.

»Ich bitte vielmals um Verzeihung, gnädige Frau«, sagte er erneut.

»Schon gut. Fahren Sie nur und bringen Sie meine Freundin wohlbehalten heim.« Sie reichte ihm einen Geldschein. »Der Rest ist für Sie.«

Er bedankte sich, nickte ihr zu und schnalzte mit der Zunge.

»Nora, um Himmels willen ...!«, hörte sie Sofie noch rufen, doch sie hatte sich bereits umgewandt, klemmte sich Schirm und Reisetasche unter den Arm, hob ihren Rock an und ging los. Der Regen tropfte ihr in den Kragen, doch das bemerkte sie kaum. Vorsichtig und Schritt für Schritt stakste sie durchs Wasser. Die Häuser auf der Fleetseite hatte es schwer getroffen. Das Wasser stand bis zu den Türen, und die Bewohner hatten sich versammelt und versuchten, ihm mit Schaufeln und Eimern Herr zu werden.

»Oh mein Gott, das darf alles nicht wahr sein«, brachte Leonore erstickt hervor. »Ich muss träumen.«

Als sie Gertraude entdeckte, die aufgeregt und mit rotem Gesicht hin und her lief, zog sich ihr Magen erneut zusammen.

»Nora!«, rief ihre Nachbarin. »Gut, dass du da bist!«

Sie blieb stehen. Der Saum ihres Kleides hatte sich vollgesaugt und hing schwer herunter. »Was ist denn nur geschehen?«, stammelte sie.

»Es war furchtbar, mien Deern, ganz grauenvoll war's.« Gertraude schluchzte. »Es hat geregnet und geregnet, schrecklich gepladdert hat's, bis man meinte, dass da unmöglich noch mehr vom Himmel kommen könnte.«

»Wie geht es meiner ... Familie?« Das letzte Wort hatte Leonore kaum herausbekommen.

»Dein Mann und dein Vater sind im Laden. Deine Mädchen sind bei mir.«

»Geht es ihnen gut?«

»Ja, mien Deern, sie sind wohlauf. Mach dir keine Sorgen, ich gebe gut auf sie acht.«

Leonore wischte mit einer ungeduldigen, ärgerlichen Handbewegung die ersten Tränen weg, die aus ihren Augen quollen. Für Tränen war jetzt keine Zeit.

Sie zwang sich weiter, auch wenn ihre Beine ihr den Dienst verweigern wollten und sie am liebsten die Augen verschlossen hätte vor dem Unheil, das sich drohend vor ihr auftürmte.

Deshalb also war sie so unruhig gewesen. Sie schien gespürt zu haben, dass sich daheim in Hamburg eine Katastrophe anbahnte.

Sie stakste zur Ladentür und sah Julius, ihren Vater und drei weitere Männer – Nachbarn, wie sie erkannte –, die mit Eimern und anderen Gefäßen dabei waren, das Wasser aus dem Laden zu schaufeln.

Leonore schloss kurz die Augen. Wenn sie sie wieder öffnen würde, wäre vielleicht alles beim Alten. Ihr Vater stünde hinter dem Tresen und bediente, und Julius wäre entweder auf dem Speicher oder im Kontor. Alles wäre so, wie sie es verlassen hatte.

Sie lehnte die Stirn an die kalte Fensterscheibe. Nein, das war es nicht, und sie wusste es.

Sie legte die Hand auf den Türgriff, als Julius den Kopf hob und sie ansah. Mit einem Blick, der ihr durch und durch ging.

Der Laden ist nicht verloren!, dachte sie, als sie die Tür öffnete. *Das werde ich nicht zulassen.*

Rezepte

Irmgard Mackintoshs Biskuits

Ofen auf 180 Grad vorheizen.
Teig (für ca. 12–16 kleine Küchlein):
350 g Mehl, ½ TL Natron, 2 EL Backpulver, 1 EL Rohrzucker und 1 TL Salz miteinander verrühren. 120 g kalte Butter in kleinen Stücken dazugeben und nur leicht verkneten. 250 ml Buttermilch zufügen und mit einer Gabel unterrühren. Teig soll krümelig bleiben!
Anschließend den Teig zu einem Rechteck ausrollen, in drei gleich große Stücke teilen, übereinanderlegen und erneut zu einem Rechteck ausrollen. Das Ganze dreimal wiederholen.
Mit einem Glas oder Ausstecher Kreise ausstechen (das Glas dabei nicht hin und her drehen!), auf ein Blech legen und etwa 10–12 Minuten backen.
Die Küchlein werden in der Mitte durchgeschnitten und mit Butter und Marmelade bestrichen.
Wer es lieber deftig mag, nimmt etwas mehr Salz und weniger Zucker für den Teig und bestreicht/belegt die Küchlein mit Frischkäse oder Käse.

Englische Plätzchen mit Marmelade (Jam Buns)

Ofen auf 160 Grad vorheizen.
Teig (für ca. 1 Blech):
125 g Butter, 125 g Zucker, 1 Ei, 250 g Mehl und ½ Päckchen Backpulver verkneten und kurz ruhen lassen.
Aus dem Teig etwa tischtennisgroße Kugeln formen, auf ein Blech legen und flach drücken. In die Kuhle Marmelade oder Gelee nach Belieben geben.
Etwa 15 Minuten backen.

Leonores Marzipantörtchen

Ofen auf 200° vorheizen.
Mürbeteig (für 6 kleine Törtchen):
150 g Mehl, 3 EL Zucker, 1 Prise Salz, 1 Eigelb, 75 g Butter miteinander verkneten und 6 kleine Förmchen mit dem Teig auslegen (Rand nicht vergessen). Mit einer Gabel mehrmals einstechen.
Marzipanrohmasse mit etwas Puderzucker vermischen.
3 größere Äpfel – man kann auch weiche Birnen nehmen – schälen und vierteln, in jedes Viertel ein Stück der Marzipanmasse drücken und mit der Schnittfläche nach unten in ein Förmchen legen. Apfelviertel oben etwas einschneiden.
Entweder Streusel aus 50 g Mehl, 30 g Butter und 30 g Zimtzucker darüberbröseln oder 1 Becher Sahne, 2 EL Zucker, etwas Zimt und 1 Ei verquirlen und darübergießen.
(Beides geht natürlich auch, dann erst den Guss und anschließend die Streusel auf die Törtchen geben.)
Ca. 15–20 Min. backen.
Dazu schmeckt geschlagene Sahne oder Vanillesoße!